谢谢你曾经爱我如生命

朱迷 著

吉林出版集团有限责任公司

图书在版编目（CIP）数据

　　谢谢你曾经爱我如生命 / 朱洙著 . — 长春：吉林
出版集团有限责任公司，2014.8
　　ISBN 978-7-5534-4993-7

　　Ⅰ . ①谢… Ⅱ . ①朱… Ⅲ . ①长篇小说—中国—当代
Ⅳ . ① I247.5

　　中国版本图书馆 CIP 数据核字（2014）第 150147 号

谢谢你曾经爱我如生命

著　　者	朱　洙	
责任编辑	顾学云　奚春玲	
封面设计	嫁衣工舍	
开　　本	880mm×1230mm　1/32	
印　　张	10	
版　　次	2014 年 8 月第 1 版	
印　　次	2014 年 8 月第 1 次印刷	

出　　版	吉林出版集团有限责任公司
地　　址	北京市西城区椿树园 15–18 号底商 A222 号
	邮编：100052
电　　话	总编办：010–63109269
	发行部：010–51582241
印　　刷	北京天宇万达印刷有限公司

ISBN 978-7-5534-4993-7　　　　　　　　定价　29.80 元

目　录

Chapter1

前任来了

如果你已经结婚了，却遇见你深爱却错失的前任，她问你好不好，你该怎么回答？

如果你已经结婚了，却遇见你深爱却错失的前任，她问你好不好，你该怎么回答？

这是一场盛大的婚礼。

新娘唐欣是陈宁的同学，身为老板的陈宁不仅为她策划婚礼，还亲自担任了全程摄影师。同新人婚车一起来到新娘的家，新郎那伙人又是拍门，又是从门缝里塞红包。里间的门终于开了，随着人群进来的陈宁一眼就看到了他心心念念的前任钱娟。

他扛着摄像机，怔了。新娘不是说以前的同学都不会来吗？

只是一秒，他冲她微微一笑，友好又礼貌，转而，将注意力转向了摄影机和那对新人。

那天的酒席上，陈宁负责全程拍摄，直到散席，也没和钱娟说一句话。

当酒席散场，大家拆着布景，陈宁收着搭布景的架子，要去拿放在一边的袋子时，一双纤细的手将那袋子递了过来。

"给你！"

他不用抬头，就知道那是谁的声音。他的眉头微皱，心里的平静好像被什么击碎了，却很快平复下来。他抬头，笑得纯粹，对她说："谢谢！"

他接过袋子，将手里的架子装进去。

忽然，她轻轻地问了一句："你还好吗？"

他一怔，停住手里的动作，只是一小会儿的停顿，就继续装着手里的东西，边装边笑得礼貌，应着："嗯，还好！"

她说："听说你结婚了！"

他抬头，看她时，眨了一下眼睛，道："是的，结了！"

她问："她好看吗？"

他说："还过得去。"

"有我好看吗？"

他老实答："没。"

她竟笑了，笑得眼泪在眼底打转，哽咽着说："那你为什么娶她呢？"

他苦涩地笑笑，没有应答。

钱娟缓步离去，陈宁才抬起头来注视着她的背影。他的眼睛红了，喉结上下移动着，手有伸出去的冲动，但拼命地克制住了。

几步外的她缓缓地转过头来，噙着泪水，悲伤里带着摄人心魂的笑容，颤着嗓音，对他说："忘记对你说……恭喜了。"

那个他曾一心想娶的人，在对他说着祝福的话，恭喜着他娶了别人。

陈宁面无表情，继续收拾东西，转身时胸口一阵钝痛，好像一把尖刀正扎着心脏，痛得似要裂开。

第二天早上八点半，陈宁来到公司上班，刚落座，钱会计来到了他的办公室。

钱会计的名字叫钱婷，是钱娟的表妹，她和她的表姐长得有几分相似。也正因为她是钱娟的表妹，陈宁才会让一无是处的她在他的公司当出纳，虽然她是出纳，但大家都叫她钱会计。

"陈总。"

陈宁刚坐定，正等电脑开机，见钱婷不请自来还关了门，陈宁一脸不悦，却还是问道："什么事？"

钱婷把手里的盒子拿上来，放到桌子上，对陈宁说："这是 N 城的特产，我表姐从那边回来托我带给你的。"

他"嗯"了一声，不动声色地对钱会计说："放下吧，替我谢谢你表姐。"

钱婷"观察"着陈宁，看他心绪毫无起伏的样子，便问："要谢她，你为什么不亲自谢呢？"

陈宁看着电脑屏幕的眼睛并没有转移视线，随口应道："好的，有机会，我会亲自跟她说谢谢的。"

钱婷又说："你……不想见见我表姐吗？"

陈宁说："昨天已经见过了。"

"可是……"

"现在是工作时间，麻烦你先回自己的办公室。"

钱婷讪讪地回到办公室。随后，陈宁的助理就走了进来，抱着一个盒子，从里面拿出一包包的小袋食品，分发给大家，边发边讲："我们老板的同学带来的特产，让分给大家尝尝。来来来，一人一包，数量不多，发完为止。"

钱会计快气疯了，给钱娟发短信。

"表姐，你给陈宁带的东西，全让陈宁分给公司里的人了！他的心是什么做的，居然这样对你？"

陈宁随后收到钱娟的短信，上面写着："宁，我想见你。"

她说："就当我是一个久别重逢的朋友。"

她又说："如果你真的忘记了我，忘记了我们的过去，那么，我这个和你久别重逢的朋友，又和其他的久别重逢有什么区别呢？"

陈宁拿着手机，良久，终是回了一句："你我已各有家庭，相见不如怀念，还请各自安好。"

"可是，我想你，我想见你。"

他的面上浮上一层悲伤。

"对不起，不可以。"

此后，他的手机不断传来短信提示的振动声，他知道自己很残忍，但他已有妻子。没有结果的暧昧，只会给对方带来更深的伤害。

第二天上班的时候，钱会计又跑进了他的办公室，对他喊："陈总，你要不要这么绝情啊？我表姐等你的短信等了一夜，想在回去之前见见你，你为什么不肯见她？你的心到底是什么做的？难道最后一面都不肯见吗？这一次回去，她可能就不再回来了！"

陈宁深深吸了一口气。

"好吧！"他对钱会计说，"我见。"

钱会计隐隐地笑了，就知道陈宁根本拒绝不了表姐。

钱娟终于见到陈宁了。

他在那家很有格调的咖啡厅推门而入的时候，她就看到他了。

陈宁从小就是出众的，她也曾因为和他在一起，被那么多人羡慕和忌妒。她离开前，他是一个清爽的白领，她离开后，再次见到他，他是一个事业有成的成熟男人。气度两个字，完全从陈宁身上显现出来，就像瓶封了口的酒，年岁越久，越沉淀出让人无法自拔的魅力。

钱娟从位置上坐直了身体，也酝酿好了最美的笑，却在下一秒，僵在了脸上。因为她看到他牵着一个女人，那女人长得很清秀，非常清秀，她很乖巧地跟在陈宁的后面。陈宁牵着她的手，来到这临窗的位置，来到钱娟的面前，对她说："小迪，这就是我要带你来见的朋友，她马上要回去了，临走前，想在一起吃顿饭。"

小迪笑着，看向了笑容早就凝固在了脸上的钱娟。

如果说小迪清秀得像一株茉莉，钱娟就像一株带刺的玫瑰。

一个美得清丽，一个美得张扬；一个不施粉黛，却肤质细腻，一个画着精致的妆，美得像一副重彩油墨。陈宁对钱娟介绍了小迪："朱小迪，我的妻子。"转而向小迪介绍了钱娟："这是钱娟，我以前的同学。"

真是泾渭分明。

"你好，很高兴见到你。"

小迪笑得很甜，笑得令人不由得产生好感，钱娟却紧紧地皱了一下眉头。陈宁非常体贴地将里面的椅子抽出来，让小迪落座后，再坐到小迪的身边。

陈宁对钱娟笑道："我妻子一直想来这边，我一直没时间带她过来，这一次托你的福，我终于把她带来了。"

服务生看到有人落座，就拿着水壶过来，给小迪和陈宁一人倒了一杯苏打水。

小迪对服务生说谢谢的同时，陈宁对服务生说，请拿两份菜单过来。

服务生道声稍等，一会儿工夫就折转回来，将菜单递到陈宁手上。

陈宁将服务生最先递过来的一份菜单双手递给钱娟，钱娟不接，就这么让陈宁悬着手看着他，陈宁讪讪一笑："怎么了？"

她说："你知道我喜欢吃什么，你就是我的菜单，我根本用不上它。"

陈宁"哦"了一声，笑道："以前是知道的，现在就不太清楚了。"

钱娟说："以前的我和现在的我都是一样的，我的口味从来没变过，你呢？"

"我？"陈宁转向了小迪，"老婆，你想吃什么？"

小迪不看钱娟，只看陈宁，笑得很甜："你喜欢吃什么，我就喜欢吃什么。"

"那……这个套餐吧，这好像是新菜品，我以前没有吃过，尝尝新口味。"

"确定是这个吗？可看上去不太好吃呀，真的要试试吗？"小迪问。

"当然，人的口味不可能一直不变的，当然要尝试点新的东西。"

"好！"小迪指着那个套餐说，"老公吃什么，我就吃什么，我们就来这个套餐吧。"

陈宁冲着小迪笑了，笑得很宠溺，小迪也冲着陈宁笑了，笑得心有灵犀极有默契。陈宁让小迪点餐后饮品的时候，对眼底积满了眼泪的钱娟说："你也试试新口味，过去的再好，现在吃着，可能也变味了，虽然一时接受不了，可总得接受的，对吧？"

他一语双关，她没有理由听不明白。

钱娟看着陈宁，就那么看着，咬紧了牙。

"你知道我为什么要约你在这家餐厅吃饭吗？"

陈宁笑了，这次笑得有些苦涩，却很快掩饰住。

"嗯，知道，念书的时候，没太多钱，这家便宜口碑也好。服务员！"陈宁转移话题对服务员说，"我们就来这个套餐，来三份。对了，老婆，甜饮你点好了吗？"

钱娟的脸气得发白，小迪视而不见地指着一份甜饮说："就这个吧。"陈宁说："好吧，就这个，我也选这个。"然后，对钱娟说："你呢？"

钱娟还是看着陈宁，不回答。

气氛有些尴尬。

陈宁将手里的菜单一合，目光转向服务员，说："那就一样吧。"

服务生看了菜单后，对陈宁说："您好先生，跟您核对一下菜单，三份 A 号套餐，加三份焦糖玛奇朵，对吗？"

陈宁说对，那服务生就拿着菜单对他说："用餐金额是二百零六元，我们这边是先埋单，先生你是刷卡还是现金呢？"

陈宁笑了笑："真便宜，就是这么多年了，还是得先付钱再吃饭。刷卡吧。"

服务员说："请您跟我来收银台。"

陈宁奇怪道："没有 POSS 机吗？"

服务员抱歉道："只有收银台有。"

"好吧！"

陈宁起身，对小迪说："我去埋单，顺便去一趟洗手间，一会儿就过来。"

小迪点头说好后，他再向钱娟道："稍等，马上来。"

陈宁就这样跟着服务生来到前台，将小迪和钱娟单独留了下来。

这个美艳的女人在陈宁走后，往后靠去，抱上了手臂，盛气凌人地打量着小迪。

小迪不是言情女主，也不是什么圣洁得像白莲花的小包子，不会被她这么一看，就低了气势。就算她感觉不对劲，她也不会坐立不安，因为她才是陈宁的老婆，名正言顺。

陈宁既然敢带她过来，她就不怕单独面对。

小迪面对着钱娟的打量，便轻挑了眉毛，也面带微笑地向后靠去。

看吧，她就摆了这种你想看就让你看个够的姿势，更是在钱娟的诧异下，直视了她的眼睛。

她没必要怕她。

你敢看我，我便也敢看你。

钱娟的身体不由自主地往后直了直，随后觉得，对面这个女人，不像表面那么好对付。她深吸了一口气说："这家餐厅，是我和陈宁常来的地方。那时候，我们都在念书，没多少零用钱，他总是省着自己，攒着钱带我来这里吃饭。"

小迪微合了一下眼睛，再眨了一下，脸上浮起一丝笑来："不错，物美价廉，环境也不错。我老公心很好，带朋友吃饭是很正常的事情。"

"我们坐的这张桌子，就是我们时常坐的位置。"

小迪再笑："感觉不错。"

"我和陈宁的关系，不是什么简单的同学关系。"

"知道！"小迪拿着杯子，喝了一口苏打水说，"不就是他的前任吗？"

"你知道？"

"我当然知道！"

"你不介意？"

"我为什么要介意？"小迪奇怪地反问。

"不介意他的过去？"

小迪一脸好笑道："我们又不是跟'过去'过日子，何必要纠结'过去'？"

"你不想知道我们以前发生过什么吗？"

小迪调皮地眨眨眼睛："你想告诉我啊？我偏不让你说，憋死你！"

"你……"钱娟气得将抱臂的手放下了，"你知道什么叫伪绵羊吗？"

小迪说："知道啊，怎么了？"

"就是你这种，在男人面前装纯装善良，背着男人又是一张嘴脸。"

"没错啊！很对啊！眼光不错啊！一语中的，我就是伪绵羊，怎么了？"

"别以为我不知道你是怎样嫁给陈宁的，我听我表妹说过，是你用手段怀上他的孩子，逼他娶你，太卑鄙了。"

小迪笑得开心："这都被你知道了啊？"

"你真是不简单。"

"你也很复杂。"

"我还真是第一次见到你这种人。"

小迪哭笑不得："这话应该是我对你说的吧？"

钱娟一脸不解："我有什么需要你不满的？"

小迪说："你也不要以为我不知道，明明是你先嫁给别人，让他为你痛苦了那么多年。一直不露面不联系，听说他结婚了，你就马上滚出来拉他回忆过往，你什么意思？想再续前缘还是想拉他出轨？"

"我只是参加同学的婚礼，偶尔回来，想在离开前跟他一起吃顿饭。"

"哪里不能吃散伙饭，非要在你们热恋的地方吃？干什么？不甘心这世上少了一个为你守身如玉的男人，所以死命地提示他曾经向你许过的诺言，还有那些美好的过去？你真当我是傻子，听不懂你们刚刚弦外有音的对话？真的只是朋友间一顿简单的散伙饭，朋友带着妻子跟你饯别，你应该感谢他的好意，摆出那样一张臭脸给谁看啊？他不该结婚吗？他不能和别的女人生孩子吗？他就应该因为失去你而终身不娶，孤老到死吗？"

小迪对钱娟说："我得到我老公的手段是不太光明，但他现在是我的男人，他好不容易摆脱过去想要重新开始，你又想法设方把他拉回去。带他来熟悉的地方，不停地刺激他，不停地让他回忆过去，不就是想让他怎么都忘记不了你！你看出我是伪绵羊，我也看出你的心思，我们都是女人，就不要给我揣着意图不轨装深情！想拉我老公出轨，抱歉，他不是火车是地铁。"

"你……"钱娟好像被人扒了皮，她恼羞成怒地对小迪喊，"你根本就配不上陈宁！你根本就配不上他！"

"我配不配得上，不是你说了算。"

"我和他在一起时，你还不知道在哪个角落里待着。"

"真有意思，你愿意给他暖床，乐意陪他刷经验，又不是我花钱雇你的。一点破旧往事，非要在我面前反复提起，到底是想传授我几招，还是让我把你陪练的钱付给你？"

"你……"

"怎么，想拿水泼我？泼啊，我老公来了，你快点，我正好借着机会装可怜，再让他看看你的嘴脸，看谁才是最正宗的伪绵羊。"

说完，小迪便露出笑容，对迎面而来的陈宁很开心地笑了。

陈宁坐在了小迪的边上，问："聊什么呢，这么开心？"

小迪说："你同学跟我说，她和你的关系不一般，我说我知道。"她笑得更开心："还问我想不想知道你们以前发生的事情，我说我不想，就不让她说，憋死她。她生气了，说我配不上你，我就顶了她几句，看她气得说不出话来的样子，我觉得有趣极了。刚想再说几句，就看见你来了，我就笑得更开心了。"

"哦，对了！"小迪又补充，"她还说我是伪绵羊，我说'你说得太

009

对了'，被她针对的感觉，真是太有意思了。"

钱娟彻底无语，她没有想到朱小迪会把刚才的话讲给陈宁听。

更让她无语的是，小迪居然对陈宁说："她说我配不上你，让我更开心，因为这表示我眼光太好了，我怎么就这么有才呢，挑到你这么好的老公，我真是爱死你了！"朱小迪拿住陈宁的手，撒娇的样子把陈宁逗笑了。陈宁忍俊不禁道："都是孩子他妈了，还这么调皮！"

"那是因为你宠我，我才有调皮的资本。你要是对我不好，我天天愁眉苦脸，想皮也皮不上了呀！"

陈宁笑了，反手将小迪的手给握住。

小迪也笑了，深情款款地看着握着自己的陈宁，他们的眼里好像只有彼此，心绪翻腾的钱娟马上成了空气。什么叫如坐针毡？她忍无可忍地起身，提起放在一边的包包，转身就走。

陈宁没有追上去。

小迪立即变得悲切："我说过，谢谢你娶我，我也说过，这段婚姻，你随时反悔我随时签字，如果你想追上去……"

"不追！"

陈宁眼眸湿润了，红着眼睛坚定道："绝对不追！在我决定娶你的时候，就没有想过离婚。带你来，确实怕自己心意不坚，但更多的是想让她看看你，让她从此安心和死心。因为我现在很幸福，我和她真的已经过去了。"

这边，钱会计正在沙发上看电视，看到钱娟满脸是泪地跑进来，一脸不解道："表姐，你怎么了？"

钱娟哭得伤心，哭得顾不上说话。

钱会计坐到了她的身边："难道你告诉陈宁你愿意放弃婚姻重新和他在一起，他不肯为你离婚？"

钱娟直摇头："我还没来得及说，因为他居然把他的老婆带来了。"

"什么？他把朱小迪带去了？那个贱女人，她跑去干什么？"

钱娟坐上沙发，哭得伤心："是陈宁带她去的，她真的不像表面那样单纯，她真的太狠了！"

"早就发现了！"钱会计恨恨道，"陈宁肯定不爱她，如果爱她，就不会拖到孩子出生才娶她，也一定不爱，不然，怎么连场婚礼都不为她举办？他可是婚庆公司的老板，连自己的婚礼仪式都不举办，说给谁听，谁都知道他根本不爱她。陈宁爱的是你，姐，陈宁为了你等了那么多年，现在你回来了，就算那个女人给陈宁生了孩子，正主归位，她也应该滚了！"

钱会计说得好像很有道理。可是，钱娟回想着陈宁看着朱小迪的眼神，那里面明明就是发自内心的宠爱和责任。

他们的相遇，真的像钱会计告诉她的那样，是朱小迪不要脸地算计，有了孩子，要挟陈宁的吗？可凭她对陈宁的了解，就算他被朱小迪算计，陈宁也绝对不可能奉子成婚。

钱娟太了解陈宁了，了解到了骨子里。

这次回来，她就是想和陈宁再续前缘，但不想他把朱小迪带来了。

这个朱小迪！

这个女人，她到底是怎么和陈宁相遇，又是怎样撬开了陈宁那颗封情锁爱冥顽不灵的心？

Chapter2

相遇，是上帝的安排

在成人的世界里，有时候，发生过关系反而不算什么关系。也许，没有发生过关系，反而让人刻骨铭心。

朱小迪和陈宁的第一次交集，是在一年前的 QQ 上。

当时陈宁开了两个 QQ，一个业务号，不停地有人加。一个私号，设置是"不允许任何人加入"，不加陌生人。

"宁子，我的 QQ 号被人盗了，找你借钱的话，千万别借，让你点什么相关链接的话，千万别点，绝对的病毒，我就是点了，才中了木马被盗了号。我没设置密保，那个号可能彻底废了，你加我新 QQ，被盗的那个号码你删了吧！"这条来自同窗旧友的短信，让陈宁更改了私号的设置。

加了他的新号后，陈宁正准备把设置改回来的时候，QQ 消息闪动了，他误以为是业务号上的消息，便理所当然地通过了她的好友申请。

加了她后，才发现加错了号，根本不该加她，看她发来一个"您好"，他马上就想删了她，但是，对话框后面立马显现了一段话："可不可以把你的 QQ 号码卖给我？"

他奇怪极了："为什么我要把这个号卖给你？"

她在那头语无伦次："这个号码的数字组合，是我喜欢的人的生日，我……因为现实，我们不可能在一起。我突然想到他的生日，搜到你这个号码，我很想要它，你能卖给我吗？"

原来这个世上还有人和他一样，因情而困不肯放过自己。

陈宁心中有什么东西被她触动，说："抱歉，不可以。"她就没有回话了。

他的 QQ 名叫宁子

她的 QQ 名叫笛子。

同病相怜，名字也如此对称，虽然不再说话，"笛子"和"宁子"就这么待在彼此的 QQ 号里，无声无息，无相互问候和打搅。

突然有一天，朱小迪的"笛子"给陈宁的"宁子"发来消息："对不起，我是真的走投无路了才找你，求你帮我，我妈出事了，求你帮我！"

从来没聊过的人冷不丁地就冒出这样的话，搁谁谁都会当她是骗子。但陈宁觉得，如果是真的，坐视不理，良心上会过意不去。如果她是骗子，就把她逮住，给点教训，让她骗不了别人。所以，陈宁在等红绿灯的时候回复她："你把你的手机号码发过来，我打给你，有什么事情在电话里告诉我。"

小迪马上发过来一组号码。

陈宁看到红灯换了过来，就先将车开到路边，停下后，打给小迪。

小迪接过电话，就在电话里哭着对他说："我是笛子，你 QQ 上的笛子，我真的走投无路了，我妈……我妈喝乐果自杀，送医院里急救，可我现在……我……只要你肯帮我，我做什么都愿意。"

她哭得很伤心，陈宁觉得她不是骗子，更何况，这关乎一条人命，于是，他就对她说："你先别哭，你在哪里？"

她报了自己所在的城市和医院地址，陈宁松了一口气道："我们在一座城市，你离我不远，不堵车的话，我十分钟就能赶过来。"

陈宁就这样见到了朱小迪。

他也不知道他为什么能一眼认出小迪，也许是因为医院里，那个坐在走道候椅上的姑娘哭得太伤心。她似乎意识到有人在看她，于是她泪眼蒙眬地抬起头来。

哭得眼睛红肿的姑娘有一张苍白的脸，脸上交织着伤心、绝望，还有见到他时，红肿的眼里闪现出的不可思议的惊喜。

"你是'笛子'？"

她泪流满面地点点头，他一副"果然是你，我没认错"的表情，再转向她说："别哭了，我先帮你缴费。"

他说着，就从她手里抽过医药单，那单据都被眼泪泡湿了。他看着上面的内容时，她抽泣着问他："你不怕……我是骗子吗？"

他说："好吧，骗子！我们先救人！"

朱小迪哭着说谢谢，说没有想到他会来。他却说，感谢的话等安置了你妈再说，现在不是说这个的时候。

急救室外，小迪焦急地等着。

小迪哭得伤心，没有办法正常说话，医生只得转向陈宁，以为他是家属，所以对他说："病人发现得太晚了，送来的时候，就已经……你们进去见见她吧，她也就是今天晚上到明天的事儿了。"她妈妈被乐果烧了嗓子，食管，还有……即使抢救，也没有办法救活她了。

这老妇人痛苦万分，她已经说不出话来，小迪还在自欺欺人，在床边握着她的手说："妈，你会没事的，一定没事。我们遇到好人了，这一次全亏这位大哥，你一定会没事的。"

小迪妈虚弱地转向床的另一边，看了一眼站在床头的陈宁。

那是一个长相端正、成熟稳妥、英姿挺拔的男人，让人无名的信任。

然后，她使出全身的力气，将手伸向了陈宁，嘴张动着，好像有话要对陈宁说。陈宁下意识地握住她枯如树皮的手，再俯了身，想听她说些什么。没有想到，她什么都没有说，另一手握着小迪的手，交到了陈宁的手上。

小迪不可思议地看了看妈，又不可思议地看了看对面的陈宁。陈宁也是极度不可思议的表情与小迪对视，然后，又看了看小迪的妈。小迪的妈已经说不出话来，只是流着眼泪，一脸悲伤地看了看小迪，又一脸哀求地看着陈宁，托付之意不言而喻。

陈宁心软，连连点头允诺："我会力所能及地照顾她的。"小迪妈过世后，小迪一直坐在角落里黯然流泪，不是号啕大哭，而是失去魂魄般，眼神空洞地流着眼泪。

"你叫什么名字？"他走到她的身边，轻轻地询问。

她好像回了魂，仰起头来看着他，他怕她仰得太累，便低下身子，再轻声问了一次："你叫什么名字？"

"我叫朱小迪。"

"朱小笛？"她 QQ 名叫"笛子"，他很容易想到那个笛字。他把这三个字用手机打出来，将屏幕递给她看。

她摇摇头："是迪，走字底的迪，我叫朱小迪。"

"你刚刚念大学吗？"她看上去好小。

她还是摇摇头："我很早以前念完高中就没念了。"

"你家里还有什么人吗？"

她看了陈宁一眼，陈宁觉得那一眼里，有不解和疑惑，陈宁马上说："医药费我都帮你交清了，警方也找你谈过话，证明你妈是自杀，也开好了死亡证明，但需要家属将遗体从医院认领出去火化。你还有可以联系的家人吗？"

她痛苦得拧住五官，悲伤得哭了出来："没有了，没有亲人了，这个世上……只有我一个了。"

她哭得好伤心，也好绝望，绝望得他心绪翻腾，不由自主地靠近她，将手拍在她的肩上安慰。

"没事的，还有我，我会帮你。好好地哭一场，我不劝你，哭完后，带着希望过好以后吧。"

他心疼她，不知道为什么。

那应该是陈宁有生之年遇到的最冷清的葬礼了，只有两个花圈，一个是小迪买的，一个是他买的。

将小迪的母亲安葬后，小迪在墓碑边哭着对他说谢谢。

"如果没有你，我妈连块像样的墓地都没有。我会还你这份恩情的，我会还你为我付的所有的钱。"

陈宁说："恩情就不用了，我每年都会捐一大笔钱到慈善机构，帮你的这份，就当我捐了。至于还钱，你好像没有什么正式职业，应该也没有什么经济来源吧？"

"你怎么知道？"

"如果有的话，公司一定会派人过来慰问一下的，对吧？"

她悲伤地低下头去。

陈宁心生怜悯："如果你愿意，你可以去我的公司，帮我做事情。"

她惊讶地看着他，他说："我有家婚庆店，正好缺化妆师，你先跟着店里的师傅学两个月，如果喜欢，你就留下，不喜欢的话，我再帮你找别的事情。我还有别的产业，也有朋友，他们的公司兴许缺人，我到时候帮你留意。"

"你为什么要帮我？"

陈宁豁然一笑："我答应过你妈，就不会出尔反尔。"

"我以为你只是想让我妈去得安心，才应允的。"

陈宁轻笑："我是言出必行的人，我不轻易许下承诺，许下的话，会尽全力做到。"

"可是，当初你为什么要帮我？"

"不知道，只觉得是缘分吧，除此之外，我也解释不出来。总之，我们投胎来到世间都不容易，所以就尽全力地活下去，太轻易绝望的话，就看不到下面还有什么惊喜了。"

就这样，陈宁遵守约定，照顾小迪，让小迪到自己的公司跟着师傅学化妆。

员工看小迪是老板亲自引进来的，对她当然是不错的，陈宁还私下交代总管和助理对小迪好一点。于是，大家猜测着小迪与陈宁的关系，但陈宁对小迪没有异样的亲近，大家也看不出什么问题，看老板对她好，大家自然也会对她好。只有钱会计对她横眉冷对，工作间用餐的时候，总是"不小心"撞开她，让她把水或者食物撒在身上或手上，这种伎俩完全是小女生的把戏。

小迪的师傅对小迪说："别理她，她就仗着自己是陈总前任的表妹，以为自己跟陈总的心上人长得有几分相似，就想坐上老板娘的位置，还以为别人看不出她那点心思。可惜陈总根本不理会她，能把她招进来，已经够念旧情了，她针对你是她把自己当成女主人了，谁让陈总这么关照你。不过，你不用理她，你只要不跟她在一起，她就拿你没有办法，反正你们一个在大厅为顾客化妆，一个在里间的办公室做会计，根本就没有什么交集。"

小迪按着师傅说的，与钱会计尽量错开，倒也相安无事。

这一天，师傅外派到婚宴现场，为新娘跟妆的时候，师傅的老公出了车祸送进了医院，师傅接到医院的电话后，急忙给公司打电话，公司里的化妆师都派出去了，没有替补。师傅急道，那把小迪派过来吧，她跟我学了几个月了，手艺也不错了，可以出师了。

助理请示了陈宁，陈宁想了想说："行，就让小迪去吧。告诉小迪，如果客户对中场换化妆师有意见的话，我们可以免单服务，毕竟是我们这边的问题。"

助理将这话带给了小迪，而后，在她耳边说："以前也有替换化妆师的事情，陈总都是让我们自己去说服客户，从来没有说过免单。看来他是为你着想，怕你应付不来，怕客户为难你，早早为你想好了对策，连钱都不要了，对你可真好。"

朱小迪来到了酒店，看到酒店门前的恭贺牌上写着新郎与新娘的名字。

新郎叫苏晨，新娘叫张小迪。

她确定，今天婚礼上的新郎，正是当初说要娶她的那个。

苏晨带着另一半进店预定婚庆服务时，她就借故走开了。如今，阴差阳错，她被替补成了他们婚礼上的化妆师，想躲都躲不掉。

朱小迪……张小迪……

苏晨若是在台上宣誓"小迪，请你嫁给我"时，都不用担心他会叫错新娘的名字。

下午，陈宁挂QQ的时候，发现朱小迪的QQ签名改了。

来个男人，登记结婚！

陈宁正喝着水，就这么一下子喷了出来，他对朱小迪说："朱小迪，你被疯狗咬了？说什么疯话呢？"

朱小迪说："没什么，只是以前说要娶我的人娶了别人，有种想随便找个男人以痛治痛的冲动。"

"什么疯话？快把签名给改掉！好好的姑娘家，说这种话，自己都不珍惜自己，谁还会珍惜你？"

小迪只有把签名删掉，一字不留。

陈宁想到了什么，问："你说的那个要娶你又娶了别人的人，就是你为了他而加上我QQ的那个人？"

朱小迪回复："嗯。"

"不会是我今天派你去跟妆的那一对吧？"

小迪回复："嗯！就是他，以前说要娶我，可是他跟别人结婚了。"

"难怪他们来订婚庆服务的时候，你匆忙离开，居然是他们。"陈宁了然，随后不可思议，"你明明知道是他们，在那种情况下，你还答应接单？你完全可以拒绝的。"

小迪说："公司人手不够，拒绝不了。"

"那你……"

小迪回复："放心，我没有做出让公司名誉受损的事情，安分地为新娘化了妆，新娘对我的技术很满意，所以没有对临时更换化妆师的事情产生怨言，也没有提出免单，我没有让公司受到损失。"

"不是这个问题，我关心的是，你还好吧？"

小迪说："谢谢陈总，我很好。他见到我时，确实有些意外，还好笑地紧张起来，好像我要闹婚礼抢新郎似的，但是，我只是拿出公司的员工证，告诉他们我是来替补化妆的，他知道后也没有说什么。所以，一切很顺利。"

事情肯定不像这么简单，但她这般轻描淡写了。

"真是为难你了。"

"为难吗？我没觉得，只觉得，无论如何都不能坏了公司的招牌。"

"难得你这样为公司着想。"

"那是你的心血，我怎么可以为了自己，做出任性的事情？心确实很痛，一直强迫自己不要流泪，也强迫自己在为他的新娘化妆的时候，手不要哆嗦。听到他在台上对新娘宣誓的时候，我的心脏快要裂开了。可是，有什么办法，我是你外派的随行化妆师，不能做出有损公司形象的事情。尽管我现在打字的时候手还在抖，但是我还是想说，我没有给公司抹黑，没有给你丢脸，我做得很好，他们对我很满意。"

"小迪……"

他心绪复杂，很想说些什么，但是，写下她的名字后，后面的话只能用省略号代替。

"我真的不知道怎样感谢你。"

小迪回他："不知道怎样感谢的人，应该是我。"她发给他一段话：

"我永远记得我妈去世的那个夜晚，我联系了所有我可以联系的人，可是没有人回我电话，也没有人回我 QQ 留言。事后很久，才有人问我我妈还好吧，听我说我妈去世了，他们只叫我节哀，就什么话都没有了。那天，我捧着手机等短信，等电话，等 QQ 回复，等到我绝望，等到我想，如果我妈死了，我就跟她一块去。可是，我怎么也没有想到，你会回复我，还帮了我那么多。对于你来说，也许是举手之劳不足挂齿，对我来说，你把我从绝望里捞了起来，救的是我的命，连命都是你给的，这点委屈有什么受不住的！"

019

陈宁心中不忍，觉得亏欠："这样吧，今天晚上我请你吃饭，想吃什么都带你去。"

"不用了。"

"别任性，这个时候，你需要有人开解你。"

"那好吧。"

小迪说："可以带我去喝酒吗？想去酒吧，想去买醉，想知道醉的滋味，一个人去的话，怕醉得不省人事，没人照应。心有些痛，但是喝醉的话，应该就不会了。"

陈宁想了想说："行！"

这晚，陈宁带着小迪去喝酒，跟她说，你要想哭，就哭出来吧，别闷在心里，会闷出内伤的。

小迪说："有人跟我讲，新人举行婚礼的那天，若是天在下雨，就代表新郎背后有女人在哭。他结婚我没哭，只是今天早上暴雷将我惊醒，闪电雷雨很是吓人，接下来是雨后天晴。我现在的感觉是一样的，没什么要死要活的，你让我哭，我还挤不出眼泪。"

陈宁觉得她在自欺欺人，想安慰朱小迪，可又觉得性情中人，是不可能这么快从一段感情中走出来的。如果真的能走出来，他也不会一直单身；如果真的能走出来，朱小迪加他 QQ 的时候，他就应该马上删掉她，更不会因为"同病相怜"跑去帮她，也更加不会受人所托照顾她。

命运，有时候就是一环扣着一环，少一环都不能连成串的。

陈宁在吧台上伸过了手，在小迪的身上拍了一下，以过来人的身份宽慰道："我要娶的人也嫁给了别人，痛了一阵子，也没什么感觉了。其实男人和女人说到底，就那么回事。爱情那种东西只属于没见过世面的小孩子，长大后那就是彼此需要的生理互补游戏。现在的人结婚有几个不是为了结婚而结婚，彼此看顺了眼，凑合着过日子。成人的世界，彼此心知肚明，最傻的就是用了真心的人，呵。"他黯然一笑，把玩着杯盏，晃荡着映了灯光的酒液。

小迪看向他："你就是那个用尽真心的傻瓜吗？"

陈宁自嘲道："我是傻瓜？对，我也是傻瓜！"

他说："想哭就哭吧。你和我……都是性情中人，没有人比我更懂你此刻的心情。"

她说："我不想哭！"

他幽幽一笑："别硬撑着。"

"陈总。"

"什么？"

"我没有和他发生过关系。"

"嗯？"

"因为没有和他发生过关系，所以，我和他没有关系。"

朱小迪说："我记得有人说过，成人的感情世界里，若是没有发生过关系，就不算关系，所以，我怎么会为了一个没有关系的人黯然神伤？"

陈宁摇了摇头，对朱小迪说："在成人的世界里，有时候，发生过关系反而不算什么关系。也许，没有发生过关系的女人，反而能让他刻骨铭心。"

"比如很多只牵过手的初恋吗？"

"初恋……"

"你还记得吗？"

陈宁看向了朱小迪，摇了摇脑袋，无奈地苦笑："忘记了，早就忘记了！连刚交往过的女人都忘记了，谁还记得那么遥远的事情？"

"刚交往过？"小迪忍不住笑了一下，"他们都说，这些年你一直一个人，根本没有女人，你一直在为那个女人折磨自己。你真的不打算结婚生孩子了？她狠心抛弃你，和别人在一起，你就真的打算为她守身如玉终身不娶吗？你为了她这么痛苦，她知道吗？她的表妹就在我们的公司，那表妹没有透一点口风给她表姐？"

"她没有抛弃我，只是现实不许我们在一起。"

"那么，你为她发誓，不再碰其他女人，一直为她守身如玉，她知道吗？"

"知道了又怎样？"陈宁的脸上浮现出一丝苦笑，"知道了，她还是嫁给了别人，还是成为了别人的妻子，我是死是活，跟她没有一点关系。"

"那你明知道即使这样做，她也不会回头，为什么还要这样折磨你自己？"

"因为，我发过誓，我不会违背自己的誓言，就像我答应你妈要照顾你。"

"原来这就是画地为牢，自己不肯放过自己，明明自己都走不出来，还劝着别人。陈总，我对那个男人死心了，可是你呢？你有没有放过你自己？为什么我觉得借酒消愁的人是你不是我？"

朱小迪很想笑。

陈宁带她来喝酒是来安慰她的，弄到后面，他醉醺醺地被她扶着走了出去。

他喝成这样，肯定不能开车，小迪根本不知道有"代驾"这么回事儿，所以，只有扶着他站在马路边，拦下了一辆红色的士。他虽然醉了，可是问他地址，他还是说了出来。

车七弯八拐地来到陈宁住的地方。

小迪架着陈宁的胳膊向门栋里走去，等电梯的时候，突然骂自己蠢，她怎么把司机放走了？这明远大厦本来就属于开发区，住在这里的人出行都有私家车，的士很少进来，很远处有公车，但公车九点就下班了，她一会儿怎么回去？

不管了，先把他弄上去再说。

朱小迪扶着陈宁，跟跟跄跄地扶到电梯口，她又架着陈宁走进了电梯，电梯停后，她又将陈宁给扶了出来。看了看电梯边上悬着的指示牌，向着陈宁家走去。

终于走到了门前……

"陈总，到了！"

陈宁"吭"了一声，抱过来时整个人的重量就压了下来，朱小迪承受不住，把他从电梯里架出来就够费力了，他一抱过来，她腿一软，就和他一起滑坐在了地上。

他喝多了，她也有些醉意，头有些晕了，用手揉了揉眼睛。

朱小迪伸手去他的包里掏出带着钥匙夹的钱包，一打开，就看到钱包里面有一张大头贴。大头贴的男主是陈宁，女主是个很漂亮的女生。

那大头贴的边缘都起毛糙了，好像很久以前贴的，大头贴上的陈宁和那女生一脸的青春朝气，郎才女貌，天之绝配。

她苦楚一笑。

看，这就是这个男的不停地说"忘记了"的女人，却还随身携带着，真正的自欺欺人。

朱小迪将陈宁拖进来后，起身开了墙边的灯，屋内一亮，她就去找卧室。找到卧室，她费了九牛二虎之力，才将陈宁拖进房间，拖到了他的床上。

一路上，他都在呻吟："水，我要喝水……"

小迪把房间的灯打开，床上的陈宁马上抬起胳膊，用手背挡住眼睛："刺眼……"

朱小迪发现他床头柜上有台灯，就将台灯打开，调到最柔和的光后，把顶灯关掉。

灯光柔和后，陈宁整个人都松懈了下来，只是不停地呻吟着："水，我要喝水。"

朱小迪出去，一会儿就端着水杯进来，扶着他半坐起来，让他靠在自己的怀里，将杯子递到他面前，在他耳边低语："水！"

他的嘴巴一触到杯子，就双手捧住，贪婪地喝了起来，喝得很猛，以至于猛然咳嗽起来。

朱小迪轻轻地拍着陈宁的背，陈宁缓过来时，急促地呼吸着，脑袋仰在了小迪的肩膀上。陈宁在柔和的灯光下挣扎地睁了一下眼睛，醉眼迷离，微光朦胧，他只感到一个模糊的女人影子，那轮廓有些像一个人，这使他突然惊到似的一把拉住小迪的手。

"钱娟？"他不信地摇了脑袋，"你……你回来了？"

他双手束住她，好像抱住救命的稻草，他居然抱着她哭，就像小孩子一样。

"你怎么……这么狠心？"他边哭边抱着她，将脑袋搁在她的颈窝。

"你怎么这样啊？你怎么舍得这样对我啊？"他说着，抽泣起来。哭得让人的心一阵一阵地疼着，好像刀在心口不停地戳刺。

屋子里弥漫着酒精的味道，她被他压着，软软的床被压得陷下了下去。

"我……我不是。"她挣扎着，他却紧紧抱住她。他紧紧抱着她，无助地低泣："我想你，我真的好想你。"

她轻轻地拍着他的背，被他压得有些喘不上气，连呼吸都有些急，轻喘着，却一点都不讨厌这种感觉，更不讨厌他。他环绕过来的气息让她的力气都化为了乌有，她便顺从地让他为所欲为。

他时常会做梦，梦见和钱娟缠绵，有好几次都以为是真的，醒来却发现那只是一场梦。

微弱的灯光中，他不停地叫着"钱娟，钱娟"，她对他又心动又心疼又带着感恩，这般被他抱着，第一次遭遇这样的事情，带着一点好奇一点贪恋，她委身于他。

一切结束的时候，她抱着被子坐在角落里哭。

站在床边的他酒醒了一半，微眯了眼睛，阴冷道："我告诉你朱小迪，我不可能对你负责，我也不可能对你负责！别跟我说你是第一次，我不相信，你这种女人说的话，我一个标点都不信。"

她的身体痛得瑟瑟发抖，眼泪像断了线的珠子。

"我没打算纠缠你，别说那么难听的话侮辱我。"

陈宁微扯起嘴来讽刺地一笑："你们这种女人都是一个套路，以为拿身体就能绑住男人，你不嫌下贱我还觉得恶心。"

小迪用手指天，紧紧咬了一下牙关，红着眼睛发誓："我朱小迪对天起誓，若缠着陈总，我不得好死。"陈宁指着她的鼻子，一脸愤恨："你最好说到做到，不然你会死得很难看！"说完，几步向前，走向卧室里的洗手间。刚刚拧开水，就听到卧室门被人拧开，陈宁听到动静后，冲出来将走出房门的小迪扯住。

"你干什么？"

小迪哭肿了眼睛说："回家！"

"回什么家？"他吼她，"现在都凌晨两点了，又没车，你怎么回去？"

"我有腿，走回去！"

"你闹够了没有？"陈宁扯住小迪的手，狠狠地拽了一下，"这里正在开发，周围全是不知底细的建筑工人，不敢说他们全是坏人，但也不敢说都是好的。你半夜走出去，碰到不该碰到的怎么办？"

"不怎么办！"她淌着眼泪说，"劫财我没有，劫色我就这副破身子，要就拿去，大不了杀了我分尸，有什么好怕的！"

陈宁恼了："你给我听着，你就给我睡这里，要走也要等天亮后再走。我不想你真的被分尸了，人家查案查到我这里！"

他扯着她往房间里走时，她被扯得向前迈了一大步，扯得双腿间的撕裂感加剧，她猝然缩手，"嘶"地一声弯下身来，紧紧地按住自己的腿。

他循声而望，只见她按在腿间，双腿在微微地抖。他知道他刚才有多粗暴，所以不由得动了恻隐之心，他弯下身去，将她一把抱了起来。

她惊愕地看着他时，他一脸歉意道："是我太粗暴了，以后不会了。"

这种感觉，好像是在说，以后他会温柔地对她，他说话的语气还有表情，就是给人这样的错觉。她抬首看向他时，他也意识到自己用错了表情说错了话。

"我是说，我们以后都不会发生这种关系了。"

她默默地低下头去，她的样子令人心碎到极点，他有些不忍，但还是狠狠心，将她放到床上，欲言又止，终是叹了一句："我确实很愤怒，说了很多难听的话，让你受了罪，现在冷静了下来，觉得很抱歉。但是，我不能跟你结婚，也没有办法对你负责，我只能给你一笔补偿，我能做的只有这么多，你睡一觉后，就把这件事给忘了吧！"

她木木地说："我不要补偿，我是自愿的，我不会找你麻烦。你说过的，成人世界里，发生关系其实根本不算什么。那种得到女生第一次，就一定会娶她的男生只存在言情小说里，现实和虚拟我分得清楚，我懂。"她的眼泪顺着脸颊往下滴。他明明看见了，却装作视而不见，狠狠心，向洗澡间走去，洗完澡后，睡进了次卧。

第二天早上，听到房间门响，陈宁起来后，看到房门大开，床上的被子已叠好，小迪已离开，而后，手机收到她发来的一则短信："原谅我，对不起。"

回到公司后，小迪就没有出现过了。

他以为她怎样都会来公司上班，可是没有想到，她根本不露面了。

陈宁有些担心，因为他知道，她不是那种随便的女人，他有些害怕她没有办法面对昨天晚上发生的事情而自寻短见，更想到他逼她发了毒誓后，她哭得那般伤心，根本不是演戏。

陈宁拿了电话，到公司外的拐角处给小迪打电话，电话一接通，他就讲："朱小迪，你死到哪里去了？就这样不露面了是吧？是死是活，你给我喘声气。"

她在电话那边，他只听到她的呼吸声。

"你说话啊！"

良久，她才沙哑了声音说："我已经没有办法面对你，我只有离开，才不用那么难堪和尴尬，这是最好的选择。"

那声音沙哑得令人心痛。

"请035号患者到2号诊断室。请035号患者到2号诊断室。"

他顿时觉得奇怪："你在哪里？"

"我在医院里，刚看完医生。"

"你怎么了？"

"我……不停地流血，医生说，是初次房事太粗暴造成的，开了些消炎止血的药，一会儿吊点水就没事了。"

"是我昨晚上把你弄伤的？"

小迪捧着电话摇摇头："如果不是想要安慰我，你也不会去喝酒，也不会让你想起痛苦的事情。看你那样痛苦，我才没有拒绝你，铸成大错，弄得我现在没脸见你，对不起，我不是故意的，我没有想到事情会发展成这样，请你原谅我。"

听到她说"安慰"，他突然想到，该痛苦的是她吧？说要娶她的人娶了别人，强忍着痛苦去给那负心人的新娘化妆，本来就悲伤得无以复加，又在同一天失去了清白之身。初次云雨，还被自己的第一个男人那般蹂躏及羞辱，身心受到重创，还因流血不止进入医院。她被人伤得鲜血淋淋，他还趁机在伤口撒盐，他到底做了什么？

陈宁愧疚不已："该请求原谅的是我，突然看到你在我床上，和我发生那样的事情，我是气糊涂了，才那样对你。你在哪家医院？我开车接你，送你回家。你被我弄伤了，是我对不起你。"

"不必了，你不要来接我，见了面我们两个都会尴尬。我向你保证我很好，真的很好，谢谢你，陈哥你是好人，我一辈子都记得你。"

说完，就挂了电话。

嘟嘟声响后，是陈宁怔然的表情。

而不远的角落里，是钱会计偷听后的惊讶，继而是愤恨：这个不要脸的女人，自己守株待兔这么久，居然被她捷足先登了。

此时今日，钱会计对着钱娟破口大骂："这世上的男人没有一个好东西，我还以为陈宁真的为你一辈子不娶，他让我打钱给朱小迪，说是她离职后的补偿，其实就是他和朱小迪发生了不清不楚的关系！"

一想到自己对陈宁投怀送抱暗送秋波，陈宁死都不理，却被朱小迪得逞，她越发骂得难听。

在她愤愤不平的口述中，钱娟认定是朱小迪勾引陈宁，这引发了她的怒火和不甘，越发地想把陈宁夺回来。这才有了她锲而不舍地约陈宁见面的那一幕。

在钱娟心里，她才是陈宁的真爱，就算陈宁和别人结了婚，那也是遭人算计。

她不觉得自己的思想有问题，甚至没有觉得自己是介入人家婚姻的第三者。在她的认知里，感情的世界里，不被爱的那一方才是第三者。

现在，陈宁的真爱回来了，那么，那个贱女人就该滚了！

想到被小迪抢白的难看，钱娟就愤愤不平道："那个朱小迪实在是太有心计、太不要脸了，我绝对不让陈宁待在她的身边，这个女人……太阴狠了！"

钱会计也愤然："当然，否则，她怎么会怀上陈宁的孩子，逼陈宁跟她结婚？"

"我太了解陈宁了！"钱娟说，"要么动了真心，要么是父母强逼，否则他不会妥协。他是个用情很深的人，没理由说变就变，唯一的可能是，姓朱的怀了他的孩子，陈宁的父母为了这孩子，逼陈宁娶她。一定是这样！"

Chapter3

原谅我不能娶你

他是她的第一个男人，她为他生了一个孩子，可是，他的心里却深爱另一个女人。

陈宁娶朱小迪，确实是因为朱小迪怀孕了。

小迪到医院吃药止血的情况下还能怀上宝宝，只能表示这个孩子的生命力太顽强。

而陈宁见到怀孕的朱小迪，是在他们分开三个多月后的某一天。

那天陈宁高中同学会就在这家酒楼举办，同学相聚在一起，话题全是，谁刚生了儿子，谁女儿刚长牙了……

陈宁突然感觉孤独，他孤独得起身去了洗手池。洗了手，一直守在水池边的服务生用镊子夹过一块白色的方巾递到陈宁面前，陈宁接过，刚揩了手，那女服务生就别开脑袋捂住嘴干呕起来。

他就这般抬起头来看了她一眼，心下一惊，朱小迪？

朱小迪反胃冲进了女洗手间。

他听到她干呕的声音，再听到冲马桶的声音，然后她出来了，到洗手池边拧开水龙头，双手捧了水，送进嘴里漱了口。

她的发丝散了，脸上挂着水珠，而眼底集满了晶莹的泪水。她对着镜子看了看狼狈的自己，余光瞟见一块方巾送到了她的面前。

朱小迪虚弱地看了过去，就看到陈宁保持着递方巾的姿势。

"谢谢！"

朱小迪湿着手扶了一下散下的发丝，将它们扶到耳后时，自始至终只看着那块方帕，接过时，蝇咛似的说了一声谢谢。

"你的新工作就是这个？"

她微微一笑，点了点头。

"我以为你换工作的话，会到别家婚庆店当化妆师，怎么到这里当服务员了？"

小迪苦涩一笑："怎么还敢找婚庆公司应聘呢？看到一对对幸福的新人，就会想到自己很可悲。我除了在你那里学会的化妆，就一无所长，只有在这里先做着。我挺好的，这里管吃管住，只是没有想到，这里离你家和你的店这么远，还是能遇见你。"

"我也是第一次来这里，同学聚会，他们选的位置。"

她冲他笑了："我以为我们再也不会见面了。呃……"

她又干呕一下，陈宁因关心而皱紧了眉头。

"这是怎么了？"

"胃不大舒服！"

"是不是吃坏东西了？"

"也许吧。"

"不舒服的话，就请假回家吧！"

小迪忍不住笑了出来："陈哥，你还当我是你店里的化妆师啊？我们经理可没有你这么好说话，请假一次，就要扣掉全勤，还要扣掉一百块的事假钱。这个假的代价太高了，我请不起。"

陈宁不解道："我不是给了你一笔钱吗？你完全可以不用这么拼的。"

小迪说："你虽然多给了我一个月的工资，可是，我没有多少积蓄，不这么拼，是没有办法赚到钱的。"

陈宁完全蒙了。

"我只多给了你一个月的工资？我明明让财务给你转了二十万。"

"二十万？"她惊大了眼睛，"我卡上只多了一个月的工钱，你可以去查账的，我没收到过那笔钱。"

"会计说，是从公司账户取款，交给你的是现金，你还写了收条。"

她再次惊大了眼："我没有收过这笔钱，我也没见过会计，更没有写过收条。如果我有这笔钱，我怎么会这么辛苦地为我的孩子赚奶粉钱？"

"孩子！"陈宁震惊地与小迪对视，"什么孩子？"

"我……我们经理来了。"她转身就走。

"朱小迪！"

十一点后，服务生都下班了，朱小迪随着人群也出来了，走了几步，竟又干呕起来。身边有人扶她，她摇摇手，表示没事。直起身来，拭了拭嘴角，就看到陈宁的车慢行过来，停在了她的身边。

"上来！"陈宁握着方向盘对她说，小迪身边的小女生怯怯地问："小迪姐，他是谁啊？"

小迪虚弱地笑笑："一位朋友，认识的。"

"哦！是男友吗？"她小声问。

小迪摇摇头："不是，只是认识的人。"

陈宁看着她，将"上来"重复一次。

小迪对身边的小女生说："你先回宿舍吧，我一会儿回来。没事的，不用担心我。"

小女生走了，小迪拉开车后座的车门，坐了进去。

陈宁的眉头拧皱了："你就不能坐我边上？"

朱小迪用手扶扶散在额头的刘海，虚弱地说："后面宽敞。"

快四个月没见了，他总会断断续续地想起她。

虽然她睡过的床单被他丢了，甚至他们睡过的床也被他换掉了，但是，那一夜，她哭着求他，而他肆意发泄的片段，总会不由自主地在脑海里浮起，以至于，他将那主卧的房门都锁了，移居到了次卧。

不见她时，觉得自己已经把她忘记了。见到她后，那一夜的事情如此清晰，好像发生在刚才似的，令他莫名的心疼加愧疚。

"小迪，那二十万的补偿没有转给你，我会去查清楚再补给你，但是，你刚才说的孩子是怎么回事？"

小迪看了一眼陈宁，掩饰道："陈哥你听错了，我没说过什么孩子。"

"好，就当我听错了，我有事问你！"

"什么事？"

"那天我们那个后，你吃避孕药没？"

"没。"

"你都去过医院了，为什么不吃点紧急避孕药？"

她以沉默对抗，他则继续发问："医生没问过你？没有提议？难道你一点自我保护意识都没有？"

"当时花了好多医药费，钱不够，就让医生先把紧急避孕的药单给消了。"

他气极，无语地点了点头，"好"了半天，手握住方向盘，无比无奈道："我们现在先去 24 小时药店买一根验孕棒，先看看你中彩了没。"

他正要发动车子，她一句话快把他气死。

"验过了，是怀上了，还抽过血，是阳性。"

"你怀上了？刚才为什么不承认？"

"我怕你带我打胎，不敢承认。现在想想，这是我的孩子，我不用怕你。"

"这孩子不是我的？"

"是你的。"

"确定是我的？"

"我只跟你上过床，应该是你的。"

"算起来都四个月了，怎么都不显肚子？还有孕吐不是应该在刚刚怀上的时候才有吗？"

"个人体质问题吧。肚子……应该在五月以后，才会慢慢地显怀吧，我这是第一次怀，我也不太清楚。"

"做过产检吗？"

"只去过一次，酒店老板不批假，就没去了。"

"产检都不让你去？"

"我……怕他辞退我，没有告诉他我是去产检。大堂经理离得远，不会经常在眼前，同住的都是小姑娘，她们没经验，不知道我有身孕，只相信我说的我胃不太好。"

"那你想瞒到什么时候？"

"不知道，只希望我的肚子不要显得太快。"

"怎么这么怕显肚子？只要你签了用工合同，孕育期他们不能辞退你。"

"我没有签合同，现在只是试用期，试用期没有合同，也没有保险，要等试用半年转正后再签用工合同。"

"那到时候被他们赶走，你上哪里维权又去哪里哭诉？"

"我没有想那么多。"

"那你到底在想什么？"

"我不知道，但我想把孩子生下来。"

"生下来？"陈宁不信道，"你生下来，你生下来拿什么养？你现在住在酒店的宿舍，被发现后，肯定会被赶出来，到时候，你连住的地方都没有，你一个大肚婆上哪里找工作？哪里有钱去找医院生孩子和住院？以后的尿片钱和奶粉钱你怎样筹？你撑不下去的话，就带着他找后爸，让别的男人虐待我的孩子？"

"我不会给他找后爸，我不会嫁人的。"

"话别说得太绝对，我还发誓这辈子不再碰女人，可是我还是碰了你！"

"那个是意外……"

"不要跟我说什么意外，就算你不嫁人，你现在怀着宝宝，用不了多久就会显出肚子，酒店老板没跟你签合同，这也不是慈善机构，他不可能收留你。就算孩子有幸生下来，也是跟着你奔波吃苦，更要命的是你未婚生子，又没经济能力，这孩子只能在别人对你的人品质疑还有对他的歧视和白眼下长大，你不觉得你这样对待一个小生命，是件很残忍的事情？"

"我……我没敢想那么远。"

她意图下车，他一把拉住她："等一下，孩子的去留还没搞清楚，你这么慌着走干什么？"

"让我想想，给我几天时间想想，再决定他的去留。"

"如果你想生下来，我可以给你一条路。"

她看向了他，他说："生下来，给我，我要！"

"你要这个孩子？"

陈宁深深地吸口气道："是的，我心爱的女人嫁给别人后，我就断了结婚的念头，本来以为我会孤老到死，却没有想到和你有了孩子。就把他生下来给我吧，我养着，不会让他吃苦头，就算没有妈妈，别人也不会轻视他。都快四个月了吧？"

"三个月二十七天。"

"那就是说不能药流了，堕胎对你的身体不好，你生下来给我，我会好好对他的。"

"好，我生下来给你，那……我以后还能见他吗？"

"不能，当然不能。"

"这样很残忍。"

"我可以给你时间考虑，想生下来，就给我。不要被那些小说误导，未婚妈妈没有小说中的唯美，要面临很多现实的问题，你生，只能给我，没有选择的余地。不想要的话，我陪你去医院，因为做完手术，你需要人陪，不要找不相干的人。越少人知道这件事情对你越好，因为谁也不知道她们在背后怎样说你，这关乎到你的名声。"

"谢谢你这个时候还为我着想。我把这个孩子生下来给你吧，一直不知道怎样感谢你，这个孩子，就算还你的那份恩情。只是我有一个条件……"

"你说。"

"我会安安静静地把孩子生下来，但是，在我生下他之前，你都不要再出现在我面前，不要打我电话，不要关心我，只要找个地方安顿我，帮我请一位阿姨照顾我就好，可不可以？"

"这是什么意思？"他不懂。

她的眼泪漫出了眼底："陈哥，你对我有恩，又是我的第一个男人，我忘不了你。我知道我和你不可能，所以才请你不要再出现在我的面前，我害怕有更多的眷恋，我也怕那个时候，我控制不住自己，胁迫你，让你左右为难。"

"你不是那样的人。"

"陈哥，你说过的，没有绝对的。我不敢说我了解你，但我知道你的心很软，为了孩子，你一定会对我好，而那些对我好的回忆，会在你抱走孩子时，让我加倍痛苦。原谅我的自私，原谅我让你在他孕期的成长期里缺席，因为我很不幸福，所以，我不想让自己再加倍痛苦。"

陈宁心酸地看着小迪："你是个好姑娘，原谅我不能娶你。但是我答应你，会帮你安排住处，会帮你安排阿姨，会……毫无打扰地让你将孩子生下来，我会好好地对我们的孩子，如果实在想见他，我会安排你们见见面。"

她含着泪笑了："你看，说好的再也不见面，却还没等我生下来，你就心软了。"

陈宁与朱小迪的这次相遇，也是钱会计加倍痛恨小迪的原因。

陈宁追查那二十万现金的事情，钱婷一口咬定她亲手交给了朱小迪，还说那收条就是朱小迪亲手写给她的。陈宁问她："你是怎样联系到朱小迪，再把钱给她的？"

钱会计说："打她手机。"

陈宁说："行，你去电信局打一份当天的通话记录单给我核实。"

"我是用公司电话打的。"

"那就让助理去打一份当天的通话记录单来，顺便让财务把那份收条拿到警方做笔迹核对！我给了你机会，你不承认，我只有报警。

二十万对我来说不算什么，可拿给警察立案，就是挪用加贪污，一万就是一年，你要在局子里待二十年，你自己好好想清楚。"

钱会计做贼心虚："陈总，你不会真的报警吧？"

陈宁无法置信地看着钱会计："你居然做出这样的事情，这叫我以后怎么将公司的钱物交给你？"

钱会计突然发难道："我为什么不可以做出这种事情？"

"你还有理了？"

"当然，你说得好听，说这笔钱是公司对朱小迪的补偿，说她无依无靠，这是你答应她妈妈临终前的托付，为她做的最后一件事情。可是，那天你给她打电话时，我在外面听得清清楚楚，是她勾引你上床，你恼羞成怒，所以才给她一笔钱，让她永远离开你。"

"你偷听我的电话？"

"谁让你鬼鬼祟祟，让人好奇的？"

"你……"

"所以，你要我拿钱给她的时候，我就把钱截下了。朱小迪死了妈，才被你关照进公司，按理说，她应该感激涕零，却整天装得楚楚可怜，到最后勾引你上床。你曾跟我表姐发的短信，你还记得吗？你说过，你除了她，再也不会碰第二个女人，你说过，娶不到她，你终身就不娶了。可是，她却打破了你的誓言，心怀鬼胎，勾引你上床，却还要你给她一笔钱，她凭什么拿这笔钱，有什么资格拿这笔钱？她害你违背誓言，背弃对我表姐的忠贞，却还有脸向你拿钱，我看不顺眼，我就是不给！"

她看到陈宁的脸色很难看，马上知道拿住了他的要害，随后耍横道："反正钱已经被我花得差不多了，你要报警的话，就报吧。人家问起，我就如实相告，让别人，还有我表姐知道，你根本没有你说的那样忠贞，说什么等她天长地久，还不到几年，你就背着她和别的女人上床睡觉！"

"你……"

钱会计转身，甩门就走。

陈宁重重地坐回位置，想说什么，可是，头部骤然剧痛，痛得他说不出一句话来。

不知道是因为允诺了小迪，还是被钱会计的话刺激得刻意回避，陈宁真的一次都没出现在受孕期的小迪面前。

冬去春来，很快十月月满。

孩子出生前，陈宁在外地，孩子出生两天后，他才从外地赶回来。

他一下飞机就直奔医院，进病房就问月嫂儿子在哪里。

看到了床边小摇篮里的孩子，他便走过去，抱起那皱皱巴巴的孩子，双手抱着包被，小心得连手都在哆嗦，小家伙睡得正香，根本不睁眼。

"像我！真像我！"他一手抱着孩子，一手托着孩子的脑袋，不停地点着头，"简直跟我小时候一模一样，好像是我坐时光机穿越回去，抱住自己似的。"

月嫂在一边扑哧一声笑了出来，笑得陈宁都不好意思了，却被初为人父的兴奋激昏了脑袋，孩子气地争辩："是真的，真是一模一样。不信我下次来把我小时候的相片拿给你看。"

小迪笑了，虽然他进门后，根本没看她一眼，但她还是觉得幸福。

明知道自己胎位不正，顺产会很困难，小迪还是选择顺产，是因为，顺产对孩子的免疫力好。想想自己不可能再待在他的身边，不可能和他在一起，她便想为他做点事情。

没有想到，生不出来，怎么努力都生不出来，生到再也没有力气，医生不得已，只能让她挨上一刀。她为了这孩子，受了两次罪。

还好，孩子是健康的。听到他来到人世间的第一声哭泣，她觉得受再多的苦都是值得的。

看到陈宁抱着小宝宝时初为人父的喜悦神情，她也不由自主轻笑了出来。

陈宁凝住笑意，目光这才转向了朱小迪，他似乎才想起来儿子是这个女人为他生下的。

她虚弱地躺在床上，眼底泛着泪光，唇角却噙着笑意，实在喜欢他抱着孩子的样子，温馨又小心翼翼得滑稽。陈宁面对这样的笑容，一时间觉得涩得慌，这才想起不管怎样，应该说点什么感谢人家，毕竟人家帮他生了儿子。

从她阵痛起，月嫂就打电话通知他了，他赶不回来，也订不到机票，只有在电话那边干着急，直到她终于生下了孩子，月嫂在电话里跟他道喜。

"是个漂亮的小子，七斤八两，出生时的小脚印已经帮着收好了。"

陈宁抱着孩子，低下身，对她说："谢谢你！"他捏着她的手，紧了紧。这让人感到很温暖，很安慰，好像一个被感动的丈夫，无法用语言来感谢自己的妻子，只能握住她的手。

手握住的大小，就是一个人心脏的大小，她感到自己冰凉的心被握住了。她有些感激，有些语噎，有些被泪水堵得说不出话来，牵了他的手，无力地握着，却感到了无以名状的温暖。

"是剖腹产吧？"他轻声问她。

"嗯！"

"还疼吗？"他将手伸进被子里，用厚实的掌轻覆在她的肚子边上，关切又动容。

她的鼻尖一下子就红了，眼底很快升起了水汽，泪珠子欢快地在眼底打着转。

她不由自主地点点头，陈宁脸上浮现出心疼的神情。

她放柔了表情看着这个男人，一个让自己变成女人，变成母亲，却永远不可能娶她的男人，就错觉这是爱情，错觉这是一份发自内心的感激和心疼。思着，想着，她的泪就这么包含了情绪，晶莹地在眼眶里转动。

"不痛，你来了，我就一点都不痛了。"

陈宁呼吸一窒，心口有了酸楚的感觉，好像什么东西在心底搅了一下，酸楚刺激了鼻子，让眼眶红了。正想说什么，他的电话响了起来，他忙放下手里的孩子，放在小迪身边的婴儿床上，正欲转身，她一把拉住了他的手。

"别走！"她的眼睛里充满了恐慌与无助。

陈宁笑着将手覆在了朱小迪光洁的额头上，安慰她："我不走，我去外面接电话，是怕辐射伤了你跟孩子。我一会儿就回来陪你。"

她咬了咬唇说："嗯！"

陈宁笑着，起身前，轻声对小迪说："我接完电话就回来！"

她怎样也没有想到，他在说完这话后，飞快地俯下身，在她的脸上亲了一下。他居然……亲她！他并没有觉得不妥，只是温暖地冲她笑笑，再开心地拿着电话，到走廊外去了。

邻床的产妇笑了："难怪你儿子这么漂亮，原来你老公这么英俊帅气。"

产妇的老公不依了："你老公也不差吧。"

产妇笑了："那当然，你也帅，我们的女儿也漂亮！"

小迪也笑了，捂住被陈宁亲过的脸，笑得很虚弱却异常甜美。

这个时候，到外面打水复返的月嫂进来了，提着水壶对小迪说："陈总怎么刚来就走了？"

小迪讲："他的电话响了，怕辐射伤到孩子，就出去接了。"

"我看到他走出这栋大楼，往车库方向去了，应该不会回来了。"月嫂只是顺口说着，却听到小迪的声音颤抖起来："不是的，他说会回来陪我的，会回来的。就算他不喜欢我，我……这么辛苦生下孩子，这么一点小小的要求……他答应我了，他不会骗我的，他不是说话不算话的人，他只要说到就会做到。"

他说他不要她，说她生孩子之前都不会出现在她的面前，不是都做到了吗？

别人生下孩子，都有家人陪伴，她望眼欲穿，可怜巴巴地等了两天才等到他，他不会说话不算话的，不会的……

她哭得好伤心，吓得月嫂说："我只是随口说说，没别的意思，你别哭啊，刚生了孩子，是不能这样哭的，你不要急，他马上就回来，马上。"

而陈宁之所以出去接，是因为这电话是陈宁老妈打来的。

陈老母的嗓音大，性格也直，陈宁怕在电话里跟她起争执，吵到这里住院的准妈妈，也怕别人会听到。他匆匆忙忙地来到楼下，走出了住院部，走出大楼后，他坐进自己的车里，才接过那响得锲而不舍的手机。

刚刚"喂"了一声，就听到他老妈火药似的问话。

"你死到哪里去了？"这是老妈第一句话。

"怎么现在才接电话？"这是伴着她拍桌子的声响，问的第二句话。

第三句话是："为什么不回来？我们都说不逼婚了，不逼你给我们添孙子了，你为什么还成天躲在外面，不肯回来？我们是孤老吗？"

陈宁一听到老妈说"孙子"，忙喜不自禁地笑道："报告老妈一个好消息，您有孙子了！"

陈老母一怔，随后破口大骂："到底是哪个女人栽赃，让你做了冤大头？"

陈宁一脸无奈，苦笑着摇脑袋："老妈，我能百分之百肯定是我的，到底要不要来看你孙子？"

她扬声大喝："我又不是卫星定位器，你不报地址，我怎么知道他在哪里？"

陈宁转回住院部房间的时候，看到朱小迪朝里侧躺着，他拢过去时，才发现她的肩在微微地耸动着。

他俯下身去，发现她在低泣，他的手悬在了她的肩上，一时间犹豫着，不知道该不该放下去。

"怎么了？"他轻声问她。

她一下子转过脑袋，就看到他俯身撑在她的床沿上，一脸关切，却把她给吓到了。

他伸过手掌就捧住了她的脸。

"怎么了小迪？怎么哭了？"

她无力的手掌按住了他捧住她脸的手："我以为……你走了！真的……以为你走了。"

"我怎么会走呢？我刚刚看到宝宝，怎么可能走？"

"那……你现在就把他抱走吗？"

"怎么可能，他现在还这么小，怎么能抱出去吹风？"

她还是哭，哭得他于心不忍："小迪，不要哭，不要哭好吗？月子里不可以哭，我现在不抱走，真的不抱走。"

她哭得有些喘不上气，哭得扯到了伤口，她痛得皱紧了眉头都舍不得放开他的手。她忍痛，却还是忍不住呻吟。

他马上问她："你怎么了？"

她咬住了唇，摇了摇脑袋，噙着眼泪哀求他："我知道我不该贪心，不该有让你留下的想法，可是……可是你可不可以留下来陪陪我，几个小时就好。看在我为你辛苦生下孩子的份上……"

他的手动了动，这让她恐慌，以为他要抽离，她忙握紧："一个小时也可以！"

他空下的一只手来到她的身后，轻拍着她的背："我不走，真的不走，我今天晚上陪着你。"

"对不起……"

"为什么要说对不起？"

"我知道我太贪心了！"

"别多想了，好好睡一觉，我保证你醒来就能看到我！"

她安心点首，在他坐到床边时，她像只小虾米一样拢过去，双手抱住他的左手，任他的右手在她的背后轻轻拍着。

她舍不得闭眼睛，有倦意上来的时候，还是舍不得闭上，怕一闭上，陈宁就不见了，怕一闭上再睁开，就像怀着宝宝时，一觉醒来，总是看到一室空凉。

她做过这种梦的，做过这种奢侈的梦。

她舍不得睡。

"小迪,把眼睛闭上。"

他只是轻语,便加深了她的乏意。

临睡前,她有眼泪滴溅到他的手背上,聚集了炽人的热度,让他的手不由自主地颤抖了一下。

他动了动手,她抱紧了一些,闭着眼睛,对他说:"谢谢!"

小迪睡熟的时候,病房的门被人推开了。拍着小迪睡觉的陈宁抬起头来,看到了自己老妈那张兴奋又期待的脸。

"妈……"

"嘘!"陈老母打个手势,让陈宁收声,再蹑手蹑脚地进来,还没走过来,就指着小迪床边的小婴儿床问,"是这床吗?"

陈宁点点头说:"是这一床。"

陈老母赶紧来到小迪床边的婴儿床旁,看着床里的小婴儿,整个脸都笑成了一朵花。

"像!"她忍不住叹道,"真像,真像你小时候,就像是一个模子里刻出来的。"

陈宁乐着,小声道:"我说像吧,根本不需要怀疑。"

陈老母等不及了,把手里的包包往小迪的床脚边一放,就迫不及待地想抱抱孩子。

陈宁想拦住她,一句"他还睡着呢"还没说完,陈老母已经从床里抱起了孩子。抱住时,还腾出一只手来,掀了孩子的小包被,看到孩子的小小鸟,乐得不行道:"我的乖孙子唉,真的是个大胖小子唉。"

陈宁乐道:"早跟您说了是孙子了。"

陈老母说:"我看看不行啊!"

陈宁无语,起手道:"看看看,尽管看,我没意见。"

"多少斤啊?"

"呃,好像是七斤多吧。"

"那什么时候生的?"

"应该是前天吧。"

"我对你无语了，自己的孩子是什么时候生的都不知道，你怎么当爹的？"

陈宁更无语道："这不是预产期提前了，没防备么！我记不住没关系，病历卡上肯定有，一会儿我去查。"

"好，看你给我添了孙子的份上，不跟你唠叨。"

"唉，我爸呢？"陈宁突然看向门外。

陈老母说："你爸啊，唉，不知道是气的还是喜的，血压升上来了，正在疗养院里待着呢。"

"这……"

陈宁的手机开始振动了，正往包里掏时，陈老母就低声道："外面接去，别让辐射伤了我孙子。"

陈宁唉了一声，忙向外走去。

留下陈老母看着孩子，喜得眼睛都看不见了，抱着孙子，轻拍着他的身体，乐得直抖手。

"孙子唉，我是你奶奶！"

说他不是陈宁的儿子，还真没人信了，那鼻子，那眼睛，简直是一个模子里印出来的。陈宁的五官又像极了陈老母，这陈老母看着陈宁的儿子，跟看自己似的，DNA都省了，直接认亲准没错。这孩子一看就是他们陈家的人，长得白白嫩嫩的，还双眼皮，小眼珠子有精有神，看着自己的奶奶时，那一脸的精神样。

"乖乖唉，宝宝唉，我的心头小肉肉唉……"陈老母激动得什么话都喊出来了。连邻床的陪护亲戚都乐了，插嘴道："您这是特地从外地赶回来看她的吧？"

陈老母说："本地人，土生土长的本地人。"

对方也是嘴快："那您是小迪的妈妈还是婆婆啊？"

陈老母有些尴尬："婆婆那边的。"

对方好奇心太强了，不依不饶地问："那您亲家母怎么没来啊？"

"他们……不是本地的。"

"哦哦，那……您媳妇生孩子，您怎么今儿个才来啊？"

陈妈妈更尴尬了："有点事儿，耽搁了。"

"哦哦！"

邻床说："难怪。我们家媳妇和你们家媳妇同时发作的，同时进的产房，当时，您儿子也没在。我儿子陪着她媳妇生孩子时，听到隔间的医生说，您媳妇生不出来，不马上剖腹的话，就要考虑孩子和大人保一个了。您媳妇都没劲儿了，还拉着医生的手说，保孩子。我儿子出来后，跟我说，当妈的太伟大了，真的太伟大了。男人只要进一次产房，陪着老婆生一次孩子，马上就成熟了。"

邻床的大妈对陈妈妈说："您家媳妇，生这个孩子真是太不容易了。"

陈老母抱着孩子，这时才转向睡在床上的小迪。

孙子的生母，有一张年轻的脸，侧身而睡，睡得很香，嘴角还勾着笑。

她抱着孩子，忍不住上前去，看到有丝散发横在了小迪脸上，便起手，将它拣起，扶到了她的耳后。她这般打量她，觉得她是个眉清目秀的好姑娘，只是脸色不大好，看着有些令人心疼。

陈老母突然想到还不知道她的名字，于是走到床头，看了看床头卡，看到了小迪的住院资料，心中明了，朱小迪，原来她的名字叫小迪。

陈宁这个时候进来了，看到老妈一只手抱着孩子，另一只手拿看小迪的床头卡，担心她把孩子掉下来，于是，急走几步，来到她身边跟着，意图将孩子接过来，边接还边说："来，奶奶抱累了，爸爸抱会儿。"

"谁说我抱累了？"陈老母一刻都不想把孩子放下，身子一闪，就躲过了陈宁的狼爪，边耸着身体嗯嗯哦哦，边做夸张的面目表情，哄那刚睁眼的孩子。

"瞧瞧，这孩子打哈欠了！"陈妈妈抱着小宝宝，亲了又亲，香了又香，爱不释手，别提多喜欢。

"睁眼了，睁眼了，我终于看到他睁眼了。"陈宁喜得像个孩子。突然他瞧见孩子眼角有眼屎，便在床头柜抽出了纸巾，手刚伸过去，陈老母就低喝着："干吗啊？刚出生的孩子皮肤多嫩啊，经得起这玩意折腾吗？"

陈宁的手僵在半空，哭笑不得："我拿的是纸巾，又不是刷铁锅的清洁球，我自己的儿子，我下得了手死命搓？"

"那也不能乱动，你一个大老爷们儿，哪里知道下手的轻重。"

"好好，我错了，让我抱一下。"

陈宁跟老母抢孩子，老母不给，陈宁郁闷了："好歹也让我抱一下吧，刚才他睡着，一直没醒，我都舍不得动他。"

陈老母用手轻轻拭了拭孩子的眼角，耸着身体，拍着孩子，只是笑得眯起了眼，脸上挤出来的皱纹，像打了褶的肉包子。她赏给陈宁一句话："一边待着去！"

小迪悠然转醒，是被床边的动静惊醒的。

她看到一个烫了短发的老妇人，正站在床边抱着她和陈宁的儿子。围在一边的陈宁正惊喜地叫嚷着："这小子，忒偏心，我都守他一天了，他就是不看我一眼。您一来，他马上睁眼。"

朱小迪在一边看着，忍不住轻笑出声，一笑，扯了伤口，有些疼了。她皱眉"嘶"了一声，引起了母子两个的注意。

陈宁拢过来，坐到床边，将手隔着被子轻放在她的肚子上，问："怎么了？不舒服？我去叫医生。"

朱小迪摇了摇头："没事，就是刚才笑的时候扯了一下伤口，刚有些疼，这会儿好些了。"

陈宁又说："不好意思，把你吵醒了！"

小迪摇了摇脑袋："没关系！"

"伤口还疼吗？"

"好些了，谢谢你！"

他皱了眉头假装生气："别再跟我客气了，再客气，我就要对你不客气了！"

她抿唇一笑："知道了！"

他们对话的感觉，像柔柔绵绵的棉花糖。

陈宁自己都没有发现自己眼底对她的温柔，而朱小迪也没有发现自己眼底对他的依恋。

但是这一切，被抱着孩子的陈老母看在了眼底。

"不要逼我结婚，不要逼我生孩子，我不想结婚，我不想生孩子，我不想跟我不爱的女人生孩子。我是为了你们才活下来的，求你们看在我这份孝心上，不要再逼我。"

陈老母还记得陈宁得知钱娟嫁给别人，做了傻事脱险后，他们为他介绍相亲的对象时，他崩溃般说出的那番话。

她真的不忍心逼儿子，所以一直放任他傻到现在，她的傻儿子什么都好，就是用情太深。她真的以为陈宁会孤老一生，她再也没有机会抱上孙子，可是……这个为儿子生下孩子的女人……

陈老母不动声色地打量着小迪，她发现，这小迪说话柔柔细细的，眼神也温婉如水，更重要的是，儿子面对她时，一脸关心和柔情。她能感觉到小迪是一把钥匙，能解开儿子的心锁，这把钥匙虽然不太配套，开锁的过程会有摩擦，但绝对可以救儿子走出封情锁爱的迷情之局。

因为她让儿子有了孩子，也让儿子的脸上有了柔情，更让他们一家都享受了天伦之乐，不再死气沉沉。

"小迪，这是我妈。"陈宁对着小迪介绍。

小迪微微扯起了唇，涩涩地唤了一声阿姨，陈老母也不含糊地嗯了一声。

邻床听到这称呼，顿时有了一种"事情好复杂"的感觉。

这时小迪要坐起来，陈宁忙问："怎么了？"

她轻轻说："我有些渴。"

"你别动，我去给你倒水！"陈宁起身，到床头拿了水杯，又到饮水机前，倒了杯水，端着冒着热气的水杯，来到小迪面前。

小迪要坐起身来时，陈宁忙按了她的肩膀："别，你就侧躺着，我给你找只吸管！"

小迪喝水的时候，陈宁就在边上执着杯子，帮她把跑到额头的一缕散发扶到了耳后。她抬起眼帘来，含着吸管看了他一眼，他关心地问："怎么了？烫了吗？"

她摇了摇脑袋，眼睛又蒙上了一层雾气。

陈老母抱着孩子，看着这一切，内心欣喜不已。

真的很温情，难道不是吗？

陈老母笑得好开心，打心底认准小迪作儿媳妇，再看向怀里的孙子，真是爱不释手。可护士这个时候进来了，非要把孩子抱走。把孩子递给护士的时候，陈老母的表情，那叫一个"割肉"，把护士都给逗乐了。

孩子被护士抱走后，陈老母才依依不舍地将远送的目光收回来。她转向小迪时，看到了空无一物的柜子，马上就冲着陈宁讲："你说你……你来了也不准备一点吃的，就这么空着手来了！"

陈宁一脸歉意道："我刚下飞机就赶来了，也不知道准备什么，我以为这里什么都有，我以为月嫂都准备了。"

"我算服了你！"陈老母说着，又笑眯眯地转向小迪，"小迪，想吃什么？阿姨去给你买。"

小迪在被子里摇了摇头。

陈老母说："不行，不能不吃，阿姨这就回去给你做，给你做点好吃的，补补身体。"

小迪看着她，不由自主地点了点头。

陈老母也不由自主地走上前去，摸摸小迪的头发，宽慰道："那我先回去准备了，晚上再来看你。"

她点了点头，再目送陈老母离开。

而陈宁自然是亲自送出去的，到了医院门口，陈老母就问陈宁："宁子，这是怎么回事啊？"

陈宁摇了摇头，无奈道："这事儿说起来话长，总之，她……您也看到了，孩子也像我，像得根本不需要怀疑。"

陈老母感叹："是个好姑娘，一看就知道很单纯，还特善良。"

陈宁奇怪道："您怎么知道？"

陈老母说："你老妈我吃过的盐比你吃过的饭还多，看人哪里有看走眼过的？"

"是吗？"陈宁突然心酸地冷笑一下。如果真是这样，为什么她要用尽心思地拦着他，不许钱娟和他在一起？

陈老母又问起孩子的事情，陈宁没法再用"说来话长"搪塞她锲而不舍的追问，只得一五一十地告诉她。

她听后感叹连连："她妈妈喝乐果走了啊？唉，那不是无亲无故了？人家临死前把闺女交给你，你还欺负人家？"

陈宁抱屈道："那天我喝醉了，她送我回来，但是，我真没想到我会……唉，真的以为在做梦，我真的不知道是真的，我……"

"好了！"陈老母说，"以后别亏着人家了，没娘的孩子怪可怜的。事情到了这地步，对她好一些，是个工整的姑娘，她妈妈把她交给你，就不要再让她受委屈了。"她想，她的话说得够明白了。

他只是回答："知道了。"

亲戚们很快知道陈宁有后的消息，都觉得不可思议，听陈老母把原委一说，马上就说，现在未婚先孕又奉子成婚的多了，不稀奇。

他们过来看孩子，同时，也看到了小迪。陈老母每送走一波亲戚，就有亲戚在路上对她说："可以，真的可以，让陈宁娶了回来吧。他们两个有那么一段，肯定不全是酒的事情，肯定都是中意的。宁子啊，固执了好些年了，一时拉不下面子来承认，所以才怪在酒的身上。我觉得那姑娘不错，他表外甥都说了，就让这姑娘当他小舅妈，挺好的。"

陈老母笑道："放心吧，我家宁子说了，不会亏待这姑娘。我瞅着也喜欢，过不了多久，再补办婚礼请你们。"

这一天，邻床的新妈妈出院了，提着行李和小迪道别时，还羡慕她有一个好婆婆。听到这话，陈老母没有反驳，还捏着小迪的手，对小迪说："放心吧，宁子不会亏待你的。等你坐足了月子，我们再补办婚礼。"

她无措地说："陈哥说过，不会娶我的。我不敢奢望他娶我，我们说好了，生完孩子，我就走。"

"走哪儿啊？"陈老母打断她说，"宁子还说过不要孩子呢，结果怎么了？孩子这不就有了吗？而且他比谁都高兴。他有了孩子，自然就想给孩子一个完整的家庭，这是理所当然天经地义的。他亲口跟我说，不会亏待你的，这事儿都是铁板钉钉的事情，放心吧，这事儿，阿姨给你做主。"她说着，还在小迪的手上拍了两下，就像给她吃下两颗定心丸。

"可是……"

"可是什么？"

陈老母追问："难道你看不上我们家宁子？"

"我怎么会看不上呢！"小迪一脸紧张道，"陈哥那么好，我有什么资格看不上呢？"

"那你喜欢我们家宁子吗？"

"我……"她在陈妈妈的目光下，窘迫地低下了头。

"这房间里就我们两个人了，还不跟阿姨说实话啊？"

小迪又羞又窘："喜欢……又怎样，他一点都不喜欢我。"

陈老母将脑袋转向一边，又很快地转回来，说："他要不喜欢你，他会对你好？他是我儿子，那点小心思，我还看不出来？"

"那是……那是因为我给他生了儿子。"

陈老母乐了："要真是这样，他根本不会让我们知道有你这个人，直接把孩子抱回家，让你走了，你说是不是？"

"我……"

"别我了，你老实告诉阿姨，喜欢我们家宁子吗？"

她被问得没办法，脑袋低了下去，在陈老母不停地追问下，隐不住内心的喜悦，点点头，说："喜欢，第一眼见到他，就感觉在哪里见过。"

"哟，我的大闺女，看这小脸又红又烫的，呵呵呵呵！"

陈老母捧起了小迪的脸，打趣她时，笑得很可爱也很慈爱，慈爱得很有感染力。这让小迪的心一点点地被这温柔沦陷，突然想落泪，眼圈就红了，眼泪就在眼底打转转。

陈老母慌着说："别哭啊，闺女，坐月子不能哭的。这孩子……越说越可劲地哭了。阿姨说错什么了，刚还笑得挺开心的，这会儿怎么哭成这样了？"

"阿姨，谢谢你，谢谢你对我这样好。我以为我没有了妈妈，世上就再不会有人像妈妈一样疼爱我了，我以为……再也不会有了，真的以为不会了。阿姨，我高兴，我真的是高兴。"

"这孩子，别哭啊，惹得阿姨都想哭了，不哭啊，不哭，阿姨以后就是你妈，阿姨疼你。"

小迪想笑，可是又哭了，觉得自己不该哭，又强迫自己笑了。

从来没有什么是能让人哭着还带着笑，笑着，还呛着眼泪的。她就那般呛着眼泪，拉着陈老母的手说："终于知道……陈哥为什么那么好了，终于知道陈哥为什么那么好了。"她哭着说："你们是好人，真的是好人。我要有家了，我终于要有自己的家了……"

一番话说得陈老母抱住小迪，说："是的，孩子，明天出院后，我们就接你和宝宝回家，回我们的家。"

小迪感动得泪流满面，不停地呢喃着："我要有家了，我要有自己的家了。"

下午，陈宁来送饭，陈老母接过碗，几下就吃完了。陈宁问她，您怎么吃这么快啊？她说，我回去了，你们小两口一天没见面了，好好处处吧。

一席话说得陈宁无语，小迪羞涩地笑。

小迪喝着陈宁带来的汤，她喝得心满意足，心里面满满的，有了家的味道。

陈宁问她好不好喝时，她开心地点头，笑得让人心动。

陈宁心弦一动，却不动声色地坐在床头看着她喝完，然后打量着她说："不错，气色好了很多，比我刚见到你的那会儿红润多了。"

小迪也笑着打量陈宁："你也长壮了一点。"

陈宁笑道："家里每天都煲汤，我跟着喝，能不长壮吗？"

她看着他，他说话的时候，她一直看着，他的眼神那么温柔，温柔得可以让雪人融化。

她想，以后，她就要和他们一起生活了，有他，有陈妈妈，还有陈爸爸，还有自己的儿子，她很快就会有真正的家了。

可是他问她："明天就要出院了，你一个人有什么打算？"

她憧憬未来的笑就这么僵在了脸上，她觉得心脏很疼，猝不及防地疼，疼得突然，疼得她的手将身侧的被单紧紧地攥住。

心如死灰不可怕，可怕的是心里满满的是憧憬和希望，却瞬间被打破。

她禁不住心痛，死死地捂住了心口。

"你……没打算带我……回家吗？"

"我们说好的，我只要孩子，对吧？"

"对不起，是我痴心妄想，说了好笑的话，你不要怪我。"

"我知道。"陈宁说，"不是你痴心妄想，是我妈不停地暗示你，让你误以为我有娶你的意思，我是她儿子，也不好反驳什么。但是小迪，你我之前就说好的事情，我希望你能明白，我不能娶你，我们只是一个意外，意外地有了一个孩子，我也只是想要这个孩子。我不爱你，没有爱过你，更不可能爱上你。对于那天晚上发生的事情，我一直很自责，但我心里有个深爱的女人，我一直忘不了她，你嫁给这样的我不会幸福的。你是个好姑娘，你一定会找到一个真心爱你，想要珍惜你的男人。那个时候……我为你置办嫁妆，让你风风光光地出嫁，一定不会让你受了委屈。"

她的心好痛，痛得说不出话来，只是捂住心口，眼泪肆无忌惮地滴落下来。

"小迪，小迪你别这样，你这样我很难受。"他伸手，就要碰到她时，手又缩了回去。

她泪眼蒙眬地看到了。

他是她的第一个男人，她为他生了一个孩子，可是，除了那荒唐的一晚，和他来看孩子时欣喜地在她脸上亲了一下后，他就再也没有亲密地触碰过她。

她哭得伤心，却深吸着气，强迫自己止住哭泣，扯出一抹凄楚的笑来。

"对不起，陈哥，我变得爱哭了，医生说，有些月子里的女人是这样的，莫名的就伤感了，无事都要哭三场。所以，你不要难过，我只是……只是管不住眼泪，不是想求你留下我才哭，你不要觉得为难，也不要难过，我只是掉掉眼泪而已。"

"小迪……"

"陈哥，我懂的，我们约好的事情，我是真心懂的。我不会强求你，但我依然谢谢你，你是好人，我会找到好男人然后嫁给他，但是嫁妆就不要了。若让我未来的老公知道这嫁妆是我第一个男人为我置办的，我一定不会有好日子过的。你……你的好意我心领了，不管你怎样对我，我都对你心存感激，若不是你，我妈走的那个夜里，我早就绝望地跟着去了。我能活到现在，一定是上天怜悯我，也一定是上天觉得为情锁心的你好可怜，不忍心你这么好的人绝后断代，才让我为你生下这个孩子，不然……我无法解释那一晚，我怎么会鬼使神差地跟你做那种事情。对不起，我不是故意的，我真的不是故意的，对不起，真的对不起。"

她连连道歉，他的心都要碎了。

"小迪……"

"对不起，真的对不起！还好，宝宝是健康的，还好宝宝吸取了我们的优点，长得很漂亮。你帮了我那么多，我终于可以为你做点事情回报你了。"

提到宝宝，陈宁将目光转向床边婴儿床里的孩子。

"明天就要出院了，你再抱抱他吧，你们以后……就没机会见面了。"

他将孩子抱过来，递到她面前。她看着这怀胎十月，为他挨了一刀，差一点进了鬼门关的孩子，眼泪一滴滴地淌下来，想伸手，却死命地克制住了自己，哽咽了半天，才艰难发声道："他是你的孩子，不是我的，我……跟他没有关系，我从生下他，就和他没有关系了，是你们可怜我，才照顾我到现在。我不抱了，总是要分开的，就不抱了。"

"小迪，是我对不起你。"

她微微一笑："我明白！我的命是你救的，无论你做什么，我都会感谢你。你救了我，你让我相信这个世界上还有好人，你让我生下这个孩子知道母亲的辛苦。你和阿姨还有这个孩子让我在这几天里知道什么叫家人，虽然时间很短，但我还是谢谢你们，你们是好人，谢谢！"

她在感恩，她在微笑，他则痛得快要窒息，放下孩子，起身向走廊走去，走了几步，用手紧紧地捂住了头部，痛得蹲下了身。

手机响起，他忍痛接听，电话那头，传来好友"狮子"的声音："我服了你，都已经给你安排手术了，你居然中途跑掉了，你到底上哪里去了？"

陈宁汗如豆下，掏出止痛药来，没有水，就嚼碎咽了下去，片刻，痛苦的神情缓了缓，硬撑着笑了一下："我有点私事，一定要回来一趟，现在已经好了，让你为我担心了，对不起。"

狮子在那头训他："什么事情比你的命还重要？"

他只有苦苦一笑："再给我一个月的时间，只要一个月就好。"他想，等宝宝满月后再进手术室，等他看到他满月后再走，他爱这个孩子，那是他的孩子。

"一个月，你撑得住吗？"

陈宁苦笑："撑得住。"

他得了脑瘤，检查出来的时候，医生说是良性，吃中药就好。可是，服了将近一年的药，再去检查，没有好转，要安排手术。

小迪阵痛时，他正在外地的肿瘤医院里准备手术，得知消息时，他就开始订票，拖着这样的身体赶回来，就是想见见他们母子。

虽然医生说，他的瘤子是良性的，可是，不管怎么说，把脑袋切开动手术，谁都不敢保证百分百的安全。他都不知道自己能不能活下来，他拿什么去承诺她？

第二天，小迪就出院了。

出院的那一天，她整理好所有的东西，只等着陈宁和陈老母过来。孩子就躺在床上。

陈老母一进来就抱了孩子，嘴里说着："乖乖，宝贝，心头肉肉，跟奶奶回家了。"她抱着孩子走出了病房，走了两步，见小迪没有跟上来，就停住，回首叫小迪："小迪，走啊，跟阿姨回家了。"

"我……"

"哦，小迪过会儿再下去。妈，你先抱着孩子去车里吧，爸在等你们。"陈宁抢在前面说。

陈老母看了陈宁一眼，再看看小迪，没看出什么异样，于是又转向孩子，笑眯眯地说："好，宝宝，先跟奶奶下楼见爷爷，爸爸跟妈妈马上就下来。我的乖乖，疼死奶奶了。"

房间里就留下了陈宁和小迪。

良久，他说："谢谢你。"

她微笑："不客气。"

"那……我们走了。"

她"嗯"了一声，脸上还是笑的，声音却在颤抖。

"你要好好照顾自己。"

"嗯，我会的。"

"月嫂一会儿带你回湖边公寓，她会照顾你坐完月子。"

"月嫂我用不着了，你带回去照顾宝宝吧。"

"你在月子里还需要人照顾，她跟着你回去。宝宝这边你不用担心，我又请了一个月嫂，已经在家等着了。"

"嗯。"

"这个你拿着。"他把一张卡放到了她的手上，"是我的一点心意，密码是你手机号的后六位。"

"嗯，好！"她微笑。

"小迪。"

"嗯？"她微笑着看着他，下一秒，他无法自控地将她拉进怀里紧紧地搂住。

"陈哥……"她愕然，睁大了眼睛，以为事情会有转机，因为他第一次这样抱着她，就算上了床，那也只算压着，不算抱着。她从来不知道被他抱住的感觉这么好，温暖有力又充满男性阳刚的气息。身体被他紧紧地箍住，紧得能感受到彼此的心跳，紧得让她错觉这是他对她的依依不舍。

他……改变主意了吗？要带她回家了吗？

小迪还是痴心妄想，还是想跟着他们回家，还是想要家人，还是想要自己的孩子。她辛苦地生下孩子，都没来得及听他喊一声妈妈，她不要这样离开他，她也想要个家。

可是……在她起手环住他时，他却放开她，在她背上拍了两下，一脸安慰道："别哭了，保重。"便离开她，转身就走。

拥抱的余温还在脑海里挥之不走，他却残忍地弃她而去。

"我哭了吗？"她摸上自己的脸，摸到一手湿热的眼泪，忍不住呛声而笑，"我真的哭了呀？说好不要哭的，我还是哭了！"

她依然微笑，保持着微笑，不变的微笑，眼泪却像倾盆的大雨，淌个不停。

陈宁走了，孩子也走了。

她瘫坐在地上，泪如雨下，痴痴傻傻地望着空空的床铺，笑了一句："他们回家了，都走了，不要我了，我又是孤零零的一个人了。"

坐上车的陈家父母正在车上逗着孩子，二老见陈宁拉门进来，还以为他先拿行李再上去接小迪，于是，陈老母"拐"了一下陈老爸，低声说："老伴，你个老顽固接受不了这种事情，跟我和儿子摆脸子，不肯去医院见小迪，我就不说你什么了，但一会儿见到小迪，对小迪好一些，知道了吗？"

陈爸爸点着头时，陈宁忍不住叹了口气，系上安全带，发动了车子。

陈老母突然抬起头来问他："宁子，你怎么开车了？小迪呢？小迪还没上来。"

他不理不睬，车子启动时，陈老母彻底愤怒了，大吼道："姓陈的，小迪呢？"

孩子被惊得"嗯啊"一声，就哭了。

陈老母转首，不停地哄着怀里的孩子。

"妈！"陈宁声音发颤道，"她不会跟我们走的。"

陈老母的眼泪一下子涌了出来，不信地喊："是不是你跟她说什么了？是不是你撵她走的？"

"我根本没打算娶她，从来都没有想过娶她，生完孩子，我们之间就没有关系了，这是一早就说好的事情。我和她之间都明白，不明白这事儿的人是你。"

陈老母暴走了："你当我没生过孩子啊？你当我不知道生了孩子后，巴不得每一分钟都看到孩子的心情啊？"

陈宁不想再说下去。

车启动了，向前行驶。

陈老母抱着孩子，够着身子冲陈宁喊："生这孩子时，她差一点就死了，她让医生保孩子，你听懂了吗？她让医生保孩子！这个女人为了你孩子，连命都不要了，你怎么这么狠心，把她丢下就走？"

陈宁的眉头狠狠地拧了起来。

"她说她喜欢你，我看出她是真心喜欢你，你到底吃错了什么药，要这样对她？那个姓钱的到底给你施了什么法，让你为了她终身不娶，还活生生地拆散你儿子和亲娘？"

陈老母摇着门把手，陈宁眼疾手快，按了锁门的按钮，她拧不开门，就拍着车门喊："停车，放我下去！小迪，妈来接你回家，小迪！"

陈宁却一狠心，踩了油门。

抱着孩子的陈老母看着下车无望，便抱着孩子哭道："小迪那丫头是真心喜欢你的，她是真心想跟你过日子的，我答应她要为她做主的，我答应她你会娶她进门的。你这个天杀的，你的心是石头做的吗？宝宝连妈都不会叫，就将他们娘儿俩分开，让我们宝宝这么小就没有了亲娘，你到底在想什么？我的宝宝，我可怜的没娘的宝宝……"

　　对此一无所知的钱娟和钱婷，执意认为陈宁不爱朱小迪，朱小迪才是第三者。所以，就算钱娟知道陈宁结婚了，钱娟还是想方设法地约陈宁出来见面。可千想万想没有想到陈宁将朱小迪带了过来，还被朱小迪一阵抢白，又被陈宁和朱小迪的"恩爱秀"给气得当场离开。

　　钱娟大受打击，落泪而归时，她的表妹一脸愤恨地数落了小迪的卑鄙，还怂恿钱娟去追回陈宁，还告诉钱娟，当初是小迪不要脸引诱陈宁上床，陈宁大怒，将她赶走了。后来娶了她，一定是她怀了陈宁的孩子，然后"挟天子以令诸侯"，让抱孙心切的陈家父母逼陈宁娶她。

　　"陈宁现在肯定很痛苦，但是，他怕你知道他不幸福，于是和那个女人演戏。他不是为了气你，是为了让你相信他是幸福的。表姐，你想一想，再想想我说过的话，为什么他娶了她，都不给她一场像样的婚礼？这说明，在他心里，根本没把朱小迪当妻子。更也许，他让你见见朱小迪，让你见识一下她的心计，他肯定不喜欢她，但为了父母高兴，还有一份孝心，他让自己的痛苦成全他们的幸福。姐，陈宁真的不幸福，你不要被假象骗了，他肯定非常痛苦，只是用另一种方式隐讳地告诉你。不信，你再发短信，试试他的口风。"

　　钱娟抹了抹眼泪，给陈宁发短信："宁，我知道你没有忘记我，我也知道你带你妻子去，是想故意气我，我更知道，你娶她，一定是你父母给你的压力，你根本不爱她，对吗？"

　　陈宁看着手机上的短信，心想，是他们逼他着娶她吗？

　　一开始，是的。

　　可是，后来，却不是了。

Chapter4

情不自禁爱上你

你让我刻骨铭心，她让我想要回归到正常的生活，谢谢你，让我此生这样深刻的爱过。余生，我要好好地对她，因为，她是上帝赐给我的礼物，我想要珍惜……

陈宁带着父母回家，陈老母哭得悲天抢地。

"早知道这样，当初真不应该被喜悦冲晕了头，让你去见她。把孩子直接抱回来，什么事都没有了。"

陈老母哭骂着："你这个天杀的，短命的，你这个……我可怜的宝宝，你怎么摊上这么一个狠心的爹？"

陈宁心烦意乱地走进房间，掼上门，只感到头又痛得厉害，他背对着门板，一点点滑在地上，痛苦而绝望道："要这个孩子，确实以为自己不会结婚。可是，有了这个孩子，我发现我也想要一个正常的家庭，可是，我可以吗？我……我连自己能不能捱过手术都不知道，万一我……我又不是傻瓜，我怎么会看不出她对我的喜欢，还好只是喜欢，如果再继续下去，万一她爱上我，万一我有什么意外，这不是让她更加痛苦吗？我能怎么办，除了狠心地分开他们，让她快点忘记我，我还能怎么办？"

小迪和孩子分开的第五天，孩子就病了。那么一点的小娃娃，在额头上扎针，他痛得哇哇大哭，陈妈妈在一边心疼得直抹眼泪，不停地说："作孽啊，作孽……"

医生得知孩子一直吃奶粉，就说，有母乳还是吃母乳，再好的配方奶粉，都比不上母乳，孩子的抵抗力太差了，还是得多喝母乳，在孩子断奶期再用奶粉过渡。

陈妈妈埋怨身边的陈宁："都是你这狠心的害的，还在月子里的孩子，你就把他跟妈妈分开了。如果我孙子有个什么三长两短，我跟你没完。"

陈宁看着额头上扎针的孩子，心绪复杂得没有办法形容。

他拿着手机，在车子里坐了很久，想了多半天，终于鼓起勇气拨打了小迪的号码。

电话一接通，他就说："喂，是我，陈宁。"

那头的她似乎笑了："我知道是你。"

听到她的声音，他心头一宽，不由自主地勾起了唇角。

"你……还好吧？"

"嗯，月嫂照顾得很好。"

"你在干什么？"

"月嫂在帮我换胸垫。"

"胸垫？"

"嗯……"她顿一下，说，"奶水把衣服浸湿了，只有垫着毛巾当胸垫，这会儿正在换干净的。"

"这样啊……"

他停顿了。

一个等着他说话，一个不知道如何开口。

好半天，他才说："小迪！"

"嗯？"

"宝宝的身体很不好，刚刚在医院里打点滴。医生说，需要母乳增强抵抗力。我……"

"我明白了！"小迪在那头打断他，声音让人舒服和愉悦，"你带上奶瓶来取吧，吸奶器我这边有。"

陈宁没有想到她回答得如此之快，放心和喜悦之余，不解地问道："你……不想亲自喂他？"

她沉默了许久才说："想，可是，抱久了，会舍不得放开。"

"小迪，我知道我很残忍，但是对不起，我……有我的苦衷。"

她"嗯"了一声，体谅地说了一句："我理解。所以，我还是不见他了，这样，就不会让你为难了。"她说："就当售后的三包服务，你过来取奶吧。"

陈宁来到湖边的公寓，月嫂开门时，他将三个奶瓶交给了月嫂，自己则像客人一般，坐在客厅里等。

不出半晌，小迪就托月嫂把带体温的奶瓶带了出来。

她在房间里说："对不起，陈哥，只挤了一点，一时间挤不出太多，等我缓个气再挤挤。"

他接过瓶子，那瓶子里的奶温温的，热热的。

他等了一两个小时，小迪终于把瓶子挤满了。

这个女人明明和他有过肌肤之亲，也明明生的是他的孩子，他却不方便进去。他只能在走的时候，说："谢谢。"

她在里面说："不谢。"

"那……我走了！"

"嗯！"

"明天，我还会来。"

她在里面笑道："好，等你。"

"小迪……"

"嗯？"

他打断了想进去看看她的念头，只是拿着奶瓶，对着她住的房间的门说："我走了。"

"嗯！"

"我明天再来取！"

"好！"

"那我走了，你好好休息。"

"嗯！"

"我走了！"

她在里面乐了："陈哥，你说了好几次了。"

"哦，是吗？"他极不好意思地笑了，"这一次，我真的走了。"

孩子喝到母亲的奶水，自然是贪婪的，喝得特别香甜。

陈老母看到他从包包里拿出装着奶水的奶瓶，又放在滚水里温热时，就猜到了什么。

喂孩子喝完，陈老母就说："宁子，这奶水是小迪的吧？"

"是的！"得此答复，陈妈妈不再说一句话。

第二天，陈宁照例去小迪那里取奶，取了就走，依然没有与她见面。

第三天，再去的时候，却扑了一个空。他不解，打了月嫂的电话，月嫂关机，他只有打小迪的电话，电话是接通了，可传来的却是陈老母的声音。

"妈？"陈宁奇怪极了，"怎么是你接电话？小迪呢？"

陈老母说："小迪在房里。"

"房里？哪个房里？"

陈老母说："当然是我们家的楼下的房里。"

陈宁不解："她怎么会在我们家，难道……"

陈老母笑道："不就是知道你去小迪那里取奶后，跟着你，知道了她的地儿吗？我为了我孙子，就自作主张地把她接回来了，她刚给小宝喂了奶。"

"妈，你……"他又气又急，"你怎么不跟我商量一声，就把她接回来了？"

陈老母气道："我自个儿的家，自个儿还做不了主了？"

"不是这个意思！"

"那是什么意思？"

"我……"

"好了，不说了，我去做饭了。"

电话挂断了，陈宁在那边气急败坏地喊："妈，喂喂，妈……"不行，陈宁怂然，一定不能让朱小迪待在家里，一定不行。

陈宁急忙赶了回来，推门而入，却看到一个陌生女人。

陈宁马上有了警惕："你是谁？"

那陌生的女人转过了头来，望着陈宁，微微一笑道："我是催奶师。"

陈宁奇怪极了："什么催奶师？"

只见陈老母拿着钱，从里间走了出来，看到陈宁，惊讶了一下："你怎么回来了？"

陈宁转向老母，指着那个女人问："这位是……"

"哦，是我们家请上门的催奶师。小迪没有孩子吸奶，挤不出奶了，就请来一位催奶师帮她按一按。"

他马上就明白了。

陈老母转向催奶师，将手里的钱给了她，千恩万谢地说谢谢，并将催奶师送出门。

这时，小迪在浴室里喊："阿姨，我洗完了，麻烦您把我换洗的衣服拿进来。"

听不到动静，她又喊："阿姨，阿姨你不在家吗？"

她等了片刻，终于拧开门，出来了。

而他听到声音，便怒气冲冲地冲到洗浴间门口。

门一开，他们对视着。

一个意外他突然回来；一个意外这么久，终于见到她，却是这样一副活色生香的画面。

"你……回来了？"

"嗯！我回来了……"

气势十足地冲进来，却在这一刻，所有的怒气烟消云散，甚至，心动得支吾。

　　她在浴室里的雾气中微笑，笑得明媚而温暖，看到他，就好像看到自己心爱的恋人，那眼神看得人的心都要化了。

　　陈宁一阵恍惚，随后想到什么，将脸别到了一边，朱小迪也突然想起了什么，裹紧了浴巾，与他错身而过，边走边说："对不起，阿姨让我先洗澡，再帮我把衣服送进来，我……我不知道你回来了，我这就去把衣服穿上。"

　　路过吧台，电话铃响了，小迪顺手接过吧台上的分机，嗯嗯地点了头，就放了电话。转身对陈宁说："是阿姨的，她说，她现在去疗养院看叔叔，让我们不要等她了，一时半会儿回不来的。"

　　他走了几步，坐上了一边沙发，仰了脑袋，向柔软的沙发背后靠去，双手一字平摊了上去，唇角扯出一丝笑来。什么时候不去，偏挑这个时候去……

　　他脑袋微微抬了一下，又靠在了沙发靠背上，他无奈地笑笑，起手捏了捏眉心，自我解嘲地笑了一下，笑的时候，用手掌盖住自己的脸。突然感到脑袋剧烈地痛了起来，他马上拿了药片吞了进去，再靠在了沙发上。合了眼的陈宁只感到一阵幽香袭来，未有反应，就感到她滑腻的手心，轻轻地覆在他的额头上。他放下自己捂脸的手，睁开眼睛，只看到她的一脸关切。她离他很近，近到他能嗅到她的香气，能感受到她的气息，更能看到她无暇的面容。她的脸一直失血似的白，却因为刚刚的热水浴，蒙上了一层好看的红，这红就像一点朱红，点缀了她的清秀，竟能让人怦然心动。

　　他无法克制内心涌起来的欲望，按住了她覆盖在额上的手。她于他有说不出来的吸引，他怔怔地看着她，有想抱住她的冲动。

　　她诧异地看着他，他接受了这份诧异，也正是这份诧异，让他陡然间意识到什么，并无地自容。

　　"你干什么？"他恼羞成怒，他的手覆盖着她的手，在下一秒，一把将她的手拿住，再气急败坏地扯下。力道太猛，扯得她一下子向一边摔去，贴着墙面，才站稳脚步。

她不明白自己做错了什么，只是用手捏着自己被他扯过的手腕，不明白他为什么那么用力地拉扯自己，还在余力下，让自己撞上墙壁。

她楚楚可怜的样子让陈宁又恼又气，一下子站起来，冲着她喊："谁允许你碰我的？你有什么资格碰我？"

她眨着眼睛，眨进了眼底的泪水，自咽心酸，悲切道："我……我只是看你不舒服，想看你有没有发烧。对不起，我不是故意的。"

"不是故意的，你跑我家来干什么？"

"是阿姨接我来的，她说，是经你同意的，说你很后悔那天没接我回家，甩不下脸面，就让她来接我了。"

他笑得讽刺："你觉得可能吗？"

"想到你临走前对我的拥抱，我以为……是可能的。想到你抱我抱得那么紧，我以为……阿姨说的都是真的。"她眼底升上了层水气，"原来阿姨骗了我，你别生气了，我换好衣服就走。"

"急什么？"

他邪佞一笑，一把将她扯住，扯下身子，将她背对着自己扯进怀里，环住她，呢喃般在耳边轻语："你到底给我妈吃了什么迷药，她要这样撮合我们？

"我说过我们不可能的，我也说过我不可能娶你，我怎么可能改变主意让你进来？朱小迪，你居然跟我妈说你喜欢我？

"你喜欢我什么？"他冷讽着问，"你到底喜欢我什么？"

小迪保持着被他抱住的姿势，无奈地一笑，笑得心酸。

"喜欢你，是因为第一眼见到你，就感觉在哪里见过，好像认识了好久。而后，是感激你，是你在我最绝望的时候，还能让我看到一丝光，让我觉得很温暖，很想依赖。后来，听到她们说起关于你的事情，是被你感动，也很心疼，因为这个世上居然还有一个人和我一样，将自己的内心锁住，自己不肯放过自己。明明没有希望，还苦苦等待，这种痛苦的感觉，让我真的很心疼你。"

他的内心明明被触动，却冷笑道："也够自作聪明的。说到底，我若一无所有，你就不是心疼加心动，而是要从心底狠狠地笑话这世上怎么会有我这种冥顽不灵的蠢男人。"

"就是因为你不是一无所有，却这样锁住自己，才更让人心酸不已。我是喜欢你，只是一厢情愿的喜欢。"

"既然是你的一厢情愿，你就一厢情愿下去，为什么还要告诉我妈，怂恿她这般死命地撮合我们？很有心计啊，朱小迪！你以为蛊惑了我妈，就能让她对我施压，逼我娶你吗？"他恨恨地说着，再狠狠地将她扑压在身下，"永远都不可能，明白吗？"

小迪愕然，因为他含住了她的耳垂，轻咬着，边咬边说："我想要。"

她睁大了眼，看着他升起欲望的眼，不可置信道："要……要什么？"

他冷讽一笑："何必装傻呢？"

"你……是说现在吗？"

她的眼底盛装着无以名状的恐惧："不行，陈哥，伤口……生孩子的伤口会裂开，你会伤到我。"

"你没有资格跟我讲条件。"

他一手钳制她的双手，另一手探进了她浴巾的豁口，向下，再向下，再满手握住。他以为，这是件享受的事情，没想到，她痛得五官都纠结在一起，甚至痛得弓起身子。她拼命挣脱手，再将他的手按住，带着哭腔道："别碰那里，很疼！"

她不像装的。他不懂，不知，不解，更是迷惑道："怎么了？不喜欢我这样吗？"

她的眼泪顺着眼角滑了下来，摇了摇脑袋，将脑袋偏向一边，好像有什么难言之隐。

他将她按在手背上的手移开，意图将她的浴巾拉下时，她惊慌地再次按住。

"让我看看。"

"别看，小宝吸奶的时候，吸破了。"

他不解："那么小的孩子，怎么可能将那里吸破？"

她摇摇头说："刚生下他，喂他的时候，就很疼了。好几天没喂他，回奶了，今天喂的时候，没有什么奶水了，他更用力地吸。吸破了一个，再换一个，两个都破了。他吃不饱，我疼得慌，没有办法，阿姨才请了催奶师。"

"真的有这么严重？"

"嗯！"她轻轻点头道，"她帮我按时，告诉我，有个妈妈严重到喂奶喂到号啕大哭。那是真疼，就像尖着指甲，硬生生的在同一个地方拨着你的皮。阿姨完全理解这种疼，因为当初奶你的时候……也是这样的，所以，她听说有催奶师，就连忙帮我请了一个。"

陈宁轻轻拨了小迪的浴巾，她略有些挣扎，他便说："让我看看，让我看看伤成什么样了。"

不等她回应，他执意拉下了她的浴巾。她下意识地想拦住他，可是却已来不及。

他睁大了眼睛，皱着眉毛"嘶"了一声。

"这浑小子！"他这般咒骂了一句，再情不自禁地俯下身去。

她毫毛倒竖地喊了一声陈哥。

"我的妈呀！"陈老母推门而入，惊吓过度。

陈宁下意识地将小迪抱进怀里，护着她，冲着门口的陈老母喊："妈，你怎么突然回来了？"

"怎么了？坏你好事儿了？"

"我……"

"我跟你说宁子，你媳妇还在月子里，你再忍不住也得给我忍住。"

"谁是我媳妇？"

他一把推开怀里的小迪，气急败坏地起身，冲着小迪喊："我回来，是想告诉你，这个家，有你没我！我妈非要你留下给孩子喂奶的话，我成全你，但只有一个月。一个月后，你不走也得走。"

他起身，与陈老母错身而过，拉开门，狠狠掼上。

小迪拉拢了浴巾坐在沙发上，陈老母赶紧走过来。

"小迪，你还好吧？"

小迪心酸地问她："阿姨，你为什么要骗我？根本就不是陈哥让你接我过来的。"

陈老母坐在了小迪身边，心疼地看着她的脸说："小迪，我骗你，是因为……我不想我的傻儿子错过你。"她一脸慈爱地对小迪说："相信阿姨，他对你有心，只是自己不肯承认……"

陈宁再也没有回来。

直到这一天，陈老母在电话里嚷："再过一个星期，你儿子就满月了，满月酒订了吗？请帖你都印好了没有啊？你就这么当爹啊？"

陈宁说："你不是不要我这儿子吗？"

陈老母打断："你就明说，你儿子你管不管了？别给我玩沉默，你到底听到了没有？"

陈宁听出火药的味道："听到了，听到了。酒席早在我儿子从医院抱回来时就订好了。请帖也买好了，我正准备拿回家，跟您商量宴请的名单。"

"快点回，我们等你吃饭。"

那个"我们"，包括小迪吗？

回到家，拿钥匙开门时，他就听到了门里传来孩子"嗯啊嗯啊"的哭声。

他似乎能想象得到她抱小宝宝的样子，很温柔，很专注，充满了母性。

深深地一个深呼吸后，钥匙旋开，门打开了……

陈老母坐在客厅抱着小宝，看到陈宁站在门口，便一脸奇怪道："你傻站着干什么啊？进来啊，也不怕进风，把我家小宝冻着。"

陈宁"哦"了一声，就关门进来，目光不由自主地看向一楼的客房。

陈老母顺着他的目光看了一下，就打趣道："看什么呢？找小迪啊？人家听说你要回来，早就走了。"

他又若有所思地"哦"了一下。

陈老母乐道："'哦'什么，想见小迪没见着，失望了？"

陈宁被人揭了心事似的嚷嚷："你在说什么？"

他老妈"哼"笑道："外人都看明白了，就你自己不明白。"

陈宁怒道："她到底哪里好，你要这样撮合我们？"

陈老母反问："她到底哪里不好，你要这样躲着她？"

"总之，这孩子是我替你要的，她的任务算是完成了，我不会娶她的。"

陈老母当没听见，转身就逗着宝宝，向里面走去，陈宁顿觉自己被无视了。

"妈，妈？"

陈老母在屋里喊："我耳聋，听不见！"

"你……"

用完晚餐后，陈宁要抱孩子，陈老母不让他抱："连孩子妈都不要，还抱人家的孩子干什么？"

"这孩子是我的。"

"没人家，你生啊？"

"没我，她也生不出来。"

"别，别扯近关系，人家跟你一点关系都没有，也不稀罕跟你有关系。这孩子也跟你没关系，你完成任务一样交给我，那就是我的了，以后，你都不许抱他了。"

"我……"

陈老母绕过陈宁，坐到回形沙发上，顺手拿起了桌上的请帖，看后，就瞪大了眼睛喊："我孙子的名字叫陈小宝？你就这么写请帖？你儿子就叫这么一个名字？你……你怎么不管他叫大宝啊？这名字可好啊，大宝明天见，大宝天天见，叫起来多爽口啊！你损不损啊？我好不容易盼来一个孙子，就把我孙子叫这么一个名字？"

陈宁说："陈小宝这个名字先用着吧，一时半会儿也想不出什么好名字，我累了，先去睡觉了。"

刚走完楼梯，就听到陈老母给小迪打电话，诉苦似的说，小迪啊，孩子要被他老爸给玩死了！居然取名叫小宝，大宝他弟，陈小宝。

陈宁忍不住笑了出来。

可随后，陈宁听到老母说："小迪啊，宝宝的满月酒在下个星期五，中午开席。……对了，小迪，明天变天，会起风，你多穿一点再过来。……宝宝还好，挤的奶够喝，唉，让你在月子里跑来跑去，真的对不住你。……外国人生了孩子就去游泳那是外国人，人家吃面包、喝牛奶长大的，我们中国人是吃米饭长大的，不能混成一团。……阿姨是心疼你，叫你不要走，你非要走。……我就这么一个儿子？我情愿换你这么一个闺女。……好，好，早点睡，明天等你过来。"

电话挂掉了。

陈宁从陈老母的说话中，已经猜到了电话的内容，回到房间后，他关紧了房门，给小迪打电话。

"我们的孩子在下个星期就满月了，我希望你不要出席，你明白我的意思吗？"

"你的意思是……不让我参加宝宝的满月酒吗？"她的声音颤抖，明显地是在强迫自己冷静。

他的心口泛起一阵酸意，却强制咽下酸意，说："嗯。"

"可是我想要参加，我……我想要参加我孩子的满月席，我想看他抓周，我想……"

"你还想留下，然后，你还会参加他的周岁席和十岁席，你还要送他上幼儿园再上小学，再高中和大学，读博留学，看他娶妻生子，然后，你再想留下来照顾他的孩子？"他残忍地打断她，"朱小迪，你要不要再贪心一点？"

她心碎地哭了："这怎么会是贪心？人之常情的事情，到我这里就是贪心？陈哥，我不会结婚了，我也不会再有孩子，我有可能……这一生中，只此一次机会参加这样的宴席。让我去，好不好？"

"不可以，朱小迪！"陈宁的心一阵拧痛，却还是拒绝了她。

"为什么？"她泣不成声。

"因为我不想再见到你，更不想我的亲朋好友见到你。"

"可是，在我生下宝宝时，他们就去医院见到过我了。"

"那么，就从那天起，请你自动消失吧。"

"可是……"

"没有可是，满月后，你就走，不管断不断得了，都请你离开，不要再出现在我的面前，不要再介入我们的生活。还有，宝宝没有妈妈，宝宝的妈妈车祸死掉了，若是有外人看到了你，你就说你是我们家的远房亲戚。我已经破例让你留下来了，请你不要再得寸进尺，做出让我反感和憎恨的事情。"

她哭得伤心，却艰难地回他："我知道了，我……知道了，宝宝的……妈妈死了，宝宝没有妈妈，我只是……只是你们家的远房亲戚，我不会去宝宝的满月酒，我……不会去的。"

电话被陈宁狠狠地挂断了，听着嘟嘟声，站在床边的她，跪坐在地上，哭得肝肠寸断。

而他……也痛苦地倒在了床上，心痛得捂住了胸口，拿出钱包，看到钱包里贴的大头贴，催眠似的自言自语："我不会娶她的，我不会爱上她，更不会为了孩子留下她。我只想要你，其他的我都不要。"

更重要的是，他根本不知道自己排在几天后的手术，是成功还是失败。

宝宝满月这一天，陈家人都找不到朱小迪了。他们打电话给她，关机。打给陈宁，陈宁说，不用担心，她早上给他发过短信了，说她把奶挤好了，不会来了。

陈老母悲从心生："是不是你不让她出面的？"

陈宁直爽道："是的，是我不让她来的，她很知趣，也很好，你没有看错人。"

"那你为什么……为什么不让她出现？"

"妈！"陈宁转移话题，"她不会来就是不会来了。如果您还想见到她，就不要再问了，不然，我会把她送到外地，让你们再也见不到她。我说得出来，便也做得出来，我有多固执，您是知道的。"

所以，这一天，没有人看到孩子的母亲。

这一天，小迪一个人在外面游走，孤零零的，孤零零的……一直游走到夜里。

回到湖边的公寓，她正欲走进楼里，却听到后面有个颤颤的声音在叫她。

"小……迪。"

小迪惊讶地回头，更是愕然得惊大了眼睛。

"阿……阿姨？"她不敢相信，那坐在楼栋边花坛上的黑影，是陈宁的妈妈陈老母，"您……您怎么在这里？"

天寒地冻的天里，陈老母的嘴唇都冻白了，她的眼底蒙上一层黑，她"呵呵"一笑，却是冻到极冷时，不由自主的笑声。

"散席后，阿姨就在这里等你。"

"陈姨，晚上要下雪了，您，您怎么能在这里等我？"小迪赶紧走过去，想扶她，却听到她说："别别别，阿姨的脚冻得没有知觉了，先不要动我，我……我缓缓。"

小迪马上解下围巾，将陈老母围住，搓着她冰冷的手，不停地在上面呵着气，再弯下身去，抱住她的腿为她搓动着裤管，弯膝点地时，单膝跪在了冰冷的水泥地上。

"小迪，阿姨好多了，乖孩子，起来，你今天刚刚满月，这地凉，你快起来。"

"阿姨，为什么？"她保持单膝跪地的动作，抬起头来，已满是泪光。

"小迪，别哭啊，这孩子，阿姨在这里，当然是等着你回来，好接你回去啊。"

"屋子里有人啊，有月嫂啊，她明天才走，阿姨你为什么不进屋去等啊？"

"进去等，没有诚意啊。"陈老母揩着小迪的眼泪，一脸慈爱地说，"阿姨来接你回家，阿姨上一次说接你回去，都没有接到你。这一次，阿姨亲自来接你，不再给宝宝喂奶做借口，就是想接你回家。"

陈老母在寒风中对小迪说："小迪，今天委屈你了。阿姨真心地向你说对不起，你随阿姨回去，好吗？这个家需要你。"

小迪哭得不能自已："阿姨，这个世界上，除了我妈，你是第一个真心对我好的人，可是，我不能随您回去。你不知道，你真的不知道我在什么样的家庭里长大，我吃过什么样的苦，我多羡慕那些有家的人，我多希望有个属于自己的家。可是，阿姨，陈哥不喜欢我，他一点都不喜欢我，他甚至恨我，因为我毁掉了他的誓言，毁掉了他对另一个女人的忠贞，让他违背誓言做了一个言而无信的人，我们……是不可能的。阿姨，被你接回家的那一天，陈哥回来羞辱我你也看到了，不是你求我留下，我是不会留下来的。现在，换我求你，求你不要再折磨我，我已经订好了火车票，后天就起程，离开这里，永远都不会回来了。"

"小迪，你要去哪里？"陈老母慌了。

"阿姨，既然要走，我当然不会告诉你。"

"你不能走！"陈老母一把攥住小迪，紧紧地攥住。

"阿姨，求你不要勉强我。"

"不是勉强，你听阿姨说！"

陈老母紧紧地拉住小迪的手，对小迪说："宁子喜欢你，宁子绝对喜欢你，我是他妈，我看得出来他喜欢你，只是，只是……"陈老母一脸痛苦："这孩子他就是傻，就是倔，就是决定的事情，九十头牛都拉不回来。他自从和他的女朋友分手后，就再也没有碰过别的女人。"

"我知道他痴情，我知道我走不进他的心里，我……"

"你不知道！"陈老母也哭了，她拉着小迪的手说，"那个女人挑拨离间，爱慕虚荣，把我儿子害得好苦。我儿子真是一根筋，一根筋啊，什么都听那个女人的，什么都信她，信她说我在私底下为难她。小迪，阿姨我是这种人吗？是吗？"

"不是的，阿姨。"

"可是宁子就是信她啊。那个女人背叛了宁子，却说是我反对，她为了我们的母子关系，只有选择别人。

"小迪啊，宁子真是猪油蒙了心啊，他就是深信不疑啊，他还为了这个女人做了傻事，差点让我这个白发人送了黑发人。如果她真的值得宁子这么爱她，我当妈的就依着他由着他，可是，那个女人，完全是在玩弄我儿子的感情，我能看出来，可宁子就是不信我啊。小迪啊，这女人和我儿子相处的时候，就折磨我儿子，离开后，还是威力不减。可是，阿姨第一次看到你时，看到的是宁子在拍你睡觉，那眼神柔得……谁都不会怀疑他喜欢你。相信阿姨，阿姨不会看错人的，你就是解开宁子心锁的人，他现在执迷不悟，不肯相信自己对你动了情，但是，他肯定觉得控制不住自己了，才不肯见你，躲着你。不让你参加宝宝的满月席，全是因为，他怕他的心再次被大家的认定给动摇，他是怕他自己会爱上你。"

"小迪！"陈老母哭得伤心，"我对你好，因为我心疼你，因为你是我孙子的妈妈，更重要的是，你可以让我儿子从死胡同里走出来。我知道我这份爱带有目的，我承认我是一个自私的母亲，我真的不想我儿子一直这样下去，一辈子毁在那个女人手里。我更是一个自私的奶奶，我不想我的孙子活在不健全的家庭里，我不希望他刚刚懂事，就拉着我的衣角问妈妈去哪儿了。

"小迪啊，为了生下小宝，你连命都可以不要，你我同是母亲，你能体会我做母亲的心情的，对吧？能体会的吧，小迪？"

小迪只是心酸地哭：阿姨，阿姨……"

"再给阿姨一次机会，阿姨能证明宁子喜欢你，再给阿姨一次机会。就当阿姨求你，请你救我儿子出来，他真的不能再这样下去，他后半

073

生真的不能再毁在他执迷不悟的心劫里。阿姨请你再给阿姨一次机会，等你变成阿姨的媳妇时，阿姨一定是最疼你的婆婆。"

她拉着她的手说："跟阿姨回家好吗？跟阿姨回家……"

小迪哭着说："阿姨，你这样真的很自私，你这样真的让我很痛苦。他越是不肯承认自己的心，就越会加倍地伤害我，如果我不能让他承认，最后失了心又失了尊严、伤得最惨的会是我。我救不了他，我连我自己都救不了，对不起阿姨，我不能答应你。"

"小迪！"

她拿出手机，开机，要给陈宁打电话，发现手机里，除了陈老母的来电，就是来自陈宁的未接电话。她打了过去，对陈宁说："喂，陈哥，我是小迪，对不起，我的手机关机了，现在才开机。你是想问我阿姨的事情吧？阿姨现在在我公寓楼下，麻烦你把她接回家。"

"我不回去，你不跟我回去，我就不回去。"陈宁听到电话那头传来陈老母的声音。

不到二十分钟，陈宁火速赶来，却看到陈老母坐在花坛处，紧紧地拉着小迪的手，不肯放她走。

"妈，我们找你找得都要报警了，你怎么在这里？"他不看小迪，直接奔向陈老母，要扶她起来，陈老母死死地拉住小迪，死都不松手。

"小迪不跟我们回去，我就不走。"

"妈，你不要闹了好吗？"

"我没闹！你以为就你固执啊？没我这个老固执，哪里有你这个小固执。今天我们就固执上了，看谁固执得过谁！"

陈宁去拉陈老母的手，却发现陈老母的手冰得像块铁。他心痛到不行，冲小迪吼："你可以恨我，你怎么可以这样对我妈？你让她在这里冻了多久？你的心到底是什么做的，这样对待一位老人？"

陈老母护住小迪："我自己要待在这里的，冻死了我也要待在这里，你冲她吼什么？"

"妈，跟我走！"

陈宁一把抱起了陈老母，陈老母死死地拉住小迪，竟一路将小迪拉到了陈宁的车边。

陈宁彻底没辙了："妈，你一把年纪了，能不能不要这么任性？"

陈老母不理。小迪去拉陈老母的手："阿姨，别这样，求你了，别这样。让我走吧！"

"让她走吧，妈！"

"你懂什么？现在让她走了，她后天就离开这座城市了，以后你想见都见不到了。"

陈宁的面上浮现出一丝复杂的情绪。

陈老母拉着小迪："小迪，小迪你看你冻得都发抖了，冷吧？快进车里来，车里有暖气。"

"我妈年纪大了，不能陪你冻，你就依着她吧。"

"好。"

小迪应着，陈老母挂着眼泪笑了，向后座里面坐去时，小迪却眼疾手快地将门给关上，随后冲着陈宁喊："陈哥，你快走。"

陈宁怔了一下，马上回过神来，冲到驾驶座，刚拉开门坐进去，陈老母就从车的另一边门冲出来了，冲着小迪喊："小迪，你怎么可以骗阿姨？"

"阿姨，对不起。"

"我……"老人家又冷又饿又在寒风中冻了几个小时，又哭得伤神，被骗得伤心，一时体力不支，竟两眼一黑，摔到了地上。

陈宁痛心疾首地扑过去扶住她，放声大喊："妈！"

救护车将陈老母送到了急救室。

陈老母还在急救中，陈宁焦急地守在门外。

小迪出现了，听到脚步声时，陈宁抬首便看到了打远处来的她。

他如仇人相见，分外眼红，不及她走近，就冲上前去冲她低吼："你来干什么？"

她被他的样子吓到，却还是一脸担心："我……我想看看阿姨，我……"

"滚——"陈宁咬牙切齿地指着她身后的路，冲着她喊，"你给我滚！"

"我……"

"听到没有？"

"叫你滚，你到底有没有长着耳朵？"

"事情都是你闹起来的，顶坏顶有心计的就是你。你以为你给我生了孩子，你就可以嫁到我们家了？你以为你讨好我妈，我就让你进门了？你也不掂量你是个什么东西。我好心收留你，给你一条活路，你却恬不知耻地跑到我的床上，要不是因为孩子，我这辈子都不想再见到你。当初你怎么发誓，说缠着我就不得好死的？现在死皮赖脸的赖在我家，你打的什么主意？真想不到你是这样没尊严，这样忘恩负义。我这辈子最后悔的事就是帮助你收留你！滚，你给我滚！"

她的眼泪像失控的水串子，不信地看着陈宁，翕动了嘴唇，半天才哽咽一句："有话好好……说，为什么要发这么大的火？"

他咬了咬牙，狠心道："我跟你再也没有什么好说的。"

"那你对我这么大声地吼什么？你生怕别人不知道我未婚生子，生了一个孩子卖给你？"

他没料到她会吼回来，她却狠狠吸了一口气，冲他喊："你把我当什么了？因为你有钱，因为你帮过我，我就应该没有原则地低声下气？我从来没有缠过你，我从怀你的种到他满月，我见你的次数连十个手指都数不满。

"是的，我顶坏顶有心计，我连我儿子都卖了，我还有什么丧尽天良的事情做不出来？"她呛着眼泪，不住地后退，"没有谁生来是给人踩在脚底下糟践的。你的钱，你的卡，我全部不要，就算我卖身，我也不会拿你陈家一分钱。我给你生的那个种，我这辈子都不会再见他一眼。我是没脸没皮，我是忘恩负义，如果时间能回到过去，我宁愿去死也绝不会向你求助！我会马上离开，并且和你一样，我祈祷上天，让我这辈子别再见到你！"

她满脸是泪地看他一眼，那一眼里满是绝望和凄凉。

"永别了！"她转身，就往来时的路跑。

他被她的气势镇住，听到她说"永别了"，陡然觉得不妙，本能地追上她，一把抓住她的手："朱小迪，你想干什么？"

她狠狠甩开他："关你什么事？"

"不要做傻事！"

她笑了，非常讽刺的笑。

"怕我会死？为你死？"停顿后，仔细地打量着他的脸道，"你高估了你在我心底的分量。我朱小迪若是要死，我早就死过一千遍，你还不至于让我以身犯险。永别，是到死都不再见你！陈总，你好自为之！我再贱，都没贱到被人损了尊严，还像只狗一样腆着脸赖在那人身边，我不是言情女主，我不奉陪不找虐。"

小迪甩手的一瞬间，陈宁身后急救室的门打开了，陈老母被移动床推着，从里面推出来了。

陈宁望着小迪离开的身影，又看了身后被推出来的老母，心理挣扎了片刻，终是转首，向自己老母的方向走去。

夜深时，陈老母清醒过来，先是动了动手指头，继而眼皮跳动着，缓缓地睁开了眼睛。

看着这天花板不像自个儿家的，有了瞬间的茫然和疑惑，而后听到边上有动静，便转首，一眼瞥到陈宁在床头的沙发上睡着了。

"宁子……"陈老母的声音是艰涩的。

陈宁打了一个机灵，从浅睡中惊醒，看到老母醒了，奔过来，悲喜交加道："妈，你醒了！"

陈老母点了点头，伸出手来，陈宁紧紧地把她的手握住，陈老母慈爱地一笑，再腾出另一只手，轻轻地触了触陈宁的眉间。

"儿子，给你添麻烦了。"

陈宁急道："妈，你这是什么话啊？我是你儿子啊。"

陈老母艰涩着声音说："可你还是在怨我。"

陈宁摇摇脑袋道："妈，我怎么会怨你？"

"怨我当初不同意你和钱娟在一起。"

"妈，都过去了。"

"可儿子你还没过这道坎啊。"

"妈知道……"陈老母说，"妈知道你特别孝顺，当初，若是不为了我们才硬撑着活下去，你早就……"

"妈，你刚刚醒，不要说了，好好休息，行吗？"

陈老母摇头道："这会儿不说，待会儿，我就忘记了。宁子啊！"

陈老母无力的手在陈宁掌心里摇了摇："你单纯，你特别单纯，你从小到大，都太顺了，没遇到过什么挫折，唯一的一次，还是跟钱娟有关，就是因为那一次，你才开始喜欢她吧！"陈老母深深地叹口气，"当初……我不知道钱娟跟你说了什么，你们分手前，我确实见过她。但我只是跟她说，宁子为了跟你在一起，为了证明自己有能力独立，不接受家里的钱，靠自己来养着你。可是，他现在只是一个小职员，没多少钱，你们还年轻，别买这么贵的包包。我说我儿子宠你，卖血都会给你买，可你得心疼一下人啊，毕竟，我儿子又不是提款机，不能天天为你吃泡面啊。你们要在一起过日子的，别这么大手大脚，包包能装东西就成了，别几万十几万地买，摊在地上，它不就是一个包吗？她说我老土，我就说，你这孩子怎么说话的？嫌我老土，你还跟我这老土的儿子在一起？

"那天晚上回家后，你就红着眼睛回来跟我吵，我当时也是拧，没把实话告诉你，就跟你扛着，说我就是瞧不上她，就不同意你们在一起。

"你妈我好强，也憋着一口气，所以没跟你说实情。现在你也当爹了，当父母的心情你应该理解了，怎么着也是自己抱在手里含在嘴里的宝贝疙瘩，突然跟自己翻脸，心底还是受不住的。

"我还记得，那天你跟我吵，是因为……你消沉得让人看不下去。我问你要她还是要你妈，你选一个，你说，你情愿要她，不要你妈。

我就那么犯病了……把你吓到了吧，儿子？"

往事浮现眼前，陈宁摇摇头道："以前是我不懂事，不管谁对谁错，都过去了。"

"儿子，这话茬又扯回来了。要真的过去了，你为什么还不放过自己？

"你是我儿子，你心里想什么，看看你的眼神就知道了。你是喜欢小迪的，妈真的看出你是打心底喜欢她，才给你牵线的。可能你自己都没有发现，可是，你越反抗，越是表示你害怕面对，妈真的了解你，你是我儿子！一个小动作，妈都知道你那是什么意思。

"不然你想想，你说你不结婚，妈逼过你没？那个姓江的姑娘，喜欢你几年了，逢年过节就跑家里来跟我套近乎，想跟你在一起，我有没有多这档子事儿？论条件和家世，她不比这无父无母的小迪好上几条街？问题是你不喜欢她，我瞧出来了，就算讨好我，但以后，要跟我儿子过日子，不是跟我。我儿子不喜欢，我喜欢有什么用？

"我去医院看孙子的那一天，是因为我确实想抱孙子，我在路上还在想，到底是个什么样的女人，能让我儿子跟她生孩子？得是多有心计多厉害的角儿？到了医院，我看到你那样拍她，真的宁子，妈是过来人，妈也是你妈，妈看得出来你眼底对她的喜欢。特别是妈知道，她为了生你的孩子，差点儿赔上命的时候，妈对她的好感，刷刷地往上蹿。

"你就是一边嚷着我不管了，我不负责，一边又忍不住关心那姑娘。她在月子里备的东西，都是你一手安排的，比我这生过孩子的老太婆都细心。但一边又怕自己喜欢上她，怕见到她，又忍不住对她好，就干脆躲着不回来。

"我明白，我越是撮合你们，你就越是怨我，怨我当初不同意你和钱娟在一起，却接受什么都没有的小迪。你同时自己也接受不了自己，明明说不结婚不要孩子，却和她有这么一段，还一点一点对她动心，你接受不了，对吧？

"我儿子你啊，就这样跟自己过不去。你一边觉得自己不应该移情

079

别恋爱上别人，你一边又忍不住对别人好，然后自己又接受不了，就冲着小迪和我发脾气。

"真的，儿子，妈不逼你。娶不娶小迪是你的事情。

"我就是一个自私的老母亲，就看人家姑娘是实心实意地喜欢你，想要我儿子每天下班回来，累了，有人陪，饿了有人做饭，回晚了有人等。什么独身一辈子，真要让你到了两眼晕花的年纪，你那个时候想让人陪你，都没有了。

"儿子，我真的很自私，去找小迪，其实是为了你还有小宝，我真的希望我儿子有个正常的家庭，我想我儿子幸福。我的傻儿子什么都好，就是太固执，固执得让人心疼。"

"宁子？"

一直睁着眼睛，对着天花板说话的陈老母，转首面对陈宁时，惊诧地看着他："宁子，你怎么哭了？"

他摇了摇头，哽咽着："妈，我第一次见到小迪时，就有种似曾相识的感觉，好像很久很久以前就遇到过，医院里那么多人，我却一眼就认出她，她哭得很伤心，我的心也跟着酸楚。她妈妈把她交到我手上，我没有觉得麻烦，我觉得我可以对她好一点，因为她看上去好可怜。和她过夜的那一晚，其实是她感情受了挫折，我完全可以不用理会，可是，我还是心痛，我觉得她好可怜。和她温存时，我确实醉了，可她是第一次，就算两个人都醉了，我隐隐感到那不是梦，只是抱着她的感觉太好，我舍不得放手。我放纵了自己，做错了事情，却全怪到了她的头上。她怀上了宝宝，我可以不要，可是，我还是情不自禁地让她生下来。接宝宝回家的那天，她笑着哭泣的样子，我连回想的勇气都没有。"

陈宁说："如果说，她一直为了感恩而容忍我，那么您急救时，我对她说的那番话，已经是她容忍的极限，我已经彻底地把她激怒了，她再也……"

陈宁的手机突然响起，他拿起来一看，上面显示的来电人是"小迪"。

"小迪……"他顿时感到很激动，难以抑制的激动，"小迪，你到底在哪里？我真的很担心你！"

电话那头，却传来一个陌生男子的声音："陈先生是吧？我不是机主，我只是想告诉你，机主跳江了，刚被救上来，冻得直打摆子……"

"她没事吧？她没事吧？"他焦急得没有办法。

电话那头的男声说："没事，好在跟她一起的人大声呼救，住在岸边的渔民赶来救了她。两个人都冻得说不出话了，机主的包和手机都在岸上，我们帮着开机，看到您的号码在'家人'这一栏里，就打电话给您了。"

"你们在哪里？她现在在哪里？"

那人说："我们现在……"

陈宁快速赶到江边的时候，小迪正在岸边一家渔民的家里。陈宁被人指引着推开那简陋的房间的门，看着裹着棉被打着哆嗦的小迪，又急又心疼，二话不说，扳正了她的身子，在她看向他的时候，狠狠地给了她一个耳光。

她身体冰凉，刚刚在渔家大婶的帮助下脱了衣服，裹着棉被，坐在生了火的屋子里，刚缓过来，就被人扳正了身体，狠狠地挨了一个耳光。

她不信地看着陈宁，裹着被子跪坐起身来，拿半湿的脑袋去撞他："你凭什么打我？你有什么资格打我？"

他使力，扳着她的肩，制住她，她想挣扎，却被他眼底的血丝和眼泪吓住。

"朱小迪。"他艰涩地哽咽着，"你说过你不会做傻事的，你说过你不会为我这种人死的。你走之前，说的每一句话我都记得，可你为什么……为什么要寻短见？"

"我没有！"小迪想挣开他，却被他紧紧地搂进了怀里。

"你想让我失去你吗？"

她不懂，她不解，她不敢懂，也不敢依着自己理解的意思去了解。

但她的心软了，轻轻地环起手，小心翼翼地拍着他，就像拍着小宝一样拍着。

"陈哥，我没有自杀，我只是到江边走走。我看到一个小姑娘赤着脚站在浅滩上，这么冷，江上都结薄冰了，她这样站在不起眼的地方，肯定不对劲，我就……看她要扑进江里的时候，拉住她。她拼命地挣扎，说她被男朋友甩了，活着没意思，不如死了算了。我跟她说，你有我惨吗？就跟她说了我的身世，说了我的遭遇。她听着，就傻了，问我，真的吗？我说，是的，你看我这样的人都拼命的活着，你还有父母，你有什么理由让白发人送黑发人？她本来是被我说服了，我都拉住她了，没有想到，刮了一阵冷风，把她吹'醒'了，她就冲我喊，你骗人，你编故事骗我，这世上哪有这么惨的人？

"我绝对没有骗她，可她不信。本来就冷，还在去拉她前，把包包和大衣丢了在岸边，我冻得控制不住身体，被她扯着，扑进了江里。我拼着命把她推了上岸，我自己却爬不上来了，她就大声呼救，这附近的渔民就把我救上来了。我冻得说不上话来，他们才拿了我丢在岸边的手机，给你打电话。"

"对不起啊！"说到这里，她凄然一笑道，"说好死都不见的，一不小心，就又让你见到了。"

陈宁闷吼：“你还好意思笑？你快让我担心死了，你还好意思笑？零下一度，大半夜的，你跑到江边干什么？”

"我也不知道，从医院跑出来，就近吹吹风醒醒脑子，想一想下一步该怎么办，就碰到那姑娘了。"

"我真想掐死你。"他嘴上说得咬牙切齿，却在下一秒将她搂得更紧。

"陈哥……"她哽咽着，"别抱这么紧啊，我喘不上气了。"

他却更用力了。

她呼吸困难，却安心地闭上了眼睛。

她知道这不是爱情，知道他只是感情用事，就像当初在医院里的最后一抱般，没有丝毫的意思。

可是，她闭上眼，感受这个令人窒息的拥抱时，只感到缺氧的大脑，开始奇妙地回响着放大的心跳。

"小迪，我们回家。"他抱紧她，在她耳边说，"我要带你回家。"

他放开了她，她还没有回过神，便被他打横抱住。

陈宁将小迪抱回了家，抱进洗澡的澡盆里。抱进去前，去扒她身上裹的被子。

她惊呼："别，我……我里面什么都没穿。"

他只是看了她一眼，将她转过去，背对着他："这样的话，就没有关系了吧？"

"我……我还是自己来吧。"

他说："我得帮你按摩，活通你的血脉。你自己怎么来按？"

不知道是这氤氲的水汽，还是她泡过热水澡的容颜太过于娇艳，他目光一滞，就搂住她拥吻。满屋雾气，一室旖旎，她显然很没有经验，他很有耐心地引导。

她无措地依着他，与他上一次接吻，是在那个荒唐的夜里，他把她当成另外一个人，热情悲伤又让人沉迷不已，但时间相隔太久，她快忘记那种感觉。这时被动着缠绵，身不由己地回应着，生涩得换他沉迷不已，让他情不自禁地想做些更深入的事情。

小迪突然意识到他要做什么，一脸慌乱道："陈哥，陈哥不可以。"

他意乱情迷，压制住了她推动他的手。

"相信我，我不会……再像第一次那样对你了。"

他的目光热切，让她心神恍惚，不由自主地点了头，随后惊喊："不是，我不是这个意思，我是……我是剖腹产，不到三个月是不能行房的。"

陈宁愕然，随后一脸抱歉："对不起，我忘记了，我以为女人坐完月子就可以，我想到我们的宝宝在今天刚刚办完满月酒，我就……"

她的眸光黯淡了，他马上痛苦地明白了。

"原谅我，小迪，今天宝宝满月，却发生了这样的事情，是我对不住你，等我们筹备婚礼的时……"

她的眼睛猛然睁大了，简直不敢相信自己的耳朵。

而他放在外面的手机，却发出一声铃响，打断了他的"候"字。

那铃声是他为钱娟特别设置的，听到铃响，他猛然打住话头，再愕然与小迪对视，更是触电似的向外走去。

她也知道那铃声来自谁。

"当你孤单你会想起谁，是我为你独家设置的铃声，我希望你能想起我。"她进过陈宁的QQ空间，知道那铃声的主人是谁。

被他紧紧拥抱过，又突然抽身走开的感觉，让人觉得好冷好难受。刚刚……刚刚他说的是"等我们筹备婚礼的时候"吧？那个"候"字还没来得及说出来，后面的打算还没有告诉她，他听到铃声，就弃她而去，这种感觉……真心难受得无法表达。

而那电话，陈宁激动地接过，却接通就断掉了。

他再打过去，对方不接，随后，收到一条短信："宁，我不方便讲电话，但是我想告诉你，我好想你。"

陈宁刹那间像个得到礼物的孩子，欣喜得无法表达："我也……想你。"

……

朱小迪裹着浴巾，在暖气下，依着门，看着陈宁欣喜若狂又满是柔情地给对方发短信，一回一复，他手上的短信提示响个不停。

刚刚抱过自己的男人，马上跟前任你情我侬，她突然不知道如何表达自己的心情。

如果她是他的妻子，她会发脾气，会抢过他的手机，可她不是，她没有这个资格，他甚至都不用顾及她的心情，就可以在那边旁若无人地和前任短信传情。

唇上还留有他吻过的余味，她心酸地看着，嘴边却勾起苦涩的笑来。

照顾孩子的月嫂这个时候出来，正想叫小迪，却被小迪竖起食指，意示她不要说话。月嫂心领神会，马上闭嘴。小迪走过去，拉着她的手，走进了婴儿房里。

孩子在小床上睡得很香，小迪看了一眼孩子，却没有走过去，也没有去抱孩子，只是对月嫂说："阿姨，能把你的衣服借一套给我穿吗？我的都湿了，我没有办法回去。"

月嫂本是连连点头说："有。"随后听到小迪后半截话，顿时一惊道："这么晚了，你还要回去啊？"

小迪一脸苦涩的笑："这里不是我待的地方，麻烦阿姨了。"

月嫂知道这家情况复杂，也知道陈宁不待见她，连孩子的满月酒都没让她参加，她的地位好像都不如她这个月嫂。

月嫂拿了一套衣服给小迪，小迪穿上后，大了一些，但还算能穿。她对月嫂说了谢谢，再转身到外面，拿了包包，看了眼背对她而坐的陈宁，轻轻地拉开门走了出去，再轻轻地关上。

门……还是发出了声响。陈宁这时才惊觉地转首，忽然想起什么似的站起身来，跑回房间："小迪，小迪。"

月嫂才出来，对他说："小迪刚刚出去了。"

"去哪里？"

"她说回去了。"

"你怎么不拦着她！"

他拉门出去，见她正在电梯门等电梯。

"小迪。"

她苦涩一笑："陈哥。"

电梯来了，门开了，她走了进去，陈宁却一把将小迪拉住。

"怎么要走？到底怎么了？"

她笑了，很甜地笑。

"陈哥，你是不是一直为那天和我上床，把我当成别人的事情，觉得对不住我？"

"我……"她在这里提到这个，他不知道怎样回答。

"其实你没有必要放在心上，那天晚上，我没有拒绝你，其实是因为我也把你当成了另一个男人。"小迪说，"那天晚上，是他的洞房花烛夜，而我和你认识，完全是因为他，你和他是同一天生日。你们的气息真的很像，一样的心软，一样的立场不坚定，一样的喜欢给人暧昧，又一样的一边对人好一边又对人残忍，你和他……在某些方面，真的好像。所以，你明白吗？那天晚上，我把自己当成新娘，把你当成他，我……只是借你，完成了我永远都不可能完成的心愿。在现实里，我是跟你上床了，在我潜意识里，我自动将那晚的你替换成了他，所以，我不喜欢你，我也不爱你，就算给你生了孩子，我对你也没有感情。我不想再因为感恩而把自己搭给你，你不需要对我有任何愧疚，因为我和你，在我的感知世界里，没有任何交集，因为我的潜意识里，那天晚上，不是你。"

他不敢相信自己的耳朵："你说过你喜欢我。"

"小姐还管恩客叫老公，区区一个喜欢能代表什么？"

"那刚刚，在浴室里的吻算什么？"他不信她那么依恋和投入，对他不带一丝感情。

她笑了："陈宁大哥，吻能代表什么？成人的世界里，发生过关系，反倒不算什么。这话是你教我的，我现学现用还给你。"

她轻易地甩开了他的手，进入电梯，不再看他，只看着数字显示屏，等电梯关上。

他怔怔地站在合拢的电梯门边，手上还拿着手机，手机上还有一条没有来得及发出去的短信：

这些年，我过得一点都不好，不过，我已经找到能为我解开心锁的女人。你让我刻骨铭心，她让我想要回归到正常的生活，我不会忘记你，依然感激你，让我此生这样深刻的爱过。余生，我要好好地对她，因为，她是上帝赐给我的礼物，我想要珍惜……

一无所知的小迪在电梯里哭得伤心欲绝，自言自语："上过床不算什么，生了孩子也不算，只要你想到她，你和我发生过的事情就统统都不算，那抱过也不算，吻过更不算。接到她的短信你就丢下我，我怕你一回头，又告诉我，刚刚只是冲动，根本没有爱过我。陈哥，对不起，我真的害怕再听到那样的话，我怕再被你伤害一次，我已经承受不了那样的打击。我不要再这样全心全意付出感情，再也不要这么痛苦了。"

陈宁突然醒过神，按着电梯铃，等他乘另一部电梯，从公寓冲出来时，已看不到小迪的身影。

他给她打电话，她接过，他不待她出声，就在电话里讲："朱小迪，你在哪里？"

"我刚刚上了计程车。"

"不管我们今后联不联系，你到家后都记得给我短信报平安，听到了没有？"

他失控地吼着，她在那边已是泪流满面，"嗯"了一声，便匆匆挂了电话。

到家后，她给他短信，一句话："到了。"

他回："收到。"而后，又发："最后一个请求，不要离开这座城市，万一出了什么事情，我没办法第一时间照应你。不管我是陈哥还是你说的替身晨哥，我都是你孩子的父亲，相识一场，可以不再联系，但请你更换号码或者需要帮助时，第一时间告诉我。我不是超人，我只是一个想要关心你的人，不是因为你妈妈的嘱托，而是因为我真的关心你。宁。"

她抱着电话，不知道回复什么，只是觉得，心脏好像裂开了，想了好半天，终于回复了一个"好"字。

然而和陈宁互发短信的那个人，不是钱娟而是钱会计——钱婷。

钱娟嫁到外地后，这个手机号她就不用了，嫁人的那一天，钱婷向她要，她就把手机送给了钱婷。

这些年，陈宁发向这手机的短讯，都被"养"着这号的钱婷尽收眼底，陈宁对钱娟的深情，她简直是一览无疑，但是，她没有告诉钱娟，因为她不想。

钱娟和陈宁同居的时候，陈宁为了表示自己可以独立，不要父母建立的人脉资源，当了三年白领。钱娟离开后，他情场失意事业场上却一帆风顺，借着父母的人脉资源，最先和朋友合伙开酒店，一年就回本，两年赚翻。而后，又资助朋友开矿，朋友感谢他，每年的分红都很可观。有钱人的钱，都是用来钱生钱的，越生越有，越有越生。所以陈宁又去炒房子，房价见鬼似的疯涨，让他一本万利，而后，他买了黄金地段的铺面，开了婚庆店，亲自打理。

开业的那天，他借着酒意给钱娟发短信，说他可以给他的客户办最好的婚礼，却办不了自己的。

刚刚毕业的钱婷，马上用自己的手机给陈宁发短信，说："姐夫，我是钱婷，我姐说，你开了婚庆店，让我问你，能不能收了我。"

他收到这条短信后，苦笑："我不是你的姐夫。"

钱婷回："以前，我都是这样叫你的，不管我姐嫁给了谁，在我心里，你才是我最正宗的姐夫。"

就这样，陈宁同意了钱婷的到来。

在外人眼里，他就是一个低调的婚庆店的老板，对员工很好，给他们的福利待遇很好，单身，没有花边新闻。

钱会计也是这样认为，直到有一天，她发现她错了！

作为公司的出纳，每天都要去银行存钱再取钱，公司有专车接送。那天，司机的老婆生孩子，陈宁亲自带着钱会计去银行，中途，在加油站加油，从包里拿出钱包结账时，钱会计发现，这旧旧的钱包还是表姐给他买的那个，他居然一直留用。陈宁加完油后，将车停靠一边，向钱会计打个招呼，说要去洗手间。钱会计点头说好，他便离开，将包留在了车上，钱会计顺手打开，拿出钱包，想看看表姐和他的大头贴还在不在，结果，是在的。

她表示，陈宁这么痴情的男人，这世间少有。

再看看钱包里插满了卡，她抽出两张来看了看，在银行实习过的她发现这些卡是白金卡和钻石信用卡，这两种卡一般人办不了。钱婷将另一些卡拿出来，倒吸了一口凉气，因为陈宁类似的 VIP，在好几家银行都有账号。

她突然觉得钱娟瞎了眼，当初就是嫌陈宁没有钱，钱娟才跟了一家公司老板的儿子，说他比陈宁强，人家是富二代。现在，她要是知道陈宁现在的身家，知道嫁给陈宁，可以当富二代的妈，她会不会悔到地沟里去？

但她没有告诉钱娟，因为，她觉得自己长得像钱娟，想取而代之，却不想陈宁成了爱情绝缘体，几番试探，人家根本没往那方面想。她想着自己还年轻，有的是时间和机会，怎料到，朱小迪不但捷足先登，还有了一个儿子，而且还在今天满月了。

如果不是今天来了一位客户，大家还都不知道发生了这样的事情。

早上，陈宁来了一下就走了，出门前，交代前台，某位客户来时，就给她最低折扣，还留了那个女人的号码。

前台在接待这位如期而至的客户时，留心多问了一句她和陈总的关系，那女人笑道，关系很微妙啊，我是陈总儿子的接生护士。

大家都睁大了眼睛："陈总有儿子了？不可能吧，我们陈总根本没有女人啊！"

那女人笑道："人家也许是闪婚和隐婚呢，这事也说不定啊！"

前台的另一个小姑娘跑到财务室，跟会计主管说："大新闻了，真是大新闻了，我们陈总有儿子了。外面来的那个女客户，就是陈总儿子的接生护士，所以陈总才给她最低折扣。"

说这话时，前台还故意看了钱会计一眼，看着她变青的脸色，前台的心下很是舒爽。这个姓钱的，以为自己能当上陈总的老婆，一直以老板娘的姿态对她们颐指气使，还欺负新来的小姑娘给她跑腿买这买那儿，早就憋一肚子气没地儿发了。这会儿，前台特地把这话告诉会计主管，其实就是说给她听的——人家有女人有儿子了，别做你的春秋大梦了！

钱会计气得发疯，打电话给陈宁时，陈宁正被人告之他老妈不见了。接到钱会计的电话时，钱会计好像捉奸的老婆一样，对陈宁没好声气："陈总，陈老板，你倒是在外面风流快活啊！当了爸爸了，怎么也不告诉我们一声，让我们好好恭喜恭喜你啊？你有什么要解释的？"

陈宁怒道："你脑子有病吧？我的私生活什么时候需要跟你解释？真是莫名其妙！"

她被挂了电话，再锲而不舍地打过去的时候，被陈宁拉进了黑名单，再也没有打通过。陈宁在这一天也没有回来。

钱会计气得咬牙切齿：是朱小迪，一定是朱小迪，算算日期，除了她，没有别人。这个阴魂不散的贱女人！

她搞不定陈宁，那么，她就要搞得他们鸡犬不宁。

她以为，陈宁和朱小迪住在了一起，于是，特地在半夜，用钱娟留下来的手机，给陈宁"短信"骚扰。

就算她拿朱小迪没办法，也能让陈宁半夜跟"前任"发你侬我侬的短信，对于现任，这也是不小的打击。她只想这样骚扰一下陈宁，扰乱陈宁的心弦，却没有想到，这几通短信真的让陈宁和小迪分开了。

她不知道，她只知道，她一定要拿出钱娟这张底牌，但不是这个时候。但她真心咽不下这口气，就来了一段"短信骚扰"。

Chapter5

想要珍惜你

没有什么，比他送一个家给她，更加来得珍贵。没有什么，比他在她身边，更加让人安心。

钱婷不知道她的小把戏已成功地离间了小迪和陈宁，在接下来的这两个月里，小迪没有见到过陈宁，陈宁也没有和她联系。

陈老母得知小迪不爱陈宁，不想跟陈宁在一起的心意后，只能唉声叹气："人家姑娘不愿意屈就你，也就没办法了。"

陈老母住院回来，一直在家里和月嫂带孙子，而陈老爸和以前一样，和老友们钓钓鱼，下下棋，白出夜归，和以前一样。

陈宁说要出差，很长一段时间没有回来，也没有办法联系他，但快两个月的时候，他又出现了，头发理成了寸头，还总是戴着一顶帽子。

这天，他的朋友狮子对他说："你啊，你小子大难不死，捡回一条命，这一次，我护送你回来，住了几天，也玩了一圈，该回家了。"

陈宁说："那我们在'美好时光'饯别吧。"

他们约好了地点，陈宁驱车赴约。停好车后，他一眼就看到了那一抹熟悉的身影，就像当初初次遇见她就认出她一样，他一眼就看到了她。

小迪只是路过这里，却看到这家孕育自选店的店面明亮温馨，忍不住走了进去。里面的货架上摆着很多好玩的东西，她忍不住摆弄起来，摆弄得很开心。

站在货架那边的陈宁就在不远处看着她，快两个月不见，她好像瘦了，瘦得让人有些心痛。

导购员看到有人摆弄样品，马上笑眯眯地走过去，问："您好，这是我们最新的环保无毒玩具。您是给亲戚买，还是给您自己的孩子……"说到这里，小迪看了一眼导购员，导购员马上笑道："您这么年轻，应该还没有孩子吧？"

小迪笑得有些心酸和勉强："我儿子还有七天就满三个月。"

"原来您儿子都三个月了？好年轻的妈妈啊！儿子一定长得像妈妈吧？"导购员故意惊讶，也不知道这是销售技巧还是真心夸赞。

小迪微微一笑："我儿子生下来像他爸爸，很漂亮，现在……不知道像谁。"

"像你。"陈宁暗自作答，"小宝越来越像你。"

小迪放下手里的玩具，有些落寞。

陈宁跟了出去，却见小迪走进了一家咖啡厅，那居然是他和狮子约好的地方。他意外又惊讶地走进去，狮子一眼就看到他，起手向他挥挥。

小迪正是经过这挥手的朋友，向前一桌走去，再背对着狮子坐了下来。

他们的位置，居然在一前一后。

陈宁快步走了过去，在朋友面前坐了下来，看见小迪的背影，也看见小迪对面坐着的男人。

狮子顺着陈宁的视线看了过去，只见他盯着后桌的一个男人，便起手挥了一下，笑着打趣陈宁："猴子，一个男人有什么好看的？你该不是性取向有问题吧？"

"狮子，别乱讲话。"他们叫着大学时给彼此取的外号。

"我天，你嗓子怎么了？"狮子一脸不解。

陈宁故意沙哑着嗓子说："感冒了。"

"刚刚不是还好好的吗？"狮子完全不能理解，刚刚在电话里说他要到了的时候，他明明还是好好的嘛！

刚想问，狮子放在桌边的电话响了起来："我老婆的电话，我先接一下。"

陈宁点头，狮子接通电话的时间段里还不忘记打趣陈宁："有家室的人，离开几个小时都会有人惦记，你这个单身是没有办法理解的。"

等服务生过来，陈宁拒绝了他递来的菜单，直接要了一杯蓝山咖啡。

咖啡一会就上来了，陈宁执杯，看上去是在等没完没了跟老婆说话的朋友，实际上却是竖着耳朵听那个看上去很屌丝的男人和小迪的对话。

他第一次发现，想听清楚什么的时候，听觉真的可以放得很大。

小迪说："我很高兴你不介意我的过去，你说想快点结婚，我也同意。但是，我想问问，结婚后，我们住哪里？"

男人突然就不悦道："你说过，只要我不介意你的过去，你就不在乎我有没有钱，有没有车子和房子，你怎么说变脸就变脸，马上就问起房子的事情？接下来是不是要问车子和存款了？"

小迪说："我没有这个意思，我只是想问住在哪里，并没有说让你买房子，就算我不在意这些，但我总要知道你对我的安排啊。"

"够了！"男人突然受了刺激似的大发雷霆，"你就是想套我的话，现在问住哪，一会儿就该问我，那里车库管理费是多少。想套问我有没有房子和车子，直接问就是了，何必虚伪地拐弯抹角，还口口声声说不在意？真要不在意这些，为什么要约到这种地方见面？当我是凯子，想我花钱请你吃饭啊？"

小迪气得脸都白了："选这里，是因为第一次见面，我想找个温馨安静的地方。你和我一个在城东一个在城西，离得这么远，只有这里折中，这里显眼，约在这里见，不用到处问路和找地方。不过，我觉得这顿饭没有必要吃下去，也没有必要点餐了，就这样吧。"

小迪拿起位置边上的包包，正要起身，那个男人却恶语讽刺。

"装什么装啊？房子车子和票子我总会有的，你呢，你有处女膜吗你？"

小迪不敢相信自己的耳朵："你……你在说什么？"

男人面目狰狞，好像约了几个女人，都被人嫌弃了，把受的气全撒到了小迪身上："你们这种女人我见多了，不就是打着相亲的幌子骗吃骗喝吗？如果对方条件好，就赶紧献身，用身体绑住对方。遇见条件不好的，就嫌贫爱富，宰一顿就走。问题是，人家有钱有权又有点帅的，看得上你这种不知检点的女人吗？"

"我没有你说得那么不堪。"

"别装了，你的本性都让人一眼看到底。"

"请你尊重一点！"

男人说："干什么一副楚楚可怜的样子？我说错了吗？你以为装得楚楚可怜就能掩饰你无耻的本质？"

她被气得说不出话来，胸口堵得难受，却反驳不出一句话来。

狮子拿着电话，先是被身后那一桌男人的言辞震得向陈宁直撇嘴，小声对电话说："老婆，听到后面的男人有多极品了吗？就这人品，处女愿意跟他吗？"

随后，更震惊的是，陈宁从位置上站起身来，奔到那男人面前，一把扯住那男人的领子，将他从位置上提起来，提得那比他矮一截的男人脚尖离地，被领口勒得喘不上气。

狮子和小迪同时惊呆了，一个是没有想到陈宁会冲过去，一个是没有想到陈宁会冲出来。

"你谁啊？"

陈宁不答，双手将他拎了出来，一拳头把他打倒在地上，再扑上去，骑在那男人的身上，左右开弓，打得他血流满面。

男人先是叫唤着："你到底是谁啊？"接着喊："救命！"再后来，他什么也喊不出来了，脸上硬生生地挨着陈宁的拳头。

狮子终于反应了过来，扑上前去抱住陈宁："猴子，你疯了，你疯了吗猴子？这根本不关你的事，你这是干什么啊你？"

打红了眼的陈宁扯开狮子，冲着狮子喊："他骂我的女人，他骂的是我的女人。"

狮子第三次震惊了。

陈宁的拳头再次举了起来，正准备狠狠抢下时，那手被一双白皙的手紧紧地抱住了。

"陈哥，陈哥不要再打了，求你，不要了。"

他愤怒："跟这种人渣谈婚论嫁，你眼睛长着是喘气的？"

"是，我眼睛长着是喘气的。"

小迪抱着陈宁的手，泪流满面地对地上的男人说："你被打了，我很抱歉，但我内心觉得你活该。因为我们在婚恋网上注册的信息都是实名认证的，我不想骗人，所以我把我的情况在网络上说得很明白，说我未婚，但有过一个孩子，给了男方，不会再联系。我只想找个不介意我过去的男人和我过好下半辈子，只要他真心对我好，我不在乎其他。是你主动找上我，你说你看到我的相片觉得我很好看，觉得我是你喜欢的那一类，你说你认真看了我的简介你不在意，看到我就想跟我结婚。你在聊天工具上说得真诚，打动了我，我才答应跟你见面。我也是真心打算，只要结婚嫁人，我就好好地对我另一半好。你可以没有房子，我也不需要你买车子，存款也没什么要求，只要你肯对我好，饿不死我冻不着我，我就愿意嫁给你。但是，就算我和你闪婚和裸婚，我也想知道我们住在哪里啊，为什么我只问了半句，你就受了刺激一样污辱我？本来现实就够残酷了，心被伤透了泪都哭干了，好不容易想要坚强，想要重新开始，却让你们这种想当然的人说得一文不值。对，我是贱，贱得明知道没有结果，还上了别人的床，但是，你明明知道我贱，你为什么还要来找我？我没有骗人，就活该被你羞辱吗？再说，你瞧不起我，我又没有赖给你，你凭什么污辱我？你凭什么？"

她越说越激动，哭得心酸。

"小迪，别说了。"陈宁站起身来，一把抱住小迪，"别说了。"

她哭得像只被雨水淋湿的猫。

她被别人这般污辱，他的心好痛苦。他都这般痛苦了，她要怎样承受这样的苦？

男人从地上直起上半身，猛烈地咳嗽，咳出一摊血，用手接住，看到血肉模糊的牙齿。

"王八蛋，把老子的牙……"

陈宁动了动脚，还没迈步，那骂粗话的男人一把护住自己的脑袋。他孬得陈宁都不屑动手打他了，他拉住小迪的手："我们走。"

目瞪口呆的狮子结了账，跟在后面追出来。他实在不敢相信，一直单身的陈宁，居然有了女人，而且，就在刚才，他的女人和别人谈婚论嫁，被人羞辱，而他为了他的女人，把别人打得满脸是血。

刚刚出门，还来不及问话，就看到警车驶了过来，两名警员下来，来到陈宁面前，要求他协助调查。而里面的男人听到警察来了，本来已经爬起上半身来的他，又哎哟哎哟叫唤着躺在了地上。

小迪，陈宁，狮子，还有目击证人及服务员和那个被打的男人，进入警察局，分别进入笔录室做笔录。

小迪做完笔录后，警员说，她留下联系方式签完字，就可以走了。她签完字后，问："他呢，就是陈宁呢？他出来了吗？"

警察笑了一下："他啊？他还没，他的律师刚到，所以，这才开始记录，你先在外面等吧。"

小迪出来后，做完笔录的狮子也在外面等着，见小迪出来，他笑了一下："你是猴子的女朋友吗？"

小迪不解地看向他，不明白他说的猴子是指谁。

狮子忍不住笑了一下："猴子就是陈宁，他的外号是我给他取的。

我们那个时候的大学，八人一间，上面是床，下面也是床，猴子就睡我上面。他瘦，又灵活，双手一撑，就上了铺，所以，我就叫他猴子。因为我叫李斯，他就叫我狮子。"

狮子说到这里，叹了一口气："一晃眼就这么多年了，好像昨天还在大学里一样。猴子阳光，又帅气，是我们系公认的系草，很少见他跟人红过脸，也没见过他动手打架。他总是三言两语就让人心情好起来，又愿意帮助人，根本没有人想过跟他扯皮打架。没有想到，他刚刚会做出那样的事情，真的把我吓了一跳，都不敢相信那是我认识的猴子了。"

小迪一脸自责："对不起，都是我惹的事情，是我不好。"

"这不关你的事，要怪，只怪那个男人的嘴巴贱，怪他运气不好，让猴子一字不漏地听进去了。不过，不用担心，刚刚那个男的骂你的时候，我正在通话中，按了录音键，方才交给猴子的律师了。是你先被人身攻击，他才出手伤人，这种情况下，警方都会让私下合解，让那个男的拿着法医鉴定书，得一些我们赔付的医疗费用就可以了。"

"真的是这样吗？"

狮子笑了："相信我，律师进去前，我问过他了。"

小迪好似放心地笑了笑，却还是为陈宁担心。

狮子看着她，很想问她，她什么时候成为陈宁的女人的。他还有很多问题想问，但这个是最首要的。

这个时候，陈宁出来了，小迪热泪盈眶地迎了上去。

陈宁停住脚步，与小迪对视而笑："没事了，对方同意私下合解，一切委托给律师了，我们可以离开了。"

她眼底泛起了眼泪，他一脸抱歉道："对不起，让你看到我这么暴力的一面。"

她摇头，泪流满面地摇头。

狮子说："好啦，这里人进人出的，有什么话，我们先离开这里再说。"

"哦，对了，小迪，这是我大学最好的损友，李斯，木子李，斯文的斯。"陈宁突然想起什么，对小迪介绍。

"这是朱小迪，我的……我的……"他突然不像打架时那样有底气了，因为她曾说过，那一晚不算什么，发生关系也不算，她不爱他，他只是苏晨的替身。

狮子却笑道："知道了，她是你的女人嘛，不就是为她打架，你才到局子里喝茶的吗。话说，我一直奇怪，小迪，你怎么跟那种人渣谈婚论嫁了？"

"因为小迪跟我吵架了，想随便找个男人气我，却不想，约在同一家咖啡厅，真的不是刻意，纯是巧合。"

小迪睁大了眼睛看向陈宁："我刚刚做笔录的时候，就是这么说的，简直是……一字不差。"

"真的？"

"真的！"

陈宁惊喜："我们两个太有默契了。"

警察局离事发地不远，离他们停车的地方也不远。他们步行在小道上，突然下起了小雨，陈宁马上脱下了外衣，盖在了小迪的头上。

"陈哥，不要了。"陈宁的心一阵酸涩，一想到她说她叫的是晨哥而不是陈哥，他的心脏就像被人揪住一般痛。

"要的。你瘦了，有黑眼圈了，一定没有好好吃饭睡觉，再淋雨生病了，该怎么办？"

"陈哥。"

狮子傻了，什么情况？突然就肉麻兮兮地演起韩剧了啊！这雨天，帅哥，美女，深情对视，还一段煽情的对白，他完全成了电灯泡了！

"猴子，猴妹，下雨呢，你们再深情款款，也看地方好吧？"

小迪披着陈宁的衣服，泪眼盈盈地看着他："陈哥。"

"嗯！"他的眼神好温柔，声音好轻柔。

"我们在前面的路口分手吧。"

"你去哪里？"

"回家。"

"湖边公寓跟我同路啊。"

"我……新搬了地方。"

"为什么要搬走？"

"那不是我家！"小迪含着眼泪说，"那么大的房子，空荡荡的，没有一点归属感，我害怕。"

"对了。"她突然想到什么，将随身的包包打开，从里面掏出一张卡，交到陈宁手上。陈宁不解："这是给你的，你为什么还给我？"

小迪苦笑："本来是存着私心，想留下这笔钱当嫁妆，找个不介意我过去的男人嫁了，可是……刚才你也看到了。你问我为什么找那样的男人，为什么要向人交底，那是因为，我的肚子上有道疤，无论如何都瞒不过去。我的情商又太低，没有朋友，没有家世，不会有机会遇到优质的男人，我只能在那种条件里选。可是，越是这种男人，越在意我的清白，现在说不在意，以后一定会拳打脚踢。我不想再受那样的伤害了，也不想委屈自己和轻视自己的人在一起，不想嫁人了，要这么多钱也没用了。"

她把卡放进他的手里，他反手将她的手紧紧地捏住。

"我不介意你的过去啊，因为我根本不用介意啊。"

"但是你不会娶我。"

"会！"

他不假思索，她意外他的干脆，眼睛一眨不眨地与他对视，随后，她忍不住笑了出来，陈宁不解："你笑什么？"

小迪看着他，收起笑容来，潸然泪下："我怎么可能哭着求一个不爱我，甚至憎恨我的男人娶我？"

"我不恨你，我怎么可能恨你？"

"这一秒，你不讨厌我，也不憎恨我，但是，下一秒呢？"

"下一秒也不会。"

她摇了摇头，伤心欲绝地说："住院时，你对我好，我以为你会带我回家，可是，下一秒，你告诉我，不要妄想。"

"那是以前，那个不算。"

"可不可以听我说完？"

他心伤地点头。

"出医院时，你抱我，让我以为你舍不得我，但是，你还是不肯要我，你走后，我哭得很伤心，却有几分清醒，告诉自己，这是我们的游戏规则，本身就不该妄想。然后你去我那边取奶，不停地说你走了，可是总是没有走，让我以为你是因为舍不得我，就是这份舍不得让我以为，阿姨来接我，是你的意思，我满心满意地等你回来，可是，你回来后，却问我，谁让我来的！我真的难堪到极点。后来你抱我，羞辱我，看到我的伤口，却又对我那样温柔，让我以为你心疼我，但是，阿姨回来后，你马上又说狠话刺伤我。"

小迪哭道："我不是没脸没皮的人，我不是看不出你对我的反感，是阿姨不停地说你喜欢我，你在意我，让我给你一点时间，你会看明白你自己的心。她让我不要心急，她说你反应越激动，越是看重我，让我相信她，因为你是她儿子。可是，你对我总是上一秒关心，下一秒就把我推到地狱，我好像坐过山车一样，享受着你给的刺激，这一次，你又说要娶我……"

她悲伤得无法自抑："不要了陈哥，不要再来一次了，希望越大，最后的失望就会让我更痛苦。我感激你，也喜欢你，但求你不要用这份感激和这份喜欢反复折磨我。"

"我是认真的，是真的想娶你。"

"你根本就不喜欢我。"

"可如果我喜欢你呢？"

她笑得更苦："我也想过这个假设，我想，如果你有那么一点点喜欢我，在我怀着宝宝的时候，你就应该来看看我。就算我说希望你不要来，你也会忍不住来看看，因为我怀的是你的宝宝。好想有一天你能突然出现，告诉我，放心不下我，想看看我和宝宝好不好。医生说他胎位不正的时候，我好害怕，让月嫂告诉你检查的结果，你的回答只是让我好好做复位操，好好养胎。我以为，挂掉电话后，你会来看看我，我就傻傻地等，等着你出现，给我一点勇气，给我一点安慰，因为我真的很害怕。可是，我怎么等都等不到你，你真的狠心到，到我生下他你都没有看我一眼。若是你真的有一点点喜欢我，你怎么可能这样残忍地对待我？"

那种盼而不见的悲伤，由希望到失望的苦，让泪腺被无望的凄凉击得粉碎。

他含着眼泪，激动得掏出手机，打开相册，将手机拿到了她的面前："如果我没有去看过你，这些相片算什么？"

她泪眼蒙眬地看过去，看他将手机上的图片一张一张划给自己看。她看到手上机拍的是在花园里走动的自己，在晒台的摇椅上睡着的自己，还有抚着肚子喃喃自语的自己，还有她在月嫂的陪同下去医院产检时，他跟随她拍下的。

他热泪盈眶地说："我去看过你，我一个星期有四天去看你。可是，我记得你我的约定，答应你不出现在你的面前，我只有这样偷偷地看着你，才能一边放心一边不违背约定。你怀着我的孩子，我怎么可能不去看你？"

雨越下越大了，雨点砸在了他的帽子上，还有她披在头上的……他的衣服上。

她的脸上不知道是雨还是泪，刷刷地往下淌。

他说："你把你心里的话告诉了我，我就明白了你为什么要在今天和那个男人见面。因为你对我死心了，因为你在这两个月里，每天都在等我，虽然你说了伤我的话，说不爱我，说我只是替身，但其实你在等我。就像你怀着宝宝时，口口声声说不要我出现在你的面前一样，其实是想我出现的。"

她哭得捂住了嘴，不知道怎样表达自己被他说中的心。

陈宁悲伤道："我有啊，我有去找过你，可是，走到门口，我又失去了勇气。我害怕我真的只是一个替身，我怕我的出现，会再一次刺痛你，我也没有信心打动你，因为我曾经那样对待你，我不知道我拿什么去让你相信我能给你幸福。更重要的是，那个时候，我不能给你承诺什么，我……我根本不知道我能不能活到今天，我怎么可以拖累你？"

她不解地看着他。

他掀了头上的帽子，露出一头板寸头，这样的他看上去清爽又利落，他拿住她的手，向他的头上摸去，她摸到了什么，吓得缩了一下手。

"这是我这两个月消失不见的原因，我在一年前就得了脑瘤，吃了好久的药都不见好，只能做手术。在我住院准备手术的时候，月嫂打电话告诉我，你要生了，我急忙跑去订票，就为了看看你和宝宝。那几天，我天天去看你，看我们的孩子，就像一家人，我怎么会不想要那种的生活？可是，我不知道这个手术后的我是死是残，万一失败，瘫了怎么办？让你嫁给我，就被我连累吗？我希望你忘记我，希望你遇到好男人。可是，现在，我的手术很成功，我不死也不残地回来了，就再没有什么好顾虑的了。"

他深吸了一口气，一把拿住了她的手，真挚地看着她的眼睛："小迪，我本想等一个适当的机会，准备好一切，再给你一个浪漫的求婚仪式，但我不想再等了。我的犹豫不决，让你无法相信我，我虽然什么都没有准备，但是，我以后都会补给你。"他单膝点地，"朱小迪，请你嫁给我。"

这突如其来的求婚，让小迪吓得向后跳了一步，而后，触电似的惊嚷："你……你这是干什么？你起来，快点起来。"

在一边"陪淋"的狮子，听他们的对话听得云里雾里的，正找不到头绪，却见陈宁突然来这么一下，更吓得傻住了，随后，惊喜得不知道怎么办才好。

这么多年了，这么多年……陈宁为了一个女人，守了这么多年，如果那是电视剧，他会觉得这个桥段真狗血，哪有这样脑子短路的人？就算狮子的老婆也知道陈宁的事情，觉得很感人。但是，作为挚友，身边真出现这样的朋友，哪一个不希望他从自我封闭的情感里走出来？

电视剧是感人，但这是现实啊，他是猴子的好朋友，他真心希望猴子这么好的男人，可以回归正常的生活。痴情太过了，就是病啊，得治啊！

这下，猴子有治了，猴子终于有治了。

狮子真的要开心死了，忙跑过去，冲着小迪喊："妹子，快答应他啊。"

"我……"

"快啊……"

"你先起来啊！"

"你不答应，我就不起来。"

"快啊，快答应啊，雨下这么大了，猴子把衣服都披你身上了，你不心疼啊？"

"心疼……"

"那你答应他啊！"狮子都替小迪着急了。

小迪急道："陈哥，这是终身大事，开不得玩笑的。"

陈宁一脸动容："我哪有半分玩笑之心？"

"可是，你不爱我。"

"若不爱你，刚刚他为什么要跑出去打人啊？"狮子都急了。

"因为……因为……"她支吾。

"因为我真的想娶你，是经过深思熟虑的。"

陈宁说："小迪，我想让你幸福，真心地想让你幸福，从第一眼见到你，我就想要你幸福。只是我太固执，做了很多糊涂的事情，伤了你的心，也将自己伤得不轻，我不敢说我有多爱你，但我知道，你走进了我的心里，我想娶你。"

"我……可以相信你，把自己交给你吗？"她的眼泪又开始在眼眶里盈光转动。

"相信我，把自己交给我，你和我都会幸福的。"

"我……我想我可以把自己交给你，因为我觉得你可以相信。"她拉着陈宁的手，扶着陈宁起来。

两人对视着，他感到内心的结被解开了，突然觉得很轻松，也很感动。他激动地抱住小迪时，对小迪说："我们去登记，现在就去，我想让你马上成为我的妻子，我想让你知道我做这个决定心意有多坚定。"

小迪被陈宁松开后，拉着往前走。

狮子乐得笑豁了嘴，马上后悔怎么没拿手机拍下来。随后，听到陈宁说要去登记，狮子突然想到什么，跟在后面追喊："猴子今天星期二，人家不办结婚只办离——"

狮子一高兴，随后打电话给了豹子："豹子，我是狮子，我告诉你一个好消息，猴子要娶老婆了……甭管长得怎样，家里是干什么的，她治了猴子的病，猴子终于有救了……什么时候办婚礼？我没问，刚刚只是求婚了……看到了，我当然看到了……录都没录，我怎么给你发视频……嘿，骂我没脑子？你最有脑子了……"

小迪听着犯乐："你们的大学室友，怎么都是猴子，狮子和豹子？"

陈宁更乐："还有狗子，猫子和鸡子。"

"猴子，豹子不信，说我哄人，你亲口跟他说。"

狮子把电话递给陈宁，陈宁接过电话，对电话里的豹子说："兄弟，你猴哥我要娶老婆了。"

电话那头的人哈哈大笑，笑得爽朗到极点，中气十足地大喊："猴哥，你的病终于好了，你终于让我们放心了，终于从天狼星回到我们地球人的正常轨迹了。"

"你小子……"陈宁说着电话，笑得乐不可支，他很久都没有这样笑过了。

"快，快发一张嫂子的相片我看看，我要看看这是什么神仙。"

陈宁笑了，拉过小迪，调出自拍模式，两个人靠得很近，陈宁对着屏幕说："亲爱的，笑一个。"

　　小迪笑了，他抢拍了她的笑容，给豹子发了过去。豹子收到后，就开心道："猴哥，艳福不浅啊，好眼光啊。"

　　陈宁呵呵笑道："那当然。"

　　"婚礼那天，一定要请我们啊。"

　　"当然。"

　　小迪的笑凝固住了，陈宁发现了，将电话交给狮子，在狮子和豹子继续侃的时候，偷偷问她，怎么了？

　　小迪小声道："可以不举办婚礼，只简单地请他们吃一顿饭吗？"

　　陈宁不解："为什么？"

　　小迪说："我……没有娘家，没有爸爸把我交到你手上，也没有朋友，我怕凄凉。"

　　陈宁望着小迪，只是眨了眨眼，再笑得灿烂道："我依你。"

　　这时，是吃饭的点了。

　　陈宁带着小迪和狮子到饭店包厢吃饭时，陈宁举着酒杯对小迪说："小迪，狮子是我最好的朋友，大我两个月，虽然没管他叫过哥，可他就像我的亲哥，敬哥一杯。"

　　小迪听言，将酒杯拿起，站起来，对狮子说："哥，我不喜欢喝白酒，味呛，也不会品，再好的也喝不出味道来，但我敬你。"狮子站起身来，他举过杯子，与小迪的杯子碰了一下，小迪微微一笑，抿杯仰首，干了一杯，喝急了，咳嗽起来，她的脸也因咳嗽涨得通红。

　　陈宁拍着小迪的背，小迪拭了拭眼角的泪，冲他微微一笑，表示没事，她很好。随后，陈宁笑道："狮子，喝了这一杯酒，小迪就是你妹子了，以后，你要罩着她。"

　　狮子笑道："当然，我弟妹，我哪有不罩的？"

　　陈宁说："NO，我是说，妹妹。"

　　小迪不懂，狮子也不明白，陈宁卖关子地笑笑："听我的就对了。"

狮子也不追问了，他马上说："行，妹妹就妹妹，是妹妹也是弟妹，哥收了。"

得空，狮子还是问了陈宁，为什么非要他收小迪做妹妹？

陈宁对狮子说，小迪没有娘家，她不想举办婚礼，怕凄凉。

狮子说，没有娘家，也不能说不举办婚礼吧？

陈宁说，所以我想，你认她做妹妹，婚礼那天，你作为哥哥将她交给我。如果没有父亲的话，长兄为父，我想从我最好的兄弟手里接过我的妻子。

"原来是这样。"狮子乐道，"我就知道你有你的原因，只是没有想到，你为她这般着想。"

陈宁苦涩一笑："这么多年来，她是第一个让我想要回归平常生活的女人。而从我和她相遇起，就让她受了太多委屈，这一次，一定不能再委屈她。虽然她说不要，但我不能就此不给，她说没有娘家，我们就给她一个娘家，所以狮子，婚礼……我想盛大一些，需要准备准备，至少等我从外国订购的婚纱回来，这大概需要两个月。等到那一天，我安排化妆师带着婚纱去你们家，再找个借口哄小迪过去，让她们为她弄好一切后，我把她从你那里接到酒店举办婚礼。在这之前，我们都不要告诉她，我想给她一个惊喜。"

狮子更乐了："原来你打的是这个主意。好办，别说这个妹妹我收了，我父母也乐意啊。不就是没有娘家吗？我是她哥，那我父母就是她父母，她有哥有父母了，你还担心他没有爸爸将她送到你手上？"

"谢谢你，狮子。"陈宁笑了。狮子将手搭在了陈宁的肩上，收起笑容，一脸认真地说："猴子，哥说句真心话，真的，你愿意从过去走出来，哥真的……为你高兴。你本来就不应该这样，你这样，大家伙虽然都不说，但心底都特难受。"

陈宁苦涩一笑，手在狮子的手上拍了一下："狮子，我想通了，我真的想通了，钱娟嫁给别人了，我就不能再让她为我这样折磨自己而愧疚。让深爱的女人安心幸福，才是大家的幸福，我得拿得起放得下，我得像个爷们儿。"

狮子忍不住对陈宁竖起了拇指。

这一天，豹子的微博上写：

在小说里，如果一个男人为一个女人终身不娶，我会很感动。若这件事情发生在现实，发生在朋友的身上，关系越亲密的人，越是会为他的作茧自缚而痛苦。

狮子稳坐沙发，在下面回：现在我们都松了一口气了。忘了告诉你，猴子的媳妇姓朱。

豹子无比惊讶：哇，悟空，原来八戒才是你的真爱啊。

陈宁看到微博时笑喷了。

而大学同学的群里都闹翻了天。

"猴子真的要结婚了？"

"猴子，你终于从五指山里蹦出来了。"

有感性的女同学给陈宁留言："大学时，我们的寝室的女生就觉得你会是一个好男人好丈夫，你用情专一真是难得，但这些年来，你折磨自己，大家都为你惋惜。陈宁，这件事情发生在电视剧里，我们会感动到流泪，可是，发生在同学身上，折磨的却是最亲近的人。不知道是谁改变了你，但是，大家都感谢她给了你新生。恭喜你，你终于肯放过自己，给自己一条活路了。"

是的，是她改变了他。

他加上她 QQ 的第一天，就有莫名的好感，他听到她的声音，见到她的第一面，就觉得好像在哪里见过。他确实还爱着钱娟，可是钱娟已经嫁人了。他就像被压在五指山下的猴子，突然蹦了出来，有种重生的狂喜。他想娶小迪，想要小迪，不是因为她是宝宝的母亲，而是因为他想要这个女人当他的妻子。

晚上，陈宁给陈老母打电话，说晚上不回来了。因为他在外面还有住处，所以陈老母没有多问。

而陈宁却没有住在那里，而是帮小迪把东西从租住房搬回到湖边的公寓，这一晚，两个人睡在了一张床上。

"陈哥。"她在他怀里温情呢喃，与他十指相握，再注视着他的眼睛。她的眼神充满深神，令他心动不已。

"不要这样看着我，小迪。"他说，"这对我是折磨，我怕我会忍不住要你。"

她轻轻地吻了吻他："你要我吧。"

"我很想。"陈宁隐忍着，"可是还不行，还没有到三个月。"

"差几天，应该没有关系。"

"小迪，我不想伤害你。"陈宁紧紧地抱住小迪，在她耳边说，"我不能为了满足自己伤害你，只差几天，我等得起。"

"陈哥。"她的眼泪润湿了他胸前的衣服。

"怎么了？"

"这就是爱情吗？觉得很幸福，幸福得想哭的感觉，这才是真正的爱情吗？"

"小迪……"他总是无由得心疼她，却没有办法告诉她这是不是真正的爱情，他只是想娶她，可是，他并不知道自己是不是真的爱上了她。应该是爱的吧？他想。

他不知道如何表达，只是将她揽进怀里，抚了抚她的头发。

"感觉好像在摸小狗狗，你对我真好。"

他忍不住笑了："明天我们就去登记，好吗？"

"好。"小迪边说，边点头，又往他怀里钻了钻。

夜深了，人静了，两个好不容易走到一起的人，相拥着睡在了一起。

上床前，陈宁刷了一下微博，豹子那条微博下，多了几条朋友圈的留言。

于庭尉：所以故事终究是故事。

莹：赞同。

炫的秋风：没错。

风儿：很正确。

他释怀一笑，确实，大家都很清醒，是他一直在作茧自缚，可没有这作茧自缚的痛苦，永远都不会懂得这破茧成蝶的解脱与释然。

他有了重生的喜悦，看看怀里熟睡的人，他想要珍惜，想要好好地珍惜。

早晨，小迪在陈宁怀里醒来，白色的窗帘印着白白的光，两个人甜蜜地笑着，笑得幸福到极点。

两个人洗漱完毕后，小迪选了一件白色的春秋裙。

"很漂亮。"他环住她，在她的额头上亲了一下。

她笑了，笑得很甜，很美，被爱情滋润的脸上，染上迷人的红晕。

他们先驱车回到陈宁父母家，陈宁趁着陈老母晨练，回家拿了户口本，再告诉带孩子的月嫂，不要告诉陈老母他回来过。出门前，他抱了抱孩子，亲了又亲，才还给月嫂。

陈宁和小迪拿了证，从民政局出来时，朱小迪扬起头来冲他甜甜一笑，马上又把脑袋低了下去，只是拿着那红得烫眼的证，目不转睛地看着。她越看，越想笑，越想笑，就越想忍，越想忍就越想笑，直到忍不住笑出声来。

"我们的结婚登记照照得好傻啊！"

他也笑："怎么，后悔了？貌似后悔也来不及了呀！"

她说："我哪有！"

他微笑，随后很遗憾道："我本来想给你一个很好的求婚仪式的，经过昨天晚上，我等不及了，想快一点给你一个家，你会不会怪我太不浪漫？"

她摇着脑袋，噙着眼泪，一脸动容地说："已经很好了，真的很好了。没有什么比我们两个的名字，写在这红本本上更让我感动了。"

"朱小迪。"

"嗯？"

"我真心想娶你。"

她轻语："我也是真心想嫁的。"

陈宁将车停在一个店面门前的车位上，望着结婚证笑得发傻的小迪感到车停了，恍然间惊醒似的，透过窗看了看，又茫然地望向陈宁，不解地问了一句："这是哪儿？"

陈宁一手撑着方向盘，一手抓起她的手，在她的手背上亲了一下。

"买匹牲口还得给牲口打标记呢，娶老婆没有戒指怎么行？"

她抽回了自己的手，低着脑袋嘟囔："谁是牲口啊？"

陈宁带着小迪走进那间很有名气的金店，那穿着制服的服务生非常热情。她们是做销售的人精，谁是来"挂眼科"，谁是真正会买的主儿，她们一眼就瞧得出来。这可是品牌首饰店，里面的服务生都是受过专业培训的。

她们说着欢迎光临，便将陈宁和小迪迎了进来。

那金色的黄金，白色的银器或白金，绿色的翡翠，折射彩色光芒的钻石，在一排排纽扣似的灯具下，发着惑人心魄的光。

小迪的眼睛看向铂金柜，看着看着，就一步一步向远处走去。

陈宁一把拉住了小迪："你看什么呢？那边的都不带钻！"

小迪抬眼看了看陈宁，又低头看了看那一排排带钻的，低声道："怪贵的！不带钻的也挺好看的。"

"傻话吧？婚戒哪能随便买啊？再说了，那边是情侣戒。"

小迪将目光转回，转向陈宁时，陈宁正专心致志地看着透明柜台里一枚一枚的钻戒。他沐浴在头顶的强光之下，那强光刺着他的脸，他的表情格外地专注。她没有看柜台里的戒指，反倒被他的表情吸引，那比亮眼的铂金、摄心的钻石更有魅力。

她的手紧紧地按着她肩上的挎包，那里有两张红得像火的结婚证。好像按着包包，都能感到两张纸传出来的热度，从指间透过来，一点一点传入她的心脏，再由心脏向分布在四肢百骸的血管流去。

没有什么，比他送一个家给她，更加来得珍贵；没有什么，比他在她身边，更加让人安心。

"这个……"

陈宁选定了。他的手指悬在玻璃柜的上方,指着一款戒指,对服务生说:"这一款……"

小迪看了看价钱,忙说:"不用不用,那钻石太大了,我……我平日里都不戴首饰的,突然戴上这么贵重的东西,会不自在的。就下面一款吧,钻石很小,也不怎么显眼,省得我担心外出时会被人抢。"话说完后,她看着陈宁的眼睛,轻声问他,"行不行?"

陈宁一怔,随后呵呵地笑道:"第一次听到有人嫌钻石大。"

她感到脸烫了,有些窘迫,垂着脑袋低声问他:"不行吗?"

他一乐,笑道:"当然不行。小钻的等咱们买好婚戒,再去挑。"

小迪说:"我不是这个意思,我是说,我就想要个小钻的,不带钻都行,只要是你送的,就算是铁的,我也高兴。"

"我不高兴!"陈宁说,"不喜欢戴,可以放在家里,但一定要选款好的。你现在是有家有男人有儿子有婆婆有公公的人,已经欠你一个求婚仪式了,不能再欠你戒指。"

陈宁说着便拿起了小迪的手,忍不不住笑道:"傻看着我干什么?看这里啊,戒指都在这里!"

她的脸涨得通红,便看向他指下所指的展示柜,在一排排刺眼的光线下,挑选他们的戒指,然后,选定了一款。

服务员拿出那枚戒指,要为小迪试戴时,陈宁将戒指接了过来。他将戒指套在了小迪的无名指上,那枚戒指便细细的一圈圈在手上,略有些冰凉。

戴着戒指的手指的血脉是连着心脏的,她感到指上的凉意迅速地传达给了心,心口像点上甜甜的薄荷,甜得要溢满出来。

戒指的顶端是一颗在强灯下闪着六芒星光的钻石。

陈宁笑了,问她:"喜欢吗?"

她红了脸,带着羞涩,心跳如小鹿,笑道:"喜欢。"

他拿起戒指为她戴上时,什么婚礼什么仪式,都不重要了。

111

凉丝丝的感觉从指端传入心脏，令人喜极而泣，她想哭，又想失声大笑。想笑，又想哭，脸上的肌肉竟不由自主地抽搐起来，她自己都发觉自己表情滑稽，捂了嘴，一只手不够，又用另一只手紧紧捂住。

他忍不住笑了："怎么了？"

她扑进他的怀里，像个孩子一般，又委屈又幸福地呜咽："我真是太幸福了，我真的幸福了……"

陈宁一怔，随后笑着拍着小迪的背说："傻瓜。"

从店里出来的时候，他们是牵着手，十指相握的。

那是她在出店门前心底涌上的一层渴望，走上前去，怯怯地牵住了他的手。他微微不解，但看到她眼里的依恋，便笑着反客为主，将手指穿过她的指隙，让掌掌相贴，指指相扣。

掌上的爱情线，生命线，事业线……所有的掌纹贴合在了一起。彼此夹住彼此的指，彼此都能感觉被夹住的指腹有微微突起的脉动……那脉动突突奏起，次次由指传来，直达心脏，撞击着她的心弦。

一滴眼泪滴了出来，她被苦难折磨得太久，已经怀疑自己得到幸福的能力，她总是不相信上天这般眷顾自己。从来没被幸运之神眷顾过，从来没有被人怜惜过，她可有可无，就像海面浮起的泡沫。她一直觉得自己像一株植物，简单地活着，甚至连植物都不是，就是一株不见阳光的蕨类，没有资格得到阳光的眷顾。不被人注视，直到死亡，没有亲人，没有朋友，死后也不会有人为她滴一滴眼泪……就这么机械地活着，了无牵挂地死去，没一个人伤心。

而现在，她想活下去，她真的想活下去。她已经尝到幸福的甜头，她怎么舍得麻木地死去。

"你先等我一会儿，我把车开出来。"

"嗯！"

他向前走了一步，她双手从身后绕过来，不紧不松地围住了他的腰身。

他一怔，只感到她的身体贴了过来，她的脑袋靠在了他的背上。

"陈宁！"她轻唤着他的名字。

他微怔后，微侧了脑袋，认真地回答："唉！"

"老公！"她梦呓般又唤了一声。

他微笑着，笑得异常温暖，好像弥漫在屋子里的阳光。那笑容的暖意越漾越开，那唇角扯开的弧度也越来越怜宠，那"唉"字再出口时，好像在心底绕了一圈，绵绵软软，千回百转。

回到家后，陈老母看到陈宁将小迪引了回来，心下一惊，接着看着陈宁牵着小迪的手，又是一喜。

再接下来，陈宁对小迪说："快，叫啊。"小迪涨红了脸，一声"妈"，叫得陈老母狂喜不已。

听到陈宁说，他们两个登记了，陈老母更要喜疯了。

"儿子，我的乖儿子。哈哈哈哈。"她笑得捂住心口，一屁股软在了沙发上。

乐极生悲，陈老母犯了心脏病，吓得陈宁赶紧给她拿药，喂她服下后，她才缓过来。缓过来后，她老泪横流："儿子，儿子，妈真的高兴，儿子，乖儿子，你终于想通了，你终于让妈心里的大石头落地了。"

小迪抱着宝宝时，他终于可以站在她的边上，温情地看着他们，任她微笑着，靠他的怀里，将他们轻轻地拥住。

宝宝身上有醉人的奶香味，可更重要的是，这里有了家的感觉。

吃完晚饭后，陈宁帮着陈老母洗碗，陈老母问陈宁："你们什么时候办婚礼啊？"

陈宁小声说："小迪不想要婚礼。"

陈老母不乐意了："那怎么行？"

陈宁在唇边竖起食指，小声说："所以，我偷偷筹备，等差不多了，再给她一个惊喜。妈，你要替我保密啊。"

陈老母伸出手来，指着陈宁，食指对着他点了两下，这对母子就贼兮兮的耸着肩，嘿嘿地笑了起来。

自从有了孙子以后，陈老母和那群婆婆妈妈终于有了共同语言，她再也不用眼馋别人的孙子孙女了。自己的孙子白白胖胖的，喜欢都喜欢不及，哪有工夫再去羡慕别人。

婆婆妈妈们在一起拉家常，这个家里的怎样啊，那个家里的怎样。

问起陈老母家的媳妇是干什么的，陈老母就爽快地回答，她是我儿子店里的化妆师。唉，身世挺可怜的，没父没母的，也没有什么家世和背景，但我家宁子就是喜欢，我也依他了。婆媳妇就是儿子的事情，我老人家就不跟着一起掺和了。只要他们给我这么个小乖孙子，我就心满意足了。

人家比媳妇送什么啊，孝敬了什么啊，陈宁老母就说，我什么都不缺，争媳妇的干什么。这孩子可怜，只要跟我儿子好好过日子啊，我就什么都不争了。

这真是，婆婆看你顺眼了，你干什么她都不在意；婆婆若是瞧你不顺眼，你干什么她都横眉竖眼地挑剔。

朱小迪确实什么都没有，她却让整日不归家的陈宁安定了下来，让陈老母能整天和家人在一起，坐在桌子上吃天伦饭。这是陈老母梦寐以求的事情。

陈宁和钱娟在一起的时候，他们就搬出去住了。钱娟和陈宁分手后，陈宁还是不肯回来。那是他的心结没有打开，他也惭愧，没有办法面对父母渴望他成家的和盼孙的心情，就只有逃避。而自从有了小宝，有了小迪，陈宁就天天回来，甚至，迫不及待地想回家陪他们，还帮着陈老母做饭，或者跟陈老父下棋。又或者，小迪抱着孩子，看着他们斗地主，看着陈老母和陈宁赖皮，笑得开心，一家人其乐融融。

陈老母开心，那是真的开心，不苟言笑的陈老父抱着小孙子的时候，也露出难得的笑容。陈宁看着拍着孩子睡觉的小迪，依在门边时，嘴角噙着化不开的笑意。

她抬首，迎上他的视线，他便走过来，对她说："谢谢你，小迪。我们家……好久都没有这般开心了。"

她深深地看着他，告诉他："我也是。"

陈宁每天上班前，都要亲亲儿子，回来后，还在鞋柜换鞋呢，就叫唤，小宝，爸回来了！一冲到孩子面前，就掏出玩具，拿在手里摆弄着说，看，小宝，这是变形金刚。

　　多大点孩子啊！连奶瓶都拿不住，还拿变形金刚？

　　陈老母打量着那变形金刚，乐道："哟，这不是你小时候眼馋的东西吗？这是打着你儿子的旗帜，买给自己玩的吧？"

　　陈宁故意不好意思地说："别揭穿我啊！这让我多不好意思啊！"

　　这一天，陈老母要给小宝贝取名字。

　　她嘴里念叨着说："我们家小宝不能就叫小宝吧？上一次，做满月的时候，说什么叫陈小宝，都被亲戚们笑了，这叫什么名字。"

　　陈宁和老母取名字取了一下午，他们对彼此取的名字是这不满意那不满意，陈宁还跟陈老母争了起来。最后他一脸郁闷，陈龙陈坤陈道明你都不满意，就叫陈世美得了，这名字响亮，八辈祖宗都认得，省得你说名字没特色。实在不行，就叫陈特色，这够特色了吧？

　　陈宁气恼地回到房间的时候，小迪正躺在床上看着他。

　　"嗨嗨嗨，你笑得那么贼干吗？"他一瞅到她的笑脸，就一惊一乍。

　　小迪笑道："都听到了，有意思！"

　　"听到了？听到了你就该知道我多痛苦了吧？这个老顽固，我真是怕她了！"

　　小迪笑着，从床上坐起身来。陈宁马上过去给她垫靠垫，顺便在床边，面对面地坐下了。

　　"名字取好了吗？"她边向靠垫坐去边问。

　　陈宁说："你取吧！诗情画意一点！"

　　小迪接过陈宁手里的字典，那字典是新的，翻页的时候，还脆脆地响。

　　小迪深深地吸了一口气，嗅道："最喜欢新书的油墨味了！真好闻！"

　　陈宁凑过来闻了一下，说："对，我也喜欢新书的味道。"说罢，他就拢过来，挨着她的身体坐下了，挨着小迪时顺手就把胳膊搭了过去，把她揽进了怀里。

小迪的身体僵硬片刻，转首看他时，他正冲着她乐："傻看干什么？给我们的儿子取名字呀！"

她拘泥紧张地嗯了一声，低首去翻字典。

他却微合了眼睛，浅浅地吸一下她的发香。

小迪翻到第三页的时候，目光就停在了右下角。而后，用手指指着那页的黑体字，一，二，三，四，五地数了起来。

陈宁不解，就将脑袋搁在她的肩上，向下看了过来。

"在数什么呢？"

"我在数'爱'字！"

"爱？"

"对！"

她的身上散发着洗发精还有沐浴乳的味道，陈宁闻得都有些陶醉了。与她对话的时候，他懒洋洋的，连眼皮子都不想睁开。

"你该不会想让我们的儿子叫陈爱吧？"

"当然不是！"小迪说，"我翻到这一页就想数数，一数你猜我发现了什么？"

"什么？"

"'爱'字在第三页第十四个。"

"怎么了？"

"314啊！"

"314怎么了？"

"圆周率，3.1415926。"

原来字典里有个小秘密，"爱"正好在第三页第十四的微妙位置。原来，爱情就像圆，真正的爱是圆满。

"是挺圆满的，还丰满了一点。"

"你……"她语结，摁着他袭胸的手，瞪着眼睛看着他，似乎有些生气了。

"我就抱着你，手不乱动行了吧？我们的妈还等着呢，她想做的事情不做完，是不会让我们好好休息的，想不想睡觉啊？"

她一听，低下头接着翻字典。

翻到520页，好像对里面的字不大满意，又往前翻了几页，而后，眼睛一亮，指着某个字说，就叫这个怎样？

陈宁低头一看，"惜"，他又将姓连在一起，念道："陈惜！"

反复品味了一番，觉得这名字很好听，听起来柔柔的，还蛮有感觉。

"这名字我喜欢！可是，现在的孩子取名字，得三个字了。"

"那，加个'君'字好吗？"

"惜君？"

"嗯！"

"很好。"

他忍不住在她的脸上香了一口，她飞快地起手捂住了脸，像未经人事的少女，慌乱地看了他一眼，就羞得低下了头去。

陈宁的儿子的名字取好了，叫陈惜君。惜君，惜君，珍惜你的夫君。

陈小宝终于有大名了。

由"陈惜"升华到"陈惜君"。

名字挺诗情画意的，可陈老母听到的第一时间，居然惊诧道："什么？陈细菌？"

她冲着陈宁嚷："你……你有多不待见你儿子啊，叫这么个繁殖能力强的名字？为什么不干脆叫病毒啊？陈病毒多好听啊，陈天花也行啊。"

陈宁一脸黑线："惜君，是珍惜的惜，君子的君，是想要珍惜这份感情的意思，不是细菌。"

他是真的想要珍惜。

Chapter6

乔木无托，已为人夫

他敞开心扉，接纳这份感情，对于封心锁爱又画地为牢的他来说，多么珍贵和不易。

陈宁和小迪就像一块色板，由浅至深，渐变到幸福的这一边。也许别人会说，是小迪勾引陈宁，会把小迪说得很不堪。也或许，很多人会在陈宁背后讲，看吧，这世上根本没有那种为女人终身不娶、始终如一的男人。

但这些都不重要，重要的是，他决定在两个月后，给小迪一场盛大的婚礼，他会用心做好每一个细节，那个时候，别人所谓的"不爱她""被逼娶她"，都能因那场婚礼不攻自破。而且，他也想好了爱情宣言，让他们知道，他敞开心扉，接纳这份感情，对于封心锁爱又画地为牢的他来说，多么珍贵和不易。

而这一天，是同学唐欣婚礼的前一天，按照惯例，她来店里拿订好的婚纱，试穿后，再去酒店进行婚礼前的彩排。陈宁和小迪在上午注册好后，下午就投入工作中，为唐欣的婚礼事宜忙碌了。

唐欣是陈宁的初中同学，严格地说，是小学到初中的同学。因为小学和初中是按片区来，所以，这一片区的孩子，绝大部分都能从小学同学到初中。

她和钱娟算是闺蜜，可是，钱娟和陈宁分手后，唐欣就跟钱娟断交了。

陈宁问过为什么，唐欣却问他，你真的了解钱娟吗？你真的知道她是一个什么样的人吗？陈宁还想问下去，她却扯开了话题，不愿意正面答复。

旧时的同学，他们的孩子最小的都念幼儿园了，而同学圈里，除了陈宁，就只有唐欣没有婚配了。唐欣是一家设计公司的总监，这类女人相当有品位，也非常小资，懂得享受，自然，资色也是上等的。

陈宁问过她，为什么不找个男人？

她说，如果我嫁了，而你还没有婆，留下你一个人怎么办？陪你一程吧。

那句话后面，她打了一个笑脸过来。陈宁看着，却笑不出来。

几个月前，她告诉陈宁，她订婚了，马上就要办婚礼了，希望他能帮她办得好一些。

陈宁笑了："你终于嫁了。"

唐欣说："因为，我等不起了。"她说："陈宁，我想要孩子了，母性逼得我不能不为自己打算。再不生，我怕生不出来了，你明白吗？"

他明白，他当然明白，这样一个小小的生命，就像上帝派下来的天使，有了他们，这世界才有了天真无邪，才更加美好。

店里的试衣间里，换装后的唐欣一袭白装，陈宁不由得赞道："很配你。"

她微笑，眼泪在眼眶里翻滚："是吗？好看吗？"

陈宁笑道："当然。"

她再笑了，笑得很美，只是眼角有细细的纹，不再年轻的脸却带着少女的羞涩。

"知道吗？"她轻语，"很想让你看看我穿婚纱的样子，这个愿望，居然这样实现了。"

他愕然，不知道接下去说些什么。

"对不起。"她突然跟他道歉。

他不解地扬扬眉毛，她说："没有办法陪你等下去了，真的等不起了。抱歉留下你一个人独自等了。"

陈宁眼眶一红，心酸地笑道："不用为我担心，你看。"他扬起了手，让她看到了他手上的戒指。

"这是？"唐欣意外地抬首，眼泪挂在愕然的脸上，好像忘记流淌下来。

陈宁笑得幸福："就在今天，我和我妻子注册了。"

唐欣倒吸了一口凉气："这太意外了。"

陈宁看着戒指，目光柔得像摊水："我也很意外，但它真的发生了。"

"为什么你结婚都不告诉我们？要知道我们同学群里，大家都等着这一天，你居然不说一声？"

大学群里都知道的事情，高中群的同学都还不知道。

陈宁说："先不要说，先替我保密，等时机到了，我会告诉大家。"

"她……她是一个什么样的女人？"

陈宁笑了："她是一个很好的女人，到时候，你们就会知道了。"

"我真替你高兴，我真的好高兴。"一袭婚纱的她，这样扑进了他的怀里，将他满满抱住。

他愕然，随后笑着对她说，谢谢，我同样也替你高兴。可是，明明听到她在笑着说恭喜，但与她脸部接触的衣料，全被她的眼泪打湿。

"抱抱我，陈宁。"她哀求，他整个人都僵了。

这哀求里太多的无助和悲伤，让人不知道这悲伤出自哪里，却损肝折肺般摧人心肠。

陈宁起手，环住她拍了两下："好了好了，明天就要嫁人了，不要像个小孩子哭鼻子了，不然眼睛哭肿了，化妆师再高明，都遮不住眼肿了。"

她就抱住陈宁，一直哭，一直哭，哭得好像天要塌下来，哭得陈宁僵站在原地，手足无措，一筹莫展。陈宁正不知道怎样安慰她，她的手机铃响了，她止住了哭泣，松开陈宁，就去接电话，而后，笑着对电话说："试好了，老公，很漂亮，明天早点来接我。"

变脸变得好像刚刚是幻觉。

陈宁望着被她眼泪哭湿的地方，只见她非常抱歉地笑着说："对不起啊，我不是故意的，一会儿买件新的还给你。"

陈宁摇头："不用不用，干了就好了。这一件你穿着很好看，尺码没问题的话，让助理帮你包起来，你再试下一套吧。"

唐欣说，还是去买一套还给你吧，那个……抱着你哭的时候，唇彩印印在了你的身上。

他顺着她的指向看上了衣服，果然看到胸前的口红印，忍不住笑了一下："没有关系，我休息间里有备用装，我上去换一套就行了。"

唐欣在与陈宁道别时，特地说，明天，你一定要把你妻子带来参加我的婚礼啊。

陈宁说好，没问题，可是，第二天早上，小迪却来了月事。这是生完宝宝的初潮，她有些痛，脸色也白，出席不了。

陈宁对唐欣说了抱歉，唐欣说，没关系，来日方长。

小迪的唇角发白："我以为生完孩子，就不会痛了，没有想到，还是会痛。"

陈宁一脸担心："真的没关系吗？"

小迪说："没关系，睡一觉就好了，真的。"

陈宁有些沮丧，他悲切道："我扳着指头算和你同房的日子，没有想到，今天晚上就能同房了，你又来大姨妈了，我好悲惨。"

小迪苦笑，对不起。

陈宁坏笑，没关系，记得补偿我。

他在她的唇上印了一下，就替她展好小毯子，向她挥手道别。

小迪微笑着目送他离开，却不会知道，从这一天起，他的前任就没完没了地纠缠他，真是没完没了。

婚礼上，钱娟回来了，陈宁自然是意外到极点。

唐欣到洗手间给陈宁发短信，说："对不起，我没想到她来，一早上出现在我家，带着红包说恭喜我的时候，我也意外到极点。"

陈宁回复，没什么。

可没有想到，婚礼后，钱娟死命地发短信，说要见陈宁。

陈宁深思熟虑后，带着小迪一起赴约。

钱娟被小迪一阵抢白，脸色青白，拿起包包就走，陈宁坚决不追。

"已经过去了。"他说，"真的过去了，我也不想回到过去了。"

他们回家后，钱娟又在钱婷的洗脑下给陈宁发短信，问陈宁是不是因为孩子，才被父母逼婚？

陈宁很肯定地回复她，他是心甘情愿地娶朱小迪的。

钱娟说，我不信，你肯定是装假幸福，只是为了让我放心，对吧？

"不是，真的不是，我是真的想和她结婚。"

"我要你出来，我要你亲口告诉我。"

"这么晚了，不方便。"

"你不方便出来，我就过去了。"

他顿时觉得三叉神经跳得痛："不要这样好吗？"

"你到底怕什么？"钱娟又追发一条过来，"你不过来，我就真的过去，当着你家人的面，问他们为什么要逼着你娶那个女人。"

"不要这样，我出来。"如果她真的过来，依她的性子，定是不依不饶。

当初，他们同居时，本来是住在家里的，后来，她总跟陈老母为了一点小事而争吵，陈宁为了息事宁人，才和她搬到外面。

一晃都过去那么多年了……

成绩好又美艳不可方物的她，从小就被人众星捧月般宠着，有些任性有些张扬，不达目的不罢休，这是她的优点也是她的缺点。

当初的陈宁就是喜欢这样的她，就是喜欢她那般张扬，就是这份张扬，觉得她好有个性，现在这个个性却令他怕了，怕她真的会找上门来。

陈宁从书桌上起身，套了一件衣服，就跟小迪说："我出去一下，马上回来。"

是去见她吗？小迪很想问，却涩然一笑："好，我等你，多晚都等你。"

"嗯。"他在她的唇上吻了一下，"等我回来。"

陈宁到了钱娟家楼下，就给她打电话："我到了。"

她下来了，看到了他的座驾时眼睛一亮，她到了副驾驶，拉开门进去，陈宁启动了车，开出小院时，问她，去哪里。

钱娟深深地看着陈宁，陈宁却感到森森的寒意。

"去哪里都可以。"她柔情道，"只要是和你在一起。"

陈宁不露声色，将车开上了二环桥，无灯畅行。一路上，一个专心开车，一个转首看着窗外的夜景，都没有就此次见面的主题开口。

直到陈宁将车开到桥下，在斑马线上被红绿灯拦住，她才幽幽转首道："那幢楼，是我以前工作的地方，你总是开着摩托车送我上班接我下班，你的公司离我们公司那么远，你却每天都坚持不懈。"

"过去的，都过去了。"

"可那些曾经，你可以忘掉吗？"钱娟说，"从小学四年级到大学毕业，十五年，我们在一起十五年，你怎么可以忘记我去娶别的女人？"

"你说话凭点良心好不好，是你抛弃我，是你和我分手后马上和别人结婚，告诉我这全是你不想让我在你和父母之间为难。就是因为我忘不了你，我才苦苦折磨自己这么多年，为什么你现在反而怪我？"

他猛然间大喊，将她彻底镇住了，钱娟表情愕然，看到这般激动的陈宁，居然笑了出来。

"你能喊出来，就证明你心里还有我。"

他愕然，随后一脸无奈："现在说这个已经没有任何意义了。"

灯变换了过来，车启动了。

钱娟说："怎么没有意义？你根本就不爱她，你根本不想娶她，你只想要那个孩子。我几天前登录过你的QQ，看到了你的私密日志，你在三个月前发日志说，你忘不了我，你根本不爱她，你只是想要一个孩子。"

陈宁猛踩刹车，这夜深人静的路段，车流已不密集，却险些让后面的车追尾。后面的车主将头伸出车窗，骂着粗话，陈宁没有理会，只是松开刹车，打了驾驶盘，将车开到一边的路口停下。

"你是说，你登陆了我的QQ？"

钱娟心虚地笑了笑："那个QQ号的密码是我的名字字母加生日，我只是想试一下能不能登上去，没有想到，真的登了上去。我一时好奇，进入你的空间，看到你最后一篇私密日志，让我决定回来。"

陈宁懊恼极了，难怪前几天QQ对话框提示他，他的QQ号在异地登陆，让他改密码。虽然改了，但是里面的东西，都被钱娟看到了："事情不像你想象的那样，这三个月……"

她扑过来，将他抱住："宁，我爱你，我到现在还深深地爱着你。"

"可是，我们已经不可能了。我已经结婚，我已经有……"

"你已经有了孩子，对吗？可是，你根本不爱她，和不爱的人在一起，你根本不可能幸福。就像我一样，和不爱的人在一起，我根本就不幸福，没有你，我怎么可能幸福？"

"不要这样，冷静一点……"

她吻住了他，热情又主动。

他先是挣扎，而后，抱住她，与她缠绵热吻。

钱娟的唇角勾起一丝笑来，但陈宁不可能看到，因为他正闭着眼睛吻得投入和深情。

他的身体开始发烫了，抱着他骨子里深爱的女人，他脑海里顿时浮现的是他们以往的缠绵，他的理智被本能一点一点吞噬。他根本没有办法无动于衷。他是一个正值精壮之年的男人，刚刚结婚，但因为种种原因，他并没有跟他的妻子同房。他的身体急需要一个发泄的缺口，而拥吻着他的钱娟，好像一个导火索，将这一切点燃以待引爆。

钱娟和陈宁紧紧地纠缠在一起，吻得难分难舍，她深知男人接下来的需要，便离开他的唇，游吻着他的耳垂、脖子，到他领口，以齿咬开他的纽扣，一颗，又一颗，她吻上了陈宁的锁骨，再游吻到他的胸。陈宁忍不住呻吟起来，紧闭上了眼睛，在钱娟的手继续向下探索时，陈宁被水母蜇到般猛然推开钱娟，冲着她喊："我有老婆，你也有老公，我出来见你，就是为了告诉你，我是自愿的。"

他边说边扣着扣子，再拉开车门踏脚下去。

钱娟追了出来，跟在后面喊："我知道你结婚了，我不在乎。"

"我在乎！"

"你骗人，你的身体明明对我有了反应。"

"这只是身体受生理刺激的本能反应。"

"你那是借口，你的身体出卖了你。"

"我是管不住我的身体，但是我管得住我的裤子。"

他伸手拦住一辆计程车，连自己的爱驾都不要了，生怕自己会做错事情，头也不回地走掉了。

走掉前，听到钱娟在那面喊："你真的这么狠心，真的忘记我们的一切了吗？"

那些美好，怎么可能忘记？就算后面有争吵，有不快，可是人一但开始回忆，脑海里就自动屏弃不太美好的东西，只放大和加工美好的细节，他又怎么可能忘记？

但物是人非，他不可以留下来。

早已考了驾照的钱娟把陈宁丢给她的车开回家，边开边狠狠地咒骂着："姓陈的，你好狠的心，你敢把我就这样丢下，以前我说一，你都不会说二，你居然敢这样对我。都是那个贱女人把你变成这样的，贱女人，不得好死的贱女人。"

小迪小睡一会儿，一个激灵惊醒过来。醒来，只见陈宁将她从沙发上拦腰抱起。

她揉了揉惺忪的眼，勾住了陈宁的脖子，喜悦道："你回来了？"

"嗯。"陈宁温柔地应道,"我回来了。"

"怎么在沙发上睡着了呢?"抱着她回房间时,边走边问。

她歪在了他的怀里:"我等你回来,等着等着,就睡着了,对不起。"

"傻瓜。"

"虽然你骂我傻,可我觉得里面满满的是心疼和幸福。"

陈宁忍不住笑了:"我是心疼你,你还在生理期,怎么可以熬夜等我?"

小迪脸红,"其实我那个在今天上午就干净了,我们已经可以……可以……那个了。"

这一晚,是陈宁与小迪的花好月圆夜,却是钱娟的彻夜难眠天。

钱婷看着她哭着回来,就知道事情不妙了,安慰她时,从她口里得知一二,便说:"姐,你有没有听明白陈宁那句话的意思?"

钱娟问:"哪句?"

钱婷说:"哪一句并不重要,重要的是,他的意思是不是你们不能在一起,是因为你有老公,他有老婆?"

钱娟说:"他说过这一句。"

"那不就得了。"钱婷说,"你破釜沉舟,回去把婚离了,陈宁就不会顾及你是有老公的人了,至于那个贱女人,到时候给她点钱就行了,她不就是为了钱,才勾引陈宁的吗?没钱的话,她会上他的床吗?"

"不好吧……"

"怎么不好?"钱婷说,"那个的男人现在都敢公开和别的女人在一起,那你被取代的那一天,还会远吗?你男人换女人像换衣服一样,你跟他结婚这么多年,又没生个儿子。等他在外面玩出一个儿子来,向你提离婚,被传出去,会被说抛弃,而现在,你主动离婚,拿着离婚证告诉陈宁,你是为了他而离的,那效果绝对不一样了。"

"可是……"

"可是什么?"钱婷还在跟她说,"姐,你就是太爱面子了。如果不是前几天，我借着休假的机会去看你，我都不知道他除了给你钱，就很少回家和你住一起，你这过的不就是活寡的日子吗？要不是看你这么苦，我也不会把陈宁还在等你的事情告诉你，更不会劝你回来，劝你重新回到陈宁身边。陈宁不是以前的陈宁了，我一直以为他的婚庆店是租的，后来才知道原来是他买的，你要知道，那个地段的房价是寸土寸金，何况几百平的商铺？我不知道他的钱有没有你男人多，但我知道，你男人是靠父母才这么挥霍，没有了父母，他什么都不是，而陈宁的钱都是自己赚的。你男人换女人像换衣服，而陈宁这些年根本没有女人，这一比，你就知道谁更有安全感。"

钱娟这时候突然想到什么："既然你知道这些，为什么不早告诉我？"

钱婷脸色一变，马上应她："我是想早一点告诉你啊，可是，你总是说你很幸福，总看到你在微博上炫你的包包还有你的首饰，我就觉得你这么幸福，就没有告诉你。再说，你要真的想和陈宁保持联系，当初你也不会换手机换号码，再换 QQ 断得这么彻底啊……"

钱娟顿时无话可说。她死撑着面子，对他们说她很幸福，但她的男人快一年没露面了。

而这之间发生的事情，就不提了，不是什么好事情。

总之，他们离婚是迟早的事情，现在，由她提出来，对于挽回陈宁，也是一种手段。

被人抛弃与为了陈宁才离婚，两者说法相比较，还是后者令人动容。

她明明已暗下决心，却故作仁慈地迟疑："可是，陈宁已经结婚了呀。"

钱婷哪里看不出她的这点心思，对她说："陈宁根本不爱那个女人，她这样拖着陈宁，还不如早点放手，还能趁着年轻找个好男人。你这根本不是破坏别人，你这分明是救他们于水火嘛。"

钱娟这次的真下定决心了。

她马上订了机票，不日，便飞了回去，打电话给她的男人，提到离婚和财产分割的事情。

他男人在游艇上听到她的电话哈哈大笑："离婚？我从来没有跟你

结过婚，哪里有婚离？还想跟我分割财产？你要不要再搞笑一点？"

钱娟顿时傻了："你说什么？什么叫我没有跟你结过婚？"

男人笑道："你先去看看你手里的东西是真的还是假的，再来跟我谈条件。"

钱娟找结婚证，却发现，根本找不到。她想起当初办证的时候，她根本没有到场，因为他说忙，很忙，忙得不行，但有关系在民政局，只要交合影给他，他就能托人办好。

钱娟身边确实有夫妻用这种"疏漏"拿到结婚证，她相信这个男人的人脉，还相信这个世上"无关系不成事"的说法，根本没对此证产生过怀疑。更何况，他们拍过婚纱，办过酒席，他那么风光地把她抱进婚房，谁还会对那个红本本产生怀疑？

所以，钱娟的户口本上，至今都是未婚，但是，以前那个男人的说法是，除非你想离，否则未不未婚都是形式问题。因为你的婚否信息输入电脑系统了，除非你换个身份证，换个身份，否则，你必须拿到离婚证，才能再次结婚。

他说得有理有据的，钱娟自然深信不疑，也不敢追问下去，因为怕他烦，他一烦，就会给她冷暴力，几天不见，几个月不见都是有可能的。人家是有钱人家的爷，从小说一就是一，当然得哄着供着，她看中人家的钱，当然就得受得住人家的气。

可没有想到，他跟她说这证是假的。

钱娟不信，抱有一丝希望，去民政局查询，民政局的同志乐了："你自己有没有婚配，你自己不知道啊？"

钱娟谎说："我担心有人冒用我的身份登记。"

民政局的同志说："不可能。"

钱娟说："银行卡在自己身上，都能跨省盗刷，大哥，帮我查一下吧。"

那位同志一听，觉得万事没有绝对，百密也有一疏，于是，帮她查证，查询结果就是未婚，没有人盗用过她的身份登记过。钱娟再想查她男人的,人家怎么都不肯查。

她沮丧到极点,给那个男人打电话:"你这个骗子,你居然骗我,我要告你。"

男人在电话那头哈哈大笑:"你找到证据再说吧。"

钱娟回到她的屋子,果然找不到要找的东西,那份假结婚证,还有结婚时拍摄的录影,都不翼而飞,怎么找都找不到了。

她气得把屋子里的东西都砸了,面对满屋狼藉,她坐在地上放声大哭。

以为自己嫁了一个富二代,没有想到被那个富二代给耍了;以为是他名正言顺的老婆,才跑回来提离婚,谈财产分割,结果被人家给笑了。

早几年知道真相的话,她还能借着这张脸去找个有钱的男人,现在,她被拖被骗,还有把柄捏在别人手里,拿不到一分钱不说,年纪优势和这张脸的优势都没有了,她真的一无所有了。

哭到这里,她的哭声突然止住。

谁说没有?不是还有陈宁吗?虽然被骗了,但这"未婚"的身份,不是更好的筹码吗?

——因为你父母不同意我们在一起,我才决定离开你,以跟别人结婚为借口离开你,其实我没有嫁人,我以为我没有你,我可以找到幸福,现在才发现,除了你,没有人能给我幸福。

陈宁心软又重情,听到这里,还能受得了吗?钱娟站起身来,收拾着她的名包名表和首饰时,笑了。

塞翁失马,焉知非福。

Chapter7
不堪回首

我想当一个小偷，偷偷地从你那里，偷一份属于别人的爱。

钱娟志在必得，却不想小迪在陈宁和她注册的那一晚，写了一封很长的信，这满纸心酸的信，写了她的身世，她坎坷的情路。陈宁看后，坚定了他要珍惜小迪的信念，若不是这封信，她对陈宁的引诱，就不是未遂，而是遂。

如信所言——

老公：

我想把我的一切都告诉你，几欲开口，却被眼泪堵住嗓子。

防止与你讲述时词不达意，防止自己在讲述时，会触情伤情，难过得说不下去。

我出生的地方，在一个偏远落后的小村庄，那里小到在地图上都找不到。男人和女人结为夫妻，只要礼聘后，办几桌喜酒，就成了。

我五岁那年，我妈带我去城里找爸爸时，才知道我在外打工的爸爸已经和别人结婚生子，而她这个在老家摆了酒席娶回来的老婆，成了无名无分的黑户。

我妈和我爸争吵起来，引来邻居。邻居听我妈哭诉我爸抛妻弃女，我爸恼羞成怒，指着我大吼："这根本不是我闺女，是你生不出娃来，到邻村抱养的。你连孩子都生不出来，我要你干什么？"

那年，我才五岁，他完全不顾这真相会不会伤害我幼小的心灵，当着那么多人的面吼了出来。

我哭着去抱他，喊他爸爸，他却凶狠地推开我，一脸厌恶："谁是你爸了？"

每一次，回想这一幕，我都会觉得他好残忍，就算我不是他的亲生女儿，我也管他叫了几年爸爸，他怎么可以这样对我？

我妈哭哭啼啼地带着我回家了，大家知道我妈被我爸抛弃了，明地里假言安慰几句，背地里，说得很难听，我偷偷遇到过好几次。

村里的坏小孩也开始欺负我，我妈出现时，他们就一哄而散，还编着打油诗骂我和我妈。这样的处境下，我妈为了保护我，决定把我送还给我亲妈。

可是，她骗我说她要出远门，让我去亲妈家住几天，几天后再来接我。其实，她打算把我送回去后，就离开这里，再也不回来了。

我由她送回去，看到了我亲妈亲爸。

我亲妈长得好凶，我看到她的第一眼，我就好怕她。而我亲爸五官轮廓都端正，就是骨子里有种懦弱的气息，我去的时候，他正在被我亲妈数落，低着头直认错。

我亲妈看到我妈带着我出现在她面前时，有些意外，听我妈说明来意，说她有事，我没地方搁，让我住几天。开始我亲妈极力反对，可我妈拿出一些钱来给她时，她又马上改变主意同意了。

当天晚上，我就被我亲妈打了，因为，我在饭桌上吃了他们给弟弟煮的鸡蛋羹。弟弟小我一岁，当初，就是为了生他，他们才把我送给我妈的。而我就这么不小心地吃了只有他才能吃的鸡蛋羹，他就大哭着打我，我自然不会让他打，推了他一把，他一屁股坐在地上，哭天喊地，满地打滚。我亲妈拿起筷子就打我，打得我满地打滚，我弟弟被我奶奶扶起来时，乐得哈哈大笑。

每个人都在哄他，没有人理会我。

当晚，我睡在他们放杂物的房间里，搁块废弃的木门板就算是我的床，而盖在身上的毯子，破得都遮不全身体。到了半夜里，我被吱吱叫唤的老鼠惊醒，一睁眼，居然与它的眼神对上，那家伙的眼睛在夜里贼亮贼亮，它居然在闻我的鼻子。我吓得尖叫，它也落荒而逃，而我的尖叫引来我亲妈的不满，她大吼，再叫，我把你丢出去。

我哭得伤心，害怕，也想妈，瑟缩地坐在角落，看到黑夜里影影绰绰的物事投影，吓得一晚没睡。天蒙蒙亮的时候，我不知不觉地睡着了，可是，觉得自己刚眯了眼，就被吵醒了。

吃早饭的时候，奶奶煮的是面条，而盛到我的时候，她才想起没下我的份，而她又不想再生火了，就对我说，你喝点面汤就算了吧。那面汤比我妈的涮锅水还淡。

吃完所谓的早点，我奶奶抱出一大盆衣服来洗，看我坐在一边，就让我一起洗。厚厚的衣服，她让我拿一边，她拿一边，相对而立地拧着，我被拧得脚步不稳，摔进了面前的洗衣盆里。我才五岁，她骂我没用。

我湿着衣服继续给她做事。让我为她生火，我不会用那种很老的土灶，她继续骂我没用。

到了吃午饭时，我亲妈回来了，我奶奶开始向她数落我怎样怎样没用，我亲妈就不让我上桌吃饭，让我端着不知道他们什么时候吃剩的饭菜，坐在门槛上吃。那饭都硬了，我咽着眼泪吃了下去，因为我饿，我早上就喝了一点面汤，我真的好饿。

吃完饭后，下午我就开始闹肚子，拉得腿软，最后虚脱地倒在了杂物间。没人关心过我一句，更没人说带我看医生。半睡半醒之间，我听到我亲爸和我亲妈说："这孩子这么小，别折腾了，怎么说也是咱们亲生的孩子。"

我亲妈吼他："你懂个屁，对她好，她总想来怎么办？把她送出去，就不想她再跟我们家有关系，以后，那女人只要有事就把她往我们这边送，万一有一天，她赖在这里不肯走了怎么办？就是要整她整得不敢再在这里待，懂不懂你？"

听到这里，我哭了："我要回家，我要我妈。"

我亲妈喜上眉梢，马上对我亲爸说："赶紧把她送过去，就说是她自己闹着要回去的。"

我都这样了，我亲妈逼着我亲爸把我送了回去。我坐在他的老式自行车上的横栏上，还不懂发誓的年纪里，我发誓，我永远都不要回那个家了。

我被我亲爸送还到我妈手里时，我妈正拿着行李准备走。

我哭着扑向她，哭得她心软，哭得她说："好，妈带你走。"

我和妈妈搬到了城里，住到了工厂的职工宿舍里。那是村里的王婆婆，托在城里当官的亲戚帮我妈找的活计，她老人家觉得我妈可怜，就想帮帮她。

为了感激那厂长的"收容"，妈妈提着礼物来到厂长的家里，对他千恩万谢，说谢谢他让她到厂里做女工。

厂长笑着说，来玩玩就好了，买什么东西啊？边说，边接过了东西，招呼着我妈进去。

他夸我漂亮，我妈带我去他家前，给我买了一件漂亮的新裙子，梳了漂亮的辫子。

我刚到沙发上坐定，门就被一个小男孩推开了。

那小男孩拿着一柄水枪，跑进来，就冲到水池子里灌水。厂长老婆冲到水池边，抢过水枪，就给了那小子一下，"啪"的一声，接着听到她冲那小子嚷："又把衣服打得透湿，今天换几套衣服了？"

那小男孩张着嘴，"哇"的一声哭了出来。

他妈拉着他的胳膊，将他拉出来的时候，还在不停地唠叨："看你浑身湿透的样子，你还给我哭！你再哭，我把这玩意儿给你丢掉。"

那小子哭得很伤心。厂长皱了皱眉头，说："晨晨，都六岁半了，还哭啊？你瞧这个妹妹在看你呐，你丑不丑啊？这么大了，还哭鼻子？"

133

苏晨一惊，看到了我，他"呃"的一下，就停止了哭声，扯着他妈妈的衣服，躲在她的身后，偷着眼睛看我。

"你看，他还不好意思了。"

大人都笑了，哈哈大笑，也不知道他们在笑什么，他却为了这几声笑，"哇"的一声，又哭了起来。

亲爱的，这就是我第一次见到苏晨，他大我半岁，和你是同月同日，不同年。

而我和你的相遇，一定是命运的安排，因为，我想他，输入代表他生日号码组合的 QQ 号，不想，我竟输错了年份，找到了大我四岁的你。

这是缘分还是巧合？我当它是巧合，也当它是缘分。

我和苏晨，我到现在都扯不清我们之间的关系。

我还记得小学报名那天，我妈上班请不了假，是他的妈妈带着我和他一起去的。我们从学校回来，他妈妈给我们一人买了一只冰棒，我甚至记得我拿的是橘子味的，他拿的是白色的，正是我们现在吃的"老冰棒"，那时候很便宜，只要一毛五分钱。

我在他的冰棒上咬了一口，他在我的冰棒上咬了一口。我吃得慢，冰棒水顺着冰棒棍滴，滴到我的手指，还有手腕上，还滴到我新买的裙子上。

苏晨对我说："小迪妹妹，冰棒化了。"

我抱着冰棒又舔又吸，可是，冰棒水还是滴得到处都是。

他叫了起来："袖子袖子，都滴到袖子上了。"

我想去挽袖子时，苏晨咬住了他手里的冰棒，腾出手来替我挽袖子。

亲爱的，我不记得三岁发生过什么，也不记得四岁发生过什么。我只记得五岁被生父生母折磨的记忆很痛苦，六岁，遇到了苏晨，他帮我挽袖子时的每一个细节，我都记得清清楚楚。

我还记得，当时的太阳很辣，把他的脸映得像电影里的小人儿一样好看。我还很清楚地看到他脸上的小绒毛。

妈妈让我叫他哥哥。他的父母在他面前跟他说，这是妹妹，以后要照顾她。

他是第一个说喜欢我的人，也是我噩梦的开始。

在我们二年级的时候，老师让我们写日记了。她对我们说，日记要诚实，我那篇日记有好多字不会写，用了很多拼音，我写："晨晨哥哥说喜欢我，还学电视剧亲我了，他还说要娶我，我说，我才不嫁给你，他就说，那就一直亲我，亲到我答应我为止。"

我的那本日记，被来我家写作业的小同学偷走。

第二天，这本日记就被他们拿在班上偷偷地传阅，见我进来，就开始起哄。

我不知道发生了什么事情，我只是一无所知地看着他们。而这时候，苏晨进来了，他们将日记本拿到苏晨面前，对苏晨说："苏晨，你看朱小迪的日记里说你喜欢她，还亲她。是不是啊，是不是啊？"

他抢过那本日记，撕下那页，撕得粉碎，然后，将那本日记冲我扔来，对我说："你太不要脸了！说谎前打个草稿好不好？"

我争辩着："我没有说谎，我没有！"

苏晨一把将我推到地上，踢了我一脚，说："再说我揍你。"

我就这样成了一个不要脸的人，就这样开始被人讨厌。

"不要脸"这三个字，伴随我度过了小学。

这件事让我产生的心理阴影，到现在都没有摆脱掉。

一个不讨人喜欢的人，做什么都是错的，你哭，人家说你是假的，你笑，人家说你这种人死脸皮，还笑得出来。你对同学好，人家说你是讨好别人，你不想理别人了，别人想方设法整你，弄坏你的东西，还在你喝的水里掺沙子。甚至老师都觉得你烦，因为别人为什么老针对你啊？

那个时候，我一睁开眼睛就想，每天要去学校面对这些，真的是件好恐怖的事情。

而我不敢把这一切告诉我妈，因为，苏晨求我保密。

　　那是过年的时候，我妈带我去苏晨家拜年，大人们打牌，我则和苏晨在房里看电视。

　　我离他很远，他拢近了，小声说："我不想欺负你的，可是，我不欺负你，他们就会笑我。"

　　他说："要是你不把那件事情说出去，我肯定不会这样对你。"

　　他说："小迪，我真的很喜欢你，等你长大后，我一定跟你结婚。"

　　他是第一个亲我的人，也是第一个说我好看说我可爱的男生。我的初吻是他，我甚至根本就不知道那就是初吻，只知道他抱着我，就亲了下来，从来没有人对我做过这样的事情，初吻就这么猝不及防地被他夺走了。

　　他还对我说，小迪妹妹，不要告诉爸爸妈妈呀，不然，我爸爸会打我的。

　　我怕他会挨打，我没敢告诉任何人。

　　我有一个习惯，受了伤，就把伤遮起来，好像给人看到，是一件不可原谅的事情。

　　原来，我一直不明白我为什么会有这个习惯，后来，和我妈聊天，我妈说，我小时候很不听话，不让我跑，我非要跑，摔倒后，她扶我起来，问我哪里疼，我指着伤口告诉她。她没有安慰我，反而一巴掌打下来，大声责问我下次还敢不敢不听她的话，还炫耀说，我在那以后，就非常听话了。

　　听完这些，我突然有了一个很鲜明的影像，好像看到三岁左右的自己，摔倒，被妈扶起，指着伤口说这里摔痛了，她一巴掌打下来，我哭得撕心裂肺。

　　那段影像奇迹般越来越鲜明，我记忆的片段越来越清晰，清晰得不可思议。

　　我终于知道自己的心结是从哪里结上的。就是因为这样，才造就了我隐忍懦弱有苦不敢说的性格。

　　她自以为驯服了我，自以为这样就叫听话，自以为把女儿教得服服帖帖是件很光荣很伟大的事情。她却不知道，我从她的"疼上加疼"里学到的是，受了伤，不可以告诉妈妈，她不会安慰我，还会在伤口上撒盐。

我替苏晨保密，是我的幼稚。我不告诉我妈，是她逼我不相信她。

那时候我就想，如果我有孩子，我一定不会伤害他，我一定会告诉他，除了妈妈和你，这世上，你不可以和任何人有秘密。别人说"敢告诉妈妈，就杀死你，杀死你全家"的话，一定不要怕，因为妈妈不怕他，一定会保护你。

你要保护你的孩子，你要让你的孩子坚信，在他没有长大前，是不可以和妈妈以外的人有秘密的，再熟的人都不可以。让我保守秘密的始作俑者，不也是熟人吗？不也是我口口声声叫着哥哥的苏晨吗？

我是这个"秘密"的受害者，我也是我妈妈愚昧育儿的受害者。我无法原谅自己的幼稚，但我原谅了我妈妈的愚昧，因为她没念过书，没养过孩子，她不幸福，也是个好可怜的人。我可以孝顺她，陪着她，但不是全然的相信，因为，她给我的错觉，让我相信，在我受伤时，她不会安慰我，不会帮我解决，只会让我更加痛苦。

我的秘密我不敢告诉我妈，我觉得我告诉她，她也不会帮我做什么。因为她总是在说，小迪，我们能在这里有个落脚之处，全靠苏晨的爸爸，他们帮了我们大忙了，如果没有他们，我们就得回老家了。

我不想回去，我不要回去，可是，待在这里，好痛苦。

我提过转学，我妈皱着眉头问我为什么要转学。我说，我跟我同学处不好。

我妈反问我，为什么别人都处得好好的，就你处不好？什么原因啊？你怎么不找找你自己的原因？

凭我妈的问话方式，我的潜意识告诉我，我被人欺负，我妈不会帮助我，不会关心我。我不要再告诉她了，她指责人的样子，好吓人。

有一天，家长会后，我妈回来，黑着脸让我站在屋子中间，审犯人一样问我："你怎么回事啊？学习成绩不好，和同学处得也不好，才一个学期，你的课桌就散了两次，让我赔了两次钱。"

我淌着眼泪说："妈，不是我，课桌不是我弄坏的！"

"那是谁弄坏的？"

"我不知道！"

她拿起扫把就向我打来，我尖叫着哭着躲着，她边打边说："你上课不认真听讲，发呆走神，还跟同学关系搞不好……"

她说着，就揪了我的耳朵，把我揪出门外，让我在人来人往的街上跪着。她让我想清楚，让我想明白为什么别人都针对我不针对别人，让我想想为什么成绩不好，为什么上课不认真听讲。

我的自尊心，在人来人往的街上，被来来往往的眼神撕得粉碎。更撕碎我自尊心的事情是，围观的小孩子绝大部分是我们学校的学生，我低头垂泪的时候，听到一些孩子围过来看热闹。他们在一边嘲弄着，嬉笑着。

街道大妈跑过来拉住我，她要拉我起来，一边拉一边说："这是干什么啊？这是干什么啊？"

她抱我起来，我曲着腿不肯站立。我哭着看着离我不远的妈妈，她不让我站起来，我便死都不会站起来，因为我"听话"。

街道大妈年近六十，她抱我不起，还被我折腾得满头大汗。她就冲着我妈大喊："你这是干什么啊你？有这样教孩子的吗？你让她跪这里，你让她怎样去学校，怎样见人？你懂不懂什么叫适得其反啊？她是个女孩子啊！"

她又冲着我说："小迪，快跟你妈认个错，跟你妈进屋好好说，跪在这里不是个事儿！"

无数次在梦里，我都会梦见一个可怜的小女生，她散乱着头发，哭着跪在人来人往的街上，哭得抽搐，可怜兮兮地求饶，用嘶哑而委屈的声音说："妈妈，我错了，妈妈，我再也不会了！"

我总是梦见我走过去紧紧地抱住她，哭着打断她，吼她，别乱认错，不是你的错，求你别乱认错。醒后，我哭得枕头湿了一大片。

我不恨我妈，因为她过得不如意，她想我争口气，而我辜负了她，我对不起她，在她的艰辛上又添加了一笔，让她更加不顺心。是我不好，是我不该把苏晨对我做的事和说的话写进日记本，不该让同学偷偷拿去，不该傻乎乎地辩白我没有说谎，让苏晨那样对我，让自己成为一个不要脸的人，给我妈添加这么多麻烦。

　　她的喜怒无常和愚昧的教育方式，让我吃尽苦头，可是，我不怪她，却让我明白了一件事情：一个家庭里，若是没有个像样的男人，他们的子女，大部分会有心理缺陷，这一点在女孩子身上尤其明显。

　　如果她的男人没有对她做狠心抛弃的事情，她也一定不会是这样喜怒无常，也不会让我变成这般隐忍又没有安全感的孩子。

　　世人痛恨勾引有妇之夫又有孩子的小三，就是因为，她害惨的就是这天真又无辜的孩子。我是不幸中的牺牲品，我不怪我妈，她也好可怜。

　　我不能反抗，只好学会习惯。

　　真的习惯了。他们欺负我就欺负吧，踩脏了我的桌子，我擦干净就是，弄脏我漂亮的衣服，我穿旧的就是，不喜欢我可爱和漂亮，我不让妈妈打扮就是。

　　我确实不讨人喜欢，问题是，你去问他们我到底哪里惹到了他们，他们却都不记得原因。统一的口径就是我贱，我不要脸，可是，我究竟怎样不要脸了，他们只是人云亦云，图个人多，随个大众，看别人欺负我，就跟着欺负，凑个人数罢了。

　　我没有伤害过任何人，却习惯了被人伤害，我的人生就是一段笑话，可是，我却找不到令人捧腹的笑点。

　　我初中了，初中的同学，就是将小学的同学打散，分到不同的班级里。我与苏晨分开了，不在同一个班了。

　　当我在学校的路上走时，清楚地听到有女生站在我身后议论："就这个女生啊？就她说我们班上的苏晨喜欢她啊？苏晨那么帅，怎么可能嘛？"

初二时的苏晨已冲到一米八四了，和那些活泼开朗又着衣鲜艳的女生比起来，我毫不起眼，又内向又怪异到极点。

"不要脸"的阴影，依旧伴随着我，成了我终身洗不掉的恶名。

初中的同学已不像小学那般恶作剧，推推搡搡了，她们会边打你边笑，周边围观的人还会嗑着瓜子拍手叫好。

我被她们逼到堆满积雪的楼顶，我呼着白气，说你们别过来，你们要过来，我就跳下去。

她们说："妈的，追你你还敢跑？敢拿跳楼来吓我们？你跳啊，有本事你跳啊！"

我站在楼顶，脚一滑，就坐在了地上……

我真的想跳下去，什么都不顾地跳下去。而意外的滑倒，我抓住了冰凉的扶手，背后凉了，脑子"嗡"地一下大了。

她们打我，我没哭，她们扇我耳光我没哭，那一刻，我坐在积着雪的地面上，失声大哭。我哭着求她们，放过我，求你们放过我。

她们拢过来，带头的一巴掌扇到我脸上。

"你跳啊！你倒是跳啊，怎么不跳了？求我们放了你？你跪下来求我们啊，一个人叩一个响头，我们就放了你。"

我真的想跳下去，可是我若是跳了，我妈怎么办？我虽然这么胆小又这么怯弱，却是她活在这世上唯一的信念。她每次被生活磨得撑不下去时，都会对我说，妈一定要撑下去，一定要为你撑下去，因为你，妈才撑到现在的。

我不能死。

我妈是这个世上唯一对我好的人，虽然她有时候会极端，会做出伤害我的事情，但她内心是爱我的。我甚至在那几秒里想到，我若死了，她哭得生不如死的样子，我若是死了，她会可怜到连送终的人都没有。我不能这样自私的死去，我不能。

于是，我跪下去了，我只有一个念头，只要让我活下去，我做什么都愿意。我俯下身去，对着她们一个一个地叩头。

我求她们饶了我！

我拣回了一条命，回到家里，我对我妈说，我不想念书了。

我妈打我，她说我不争气，她说我根本不知道她养我有多累，她说她下岗后，为了给我交学费，又是给人做保姆，又是给别人做医院里的护工。

她说，早知道我这样不争气，当初就不该养我，她说她的命怎么这么苦，她说，她不如死了算了。她又开始像祥林嫂一样哭诉了。

以前我即使在门外哭得再惨，进门前，一定会把眼泪擦得干干净净。

但这一次不一样，面对她的指责与数落，我终于忍无可忍地跑了出去。跑了很远，我躺在了郊外的铁轨上。

我不想活了！累，也是别人的拖累。

天上下着好大的雪，脖子枕在冰冷的铁轨上，冷得足以让人失去知觉。火车远远驶来时，脑下枕的冰铁就这样震动着，隆隆地震动着，震得脑袋生痛，可是，我觉得那时候的我，笑得很安详，当自己已经死了一样安详。

可突然间，我想到苏晨，在火车越来越近，甚至拉响笛鸣时，我想到了苏晨。

我不能死，我才十四岁，我不要死。我还没有尝过真正的爱情，我还不知道被心爱的人宠爱的滋味，我不要这样死，我不甘心。

我到底还是怕死，我到底还是从上面挣扎着起来了。火车在我身边轰隆而过时，我痛哭流涕，在轰隆中，我哭着大喊：我不想死，我不甘心就这样死，我还没有被人宠过，我还没有真正被人爱过，我才十四岁。

我又回来了，活着回来了。

我要快点长大，快点报我妈的养育之恩，我硬撑着活了下来。就算她对我失望，老是对我发脾气，说狠话伤害我，我都不怪她，她是我妈，比我亲妈还要好的妈，就算死，我也要撑到她归天后，我再追随。

高中，我被离家很远的学校录取，我远离了他们，远离了过去，我有一种终于可以透一口气的感觉。

只要是女生，有点小姿色都会被男生心仪，我也不例外，也有人示好，也有人暧昧。我内心期待有人走进来，可是，我发现，苏晨给我的心理遗毒实在是太重了——我居然害怕男生接近我，我害怕别人对我示好，我居然觉得被人喜欢是件很可怕的事情。

小学和初中的经历让我变得不爱与人交往，到高中就形成了无法克服的人际交往恐惧症。我也不想这样，可是，我没有办法。

高中后，我就没念书了，因为落榜了，我便在家里复读，时间很充裕，就会看一些小说打发时间。

我觉得我也能写，我写完后，投稿给编辑，编辑说，故事太单薄了，不过，你的文笔不错，简洁，细腻，还挺深刻的。他问我有没有兴趣写剧本。他给我发了一个剧本的样章，并把我介绍给了他的一位编剧朋友。

我就是这样走上了写剧本的道路。

一开始，我就把自己卖了，不是出卖肉体，是出卖名字，给人当枪手。

那样，钱来得快一些。虽然，跟写一集最少拿五万的编剧不能比，可是，写一集有三千块，对我来说，也是足够的。

那时候房价还很低，我们这边未开发的地段，一套房子十万左右就能搞定。我零零散散地接了好多剧本，攒了钱，第一件事情就是买了套房子，让自己在这个城市终于有了安家之所。虽然那个地段很偏，但慢慢的，配套设施起来后，也算繁华了。

这一写，就是好几年，我赚到钱了，只是，依然是枪手。

写了好多年了，到了解决我终身大事的时候了，同龄女生都嫁了，有孩子了，我妈自然是急的。

我想起了苏晨，并不是爱得多么刻骨铭心，只是忘不了。没有办法忘记，他就像病毒，只要我接触男生，就会想起他。这是毒，是病毒，蔓延进心血，至死方休的毒。

我知道他的 QQ 号，到网站同学录的时候，我就看到他留在留言板上的 QQ 了。我加了他，但是从来没有聊过。有一天他问我是谁，加了他为什么不讲话。

我还是不理。

他说，你再不理我，我把你拉黑名单了。

我才说，我也不知道你是谁，我只是随手加的，因为我一位朋友的 QQ 前面几位和你的一模一样，我就改变了一下尾数，看看那个人会是谁。

他哦了一下，说，这样啊。

他只有一个签名，说世上只有一种鸟，它生来没有脚，在风中飞啊飞，落地就死亡。

他的空间里贴有和女朋友接吻的大头贴。

我看了，心越痛越想看，还用"另存为"的方式保存在了电脑里。

有一天，苏晨忍不住问我，你为什么叫"笛子"，你很爱吹笛子吗？

我说，笛子这个名字，来自哈默林的《花衣吹笛人》。

他问，讲的什么？

我说，故事讲的是，八百年前德国的一个小城出现鼠患，全城束手无策，只好打算弃城逃走。这时，出现了花衣吹笛人，他说他能清除老鼠，但要收一笔酬劳。小城的居民说，只要能赶走老鼠，付他五十倍的酬劳都行。吹笛人拿出笛子，吹起轻柔的曲调，所有老鼠纷纷从沟里房里柜里床底跑出来，跟在吹笛人的后面。吹笛人走到河边，继续吹着笛子，老鼠如痴如醉一批接着一批跳进河里，全部被河水冲走了。居民很高兴，但吹笛人索取酬劳的时候，居民却说没钱可付，还将吹笛人赶走。当天晚上，到了半夜，小城的空中忽然响起了笛声，每一家的小孩都从家里跑到路上，跟在吹笛人的身后，最后全部消失在山里面。这是一个关于承诺和失诺的故事。遵守自己的诺言，不然会受到惩罚，如果做不到，就不要向人许诺。我是笛子，我在等我的吹笛人。

143

　　苏晨就淡然地"哦"了一声，不知道他有没有听懂，我在等那个向我承诺的人，向我兑现诺言。

　　可是，有一天，他突然说，你有空吗？我心情不大好，介不介意聊聊？

　　聊了几句，他说他想见我。我说，我们隔得好远，他说，我用的是珊瑚版，可以显示你的所在地。我在犹豫，他开语音跟我说话，说你好。

　　他的声音由耳塞直达进来，我的耳朵接受了他的声音，恍若隔世，挖心似的痛。六月的天气，我却冷得发抖，我说了喂，你好。他终于确定我是女的了，他要看我相片，我发了一张别人的给他，他说他想见我，我犹豫了半天，终于打了一个好。我留了他的手机号码，他也留了我的。

　　那边的他说，唉，你光给号码，你的名字呢？

　　我放下手机，沾着泪的手悬在键盘上，痛苦了半天，告诉他，我姓商，叫商欣。

　　那是我第一次化妆，也是我第一次去买件像样的衣服。这些年，我一年到头关在家里赚钱，钱是赚到了，可是，我对自己太刻薄了。

　　到了约见地点，江边，他背对我而站着，我由后面轻轻地拍了他一下，他转首，满眼的不信和惊艳。

　　我仰头看他，我说，对不起，笛子是我，我骗了你。

　　他叹了一口气："我有一种感觉，感觉就是你，没有想到……真的是你。"

　　我没有穿过那么高跟的鞋子，向前歪了一下，他眼疾手快地扶住了我。

　　我顺着他的搀扶，倒进了他的怀里。

　　这是我第一次如此主动，也是我第一次觉得，和男人接触，不是一件恶心的事情。

　　我想他抱我，我也想抱他。之所以答应见他，是因为我想见他，也因为我心疼他，因为，我知道他心情不好，是因为他刚刚跟他的女朋友分手。

我怎么知道？我不是早就搬走了吗？

是，可是，我妈却在原住处不远的地方，一家成衣店里打工。她遇到苏晨妈妈的时候，苏晨妈妈对他说，她儿子谈了几个女朋友都谈不好，不知道他在想什么。说他越找，越是怄人，都是没钱没背景的。

她说，她绝对不同意她儿子和这样的女人在一起。他现在这个女朋友没了父亲，也没正式工作，而她儿子在电信局有正式编制，她怎么着也不可能让这种女孩子进他们家。他把女朋友带回来见家长，她居然理都不理，端着碗就出来了。

还说，让他去谈，反正他的工资卡在她手里，找她不喜欢的，他一分钱都要不到。

我想见他，是因为我知道他感情空窗，我以为，他对我的感情承诺，就此可以兑现了。我觉得，我现在可以自己赚钱了，虽然是枪手，但也算是份体面的工作，我应该有嫁给他的资格了。

所以，我想见他，我第一次想贴近一个男人，这个男人就是他。

我与苏晨相拥时，我依然觉得，这是上天对我的补偿，是我命中注定的。那晚与他相见，让我有了与男朋友约会的感觉，我一点都不讨厌他碰我，在他面前，我如此正常，如此小鸟依人。

那一天，我们坐在江边的石椅上，我依在他的怀里，就这么依着，我们两个都没有说话。他就这么抱着我，我感觉好温暖，感觉我盼不到头的苦日子就要结束了。

我忍不住开口问他，你想我吗？

他说，想，有一点想。我说，我真是吃亏了，因为我真的好想你。他把我从怀里撑出来，看着我，就那么看着，他告诉我，我比以前好看了。

他突然问我："有男朋友了吗？"

我心好痛，可还是笑着问他，你说呢？

他说，一定有。

我说，没有。这些年，从来都是一个人。

他不信，我想笑，看，连他都不相信，谁还相信我？

也不知道他哪根筋不对了，又突然冒出一句："人生好像在做梦，我的初吻初恋和初夜都不是同一个人。"

我无由地发起了火，初吻和初恋不是一个人？他的初吻给了我，我在他心底连初恋都不是。他的初夜已经没有了，而我在被他的遗毒残害时，他早就忘记对我许下的诺言，在我痛苦思念时，他却和别的女人初恋和初夜。

只有我一个人当真吗？他带我入局，却不带我出来，只有我一个人迷失在这荒唐的游戏里，在傻傻地等吗？

我好痛！心要痛得裂开了。我想哭，可我不想让他看到我的眼泪，我觉得他不配。我推开他，起身就走，我要忘记他，我不要再想他，他这个败类，小人，说要娶我却辜负我的骗子，我不要再喜欢他了。

可是，我去见别人为我安排的相亲对象，再有钱再帅，我都没有办法让别人碰我。

我悲哀地发现，除了苏晨，我不想让任何男人碰我，我讨厌别人碰我，我甚至尖叫，不要碰我。我是有多可悲，才患上这样的"恐男症"。

而在他面前，我却是另一个样子，我想被他拥抱，我想和他亲吻，我想让他呵护。让我产生这种欲望的人，只有他，我为什么要这么可悲？我为什么明明知道他不值得我喜欢，我还要贴上去？

在上次分开后，他没有给我一通电话，也没有给我一条短信，甚至都没有关心我这么晚离开，有没有安全到家。他这样轻视我，我居然还在为他开脱：他对我说初吻初恋那些事，全是因为身心放松的缘故吧？因为，只有一个人全身心放松，对对方没有警惕性的时候，他才会忍不住对对方说些自己的事情。

我甚至想，是我的敏感和多疑伤了苏晨。

这一天，是苏晨的生日，我给他发了短信，我说，生日快乐。

苏晨发给我的是，小迪，有你真好！

那短信，居然让我开心地哭了出来。我告诉自己，我不介意，只要他心里有我，是不是初恋，有没有初夜都没有关系，因为，我的初恋和初夜还在，他不是，没关系，我是，就够了。

我现在才明白，如果一个男人喜欢一个女人，真心喜欢，真心要娶的话，是会迫不及待地将她介绍给自己的朋友，带她进入自己的圈子。

可是，他没有，这表示，他根本就不想娶我。

回想到这里，我才发现，他从来都没有喜欢过我，更没有想过娶我。

我在他给我的幻想里辗转，迷失，我救不了自己，他可以，他却不愿意。

回想起来，我才发现，他真的好狠心，我真的好可怜，可怜到我想抽死自己。可是，心魔肆意，我要怎么样才可以救我自己？

苏晨与我的"秘密"，就像对我的潜在催眠。他带我入局，就像我的催眠师，铃响后，我才能清醒，铃一直不响，我可能会在这种催眠里，自我折磨至死。而感情脆弱和过于充沛的人，是最容易接受催眠的人，我就是这脆弱加充沛的"双赢"者。而这催眠并非一日，是从我小学到现在，将近二十年，层层叠加，想要解开，谈何容易？

过了几天，我的电脑坏了，那里有正在写的剧本，写了一半，突然就蓝屏了。

我一时间急得不知道怎么办才好，我下意识地拿起手机，上面的联系人除了远在北京的编剧大哥，就只有妈妈和苏晨。

我是急糊涂了才发短信求助他，你会不会修电脑？

苏晨说，你电脑怎么了？

我说，坏了，里面有很重要的东西，你会修吗？

苏晨说，行，我来帮你看看。

苏晨真的来了，也是在那天，他知道我在干什么。

他惊讶地说："我真的没有想到你会做编剧。"

我苦苦一笑说："只不过是枪手罢了，累死了都不会有人知道。脊椎好像都有些变形了，骨头都突出来了，痛死了都不会有人知道！不

147

信，你摸摸！"

我说着，便拉住了苏晨的手，向脖子摸去。我想他碰我，只有在他面前，我才有这个欲望。我再一次发现，我是这么的可悲，让这个男人害得这么惨，害得我居然除了他，不想任何男人碰我。

我们接吻了。

吻着吻着，他把我压在了地上，压在我的身上，我承受着他的重量，却在下一秒，紧张地推开他坐了起来。我真的没有想到，他的手会摸进我的腿，还在向上游移。我吓坏了，他也惊住了，没有想到我这么大的反应，我抱住自己，他不停地跟我说对不起。

我说，我第一次，这是我的第一次，我有些害怕。

他不可置信地看着我，而后，深深地吸口气，冷静一下，对我说，我不知道，对不起。

我说，你对我做什么，我都原谅你。这句话，出于我的真心，我没有办法不原谅他，他在我身上下了咒，我已经没有办法脱离。

他说："继续下去，我会伤害你的！"

我说："你伤吧，我不会怪你。因为是你，所以，我舍不得怪你。"

他一把将我拉了过去，紧紧地抱住我，说："小迪，你怎么这么傻？"

我的脸搁在他的肩上，想哭，却忍住没有落泪，环住他说："我傻，是因为那个人是你啊，因为是你，我就愿意为你傻。你做什么，我都愿意原谅你，因为我喜欢你，从来没有忘记过你。所以，接下来你对我做什么，我都不会怪你。"

我看不到他的表情，也根本不知道他在想什么，只听到他在耳边叹气。

那天的电脑并没有修好，苏晨说了抱歉。

我依在他怀里说，没事，我去找别人修。

他就笑了："你是不是找借口见我？"

我说，我没有，我只是……不知道除了你之外，还能找谁。

我只是回应着他的话，却听不出弦外之音，此后回想起来，才觉得自己傻。他把我的"孤立无援"，误读成了"很有心计"，在他的认知中，绝对不会相信我会从来没有和男人接触过。

他要走了，说过几天再打电话给我。

我起身，送他到门口，在拉开门的瞬间，他转身，紧紧地抱住了我。抱得好紧，紧得我舍不得放开，紧得我以为，他终于可以给我幸福了。

我却不知道，这个时候，他已经有了女朋友，甚至已经谈婚论嫁，而要嫁给他的女人，居然也叫小迪。

他要娶的女人，为什么也要叫小迪，但这个小迪，为什么不是我？应该是我才对啊！

对不起，我以为我很冷静，可是没有想到，还是哭得一塌糊涂。

因为我想到我好傻，相信他会打电话约我，傻傻地等了好久。

从早晨一直等到了晚上，我终于忍不住打给他，他说，他加班。

我们约在肯德基。

我不喜欢吃那些东西，但是，我看到谈恋爱的小姑娘和小伙子都会去那里，好像不去那里，恋爱就不完美了。我就约在那里，那里有年轻人恋爱的感觉。

我到那里的时候，他已经站在肯德基门口等我了，回想我当时的开心和心动，心酸和难过又让我哭得喘不上气了。他玩弄我的感情，把我玩弄得好苦。

我是奔着恋爱或者婚姻的主题去的，而这个时候，他已经有要结婚的女朋友。他怎么可以这样对我，怎么可以这样残忍地对我？

那时的我笑得好傻，傻乎乎地看着他，不停地傻笑。

我内心是开心和快乐的，是苦尽甘来的幸福感。因为，我等了这么久，终于有一天，我可以和他在大庭广众下约会了。

没坐一会儿，他的电话就响了，他说，他为了赶来见我，向同事借了机车，人家现在催着他快回去，向他要。

我想着来日方长，于是，就说，你去吧。他一脸愧疚，对不起啊，刚来就要走。我跟着他出了店，他坚持要送我去车站。我听了他的话，跟着他来到他停放的机车边，他跨坐上去，我在他的后座侧坐下了。

那是我第一次坐机车，环住他，脑袋紧紧地贴着他，风在耳边吹，让头发扬起的感觉好浪漫。

我觉得我好幸福。

到了车站，他陪我等车，我不知道说什么，我就看着他，非常依恋地看着，含了蜜一样看他。我觉得好开心，好快乐，因为我终于等到了我的爱情，我等得好苦。

车来了，我欲上，他喊住我，人多，再等一辆。

我点头。

他的电话不停地响，他接过，说："好的，好的，我马上过来。"

我看着他，他看着我，车快到时，跨坐在机车上的他对我伸了手："过来，让我抱一下。"

我毫不犹豫地扑进了他的怀里，我觉得甜蜜极了。

他松开我，目送着我上车，我在车上隔着玻璃窗向他挥手道别。我好傻，坐到位置上的时候，还傻乎乎地笑着，笑得合不拢嘴。

上一秒我还沉浸在幸福和甜蜜中，憧憬未来，回到家后，立即被我妈的一句话给彻底浇醒了。

她说："今天我又碰到苏晨的妈妈了，她说苏晨订婚了。这一次，对方是铁路局的，家里环境很好，定在年底结婚，电信局配铁路局，还真是门当户对呢。"

我傻了，彻底地傻了。

我家境不好，我拿命去拼地工作，到头来无非是一个见不得光的枪手，这见不得光的身份，连门当户对的资格都没有。

可是，为什么他明明订了婚，却不告诉我，还要跟我约会，在跟我分开的时候，还要抱我？他明明有了未婚妻，为什么还要这么对我？

那一夜，我没有哭，真的没有哭，只是感觉心如死灰，不再有任何情绪波动了。

我死了！我的情感不允许我这样活下去，于是，我成了一具行尸走肉的活尸。不用付出感情，我就不会再感到痛苦。

我不再天真地相信他了，我的唇角甚至浮起了从来没有过的冷笑。

一天晚上，我妈下工回家，跟我说，苏晨的妈妈来她打工的店里，问我有没有男朋友，她要为我介绍。我妈想，我不小了，是应该嫁人了，有人介绍，当然也乐意。问她，男方是做什么的，她说："我同事的侄儿，在小区里当保安，一个月有一千来块，虽然是乡下的，但还本份，家里还有一个姐姐。还有，小迪现在不小了，你家里条件就这样，你挑别个的时候，别个也在挑你，现在男人比女人还现实，你没家底，又没一个像样的工作，哪个正经家的男人会要啊？已经不错了！"她还对我妈说："要别人，我还不多这个事呢，还不是因为知根知底，我看着小迪长大的。这么漂亮的大姑娘，我当然要替她找个好的。"

我妈问："我倒是信你的眼光，但是，那小伙子多大了？"

"不大，才比小迪大十三岁。"

"都三十九了？可我家迪子才二十六啊。"

"大一点疼人。"

"这大得太渗人了。"

"但你家迪子都二十六了啊。"

"二十六她也是个二十多岁的大姑娘，她连恋爱都没谈过啊。"

苏晨妈笑："别介，大婶子，现在的年轻人谈恋爱，哪里会跟我们大人讲啊？没准这孩子谈过，没告诉你。"

"不可能。迪子一直在家里，接触外人都不肯，哪里有机会谈恋爱？"

"那她上网吗？"

"上啊。"

"那就是啊，没准就网恋了呢，网恋也是恋啊。再说，那男人本分，老夫少妻，疼人。"

"那他这么大了，怎么还没个伴呢？"

"人家还奇怪你家姑娘都二十六了，却还没处过男朋友呢。这事不是缘分还没到吗，缘分到了，两个人不就自己走到一起去了？"

"就算不在意年纪，可他在乡下，这么远，我不想小迪嫁过去。"

苏晨妈笑得眼睛都眯了："我说大婶子，我就知道你舍不得小迪。那孩子正想在这边落户，和你家小迪要是成了，这户口就转过来，你家小迪就不用嫁那么远了。"

我妈听着，觉得不对劲："你的意思是，让他和小迪结婚，然后，户口上到我们这里来？"

苏晨妈说："这样挺好啊，省得你想小迪，跑那么远啊。"

"那……"我妈又说，"他和小迪要是成了，他们结婚后住哪里啊？"

苏晨妈笑着说："就住你们住的地方啊。"

我妈不知道我们住的房子是我买的，她一直以为我们住的地方是我租的，所以，她忍不住道："这房子是小迪租的呀。"

苏晨妈说："租一间也是租，租两间也是租嘛，反正你们的房子是长期租的，那就在一起过日子，亲热。"

我妈把这话话转述给我，我想冷笑着对我妈说："你没让她滚，没把她骂出去？"

我妈说："好歹人家帮你介绍了，你去见一下，看不看得中，算是给人家一个交代，不管怎样，人家都帮过我们。"

"妈！"我怒了，"交代？交代什么？我需要给她什么交代？就因为他们家帮过我们？帮过我们什么？

"他们以恩人自居，只是点个头让你去做女工，除此之外，还做了什么？给你工钱，那是你辛苦加班，一个人当三个人用赚来的。真要那么好心，让你下岗，我们家过得那么拮据的时候，他们有没有给我们家一点帮助？我考不上大学，也不想念了，你骂我，可是，你有没有想过我为什么不想念大学？有没有想过，高中的时候，我成绩根本不差，可为什么会高考失利？那是我知道我家没有钱供我念大学了，我不能再拖累你了。大学再重要，也没有我妈重要，我不想我妈再为了给我赚学费，省钱省到饿倒在路边，连个扶的人都没有。我不要出人头地，我只想我妈好好地活着，我不想她被我累死，更不想我想孝敬她的那一天，都没有这个机会。

"我找了活路，好不容易有了安身之地，好不容易不用看别人的脸色了，你却疯了，居然让你女儿去见这样的男人，只为了给别人一个交代？我到底有多没用，让你对我失望到这种地步？那个女人这样对我，你就应该当场拒绝她，你却还和她搭话，任她这样损践我，把我损成这样，你居然还要我去见那个男人！别人这样对我，你为什么不骂啊？你为什么不喊两句，喊你把我女儿当成什么了？你喊两句，我心里也会舒服一点，可是，你为什么要这样啊？我是多缺男人，我才要找那样的啊？你这种态度，别说是苏晨的妈，就算是我，身边有合适的也不介绍给你女儿，因为你女儿有这样的妈，谁都不愿意摊上你这个亲家。别人这样说我，你都不为我说两句，你都不护着我，人家凭什么珍惜我？

"妈，活到这个份上，你还没明白，人都是人抬人高，人踩人贱，你要不要活得这么懦弱，要不要活得这样没用，让我给你的无能买单啊？"

我把所有的怒火都发给了我妈，我说的话，让她伤心到极点，我也哭了一夜。

我妈心软，她也固执，在村子里长大，固有的思想就是从一而终，所以，这些年，她从来没有想过去找人。

生活在这个层次的女人，大家都觉得她事事不如意才是正常的，而如果有一天，她的女儿找了一个很好的男人，让她扬眉吐气，那反倒不正常了。

那几天，我妈很伤心，我在她生日那天，做了很多菜，等她回来后，将更户的房产证送到了她的面前。

我向她道歉，我让她原谅我。因为她是一个很可怜的人，这个世上，我只有她，她也只有我，我们是相依为命的。

她很惊讶，根本不会想到这房子是我们自己的。我还有些积蓄，但是没有告诉她，因为她这个人贴娘家，只要她有的，她全送给她娘家。娘家的表姑，表叔侄子的表哥这样的关系找她借钱，她都借。

我每个月都会交她一笔钱，本来是让她买好吃的好穿的，可是，她全存下来，人家一开口，全借走了，有多少，借别人多少。我看见的就有好几次，我没看见的，真不知道有几次，而且，钱借出去，人家根本不带还的。那些亲戚来我们家，看中什么，全拿走。我妈居然都不问我一下，就全送人了。

我真拿我妈没有办法，可是，养育之恩比天大，我没有办法怪她。所以，我的收入，我没有告诉我妈，我怕我赚的还不够她拿去送人的。

但这一次，是我妈的生日，我说了那么过分的话伤了她的心，她关在房间里哭泣的声音传到我的耳朵里时，我心痛又后悔。为了表示我的诚意和悔意，我将房子过户给她，她自然很开心。

我万万没想到，我妈会被人拉进传销。她总是在深夜被人拉去听课，我每个月交给她的钱，她绝大部分都交上去买了产品。怕我知道，她还把买下的东西，放了别人家里。

他们那个传销组织，就是不停地花钱买产品，再拉熟人进去。

我把房子过户给她，她高兴，就对她的上线说她女儿孝顺和能耐，那上线给她洗脑，让她把房产证抵押给银行贷了款。而后，这笔钱她全交给了上线，买什么业务勋章。

我妈为了业绩，还想拉熟人进去，大家一看到她，就知道她是来干什么的，于是，见到她，就关门谢绝见客。

我妈的东西卖不出，贷款的利息又源源不断，她到处借钱，想瞒着我把利息还上，最后还是还不上。被要钱的人找上门来，我把我所有的钱都替她还了债，但房子我要不回来了。我妈给她上线的是现金，连字据都没有，想打官司，都没办法取证，更悲惨的是，人家跑了。

利息是还不上了。

就算我死命地写剧本，我也没办法在一时之间，写那么多来赚钱还上。更何况，不是写完就有人给你钱，要等，运气好的，等人家收到剧本就可以给你钱，运气不好的，要等到别人拿到投资后才能给你钱，运气更不好时，人家说没钱拍剧，连钱都不给你，这种事情太多了。

房子被银行下达最后限期的那一天，我妈想不开，喝乐果自杀了。

自杀的那一天，她对我说："我女儿又乖又单纯，还这么漂亮，怎么就是不会谈恋爱呢？你不肯出去找，我让她们帮我找，不要太有钱，只要能温饱，不饿着你，不冻着你，年龄相仿就好了，这条件高吗？她们……为什么这么欺负人？我女儿二十多岁，怎么尽给你介绍四十多岁，离婚又带孩子的男人？说我们家是单亲，说你没学历，说我们家没条件，只能找那样的。可我不甘心，我女儿要是丑，要是在外面乱来，我也将就了，可是，我女儿不丑，又乖，怎么可以找个那样的？单亲不是我们的错，没有学历，是因为我女儿懂事，放弃学业赚钱养家了，我们家没条件，是我这个当妈的没用。我想赚钱给我女儿找个好女婿，可是，我却被人骗了。对不起啊，小迪，跟着妈，你吃尽了苦头，没有享一天福，还让妈把你害惨了。"

我哭了，心酸。可是，我又笑了："没事的。"我说："就当花钱交了学费，钱没有了，我还可以赚，我还年轻，我可以写。这一页难看，我们把这一页翻过去，没事的，妈，真的没事的。你不要难过了，房子没有了就没有了，以后再买就是了，现在我们先租着，我刚刚约好中介看房子了，看好后，我们就收拾东西搬过去。"

房价疯了一样涨，房租也一样，终于看中一个单间，价格可以接受，但房东坚持年付，没有办法我只好用我身上所有的钱交足了一年的房租。

等我签好租房合同，回家的时候，我妈已经喝乐果了。

屋子里是冲鼻的药水味，我妈口吐白沫。

我打了电话叫救护车，等救护车的时候，我哭着问她，为什么要这样，为什么要丢下我？

她还能喘气，还有意识，但是，不能说话了，汗水把她的身体弄得透湿，脸色可怕得泛了乌。

这个时候的我，已经是身无分文，走上了绝路，但即使是这样，我也没有想过去找苏晨。

我打电话给我妈以前的亲戚，他们不是说没钱，就是说，村里没银行，想转钱过去，也转不了。

而我没有认识的人，也没有可以找的人，我的 QQ 上，除了介绍我去当编剧的编辑，就是带我入行的编剧，然后，就是苏晨，还有你。

编辑老师的 QQ 是工作号，不到上班，是不会上线的。这些人，我都没有留他们的电话，因为大家都在 QQ 上交流。

一些陌生人加了我，我也没有聊过，但是，情急之下，我一个一个地发 QQ 留言，希望他们能帮我一下，借些钱给我，救急救命的钱，我会还的。

但是，没有人理我，还有人回我："哦，你妈要死了啊？好事啊，早死早投胎啊！想骗我？门都没有，你也去死吧，骗子！"

只有你回我，只有你让我把电话号码给你，想知道到底发生了什么事情。

我曾问过你，为什么要帮我，你说，感觉我如果我有人可依靠的话，肯定不会找你，更何况，这关乎一条人命。

我也问过你，不怕我是骗你的吗？

你说，所以，我才问你要手机号码，问你在哪里，哪家医院，好心不代表智商低。

我又问，如果我和你不是一座城市呢？

你说，可以委托当地的朋友去落实。

你看，世上居然有你这么好心的人。

在我绝望到看不见光的时候，你像太阳一般出现在我的视线里。

我哭得红肿的眼睛看向你，你从楼梯口上来，向我这边看看，就直接走到我跟前，问我是不是笛子，我惊愕得说不出一句话来。

我真的不敢相信，你居然真的来了。

而我妈在回光返照的时候，看到你，居然将我的手拉住，交到了你的手上。她居然在临死前，将她放心不下的女儿放心地交给了你。

我第一次见到你，我的心脏就好像停跳了一秒。我好像在哪里见过你，真的好像在哪里见过，可就是想不起来。

你帮我，你安顿我，你觉得不足挂齿的事情，足以让我感激一辈子。

在你的公司，大家八卦你的事情，我突然间知道，我为什么会对你产生强烈的熟悉感，因为，这世上居然还有一个人和我一样傻。我们都傻乎乎地为自己设了一个局，作茧自缚，不肯出来，但心底却是极度的孤独，来自内心深处的孤独。在我第一次见到你，第一次对视着你的眼睛时，我从那里读到了和自己内心一样的东西，甚至就是在看自己。

我终于明白，我为什么会在第一眼看到你时，感到那么熟悉。

我对你有了心动的感觉，就像情窦初开的少女。我写过那么多剧本，却终于在自己身上体会到什么叫"小鹿心跳"。

我每天都想看到你，只要看到你，我就很开心，这种开心，从来没有从苏晨身上得到过。看到你的时候，我能感受心脏跳得激烈，好像见到你的身影，就补足了我少女时期未曾体验过的喜欢和暗恋。

我想见你，只是想见到你。知道你每天来得很早，我也来得好早，就为了能早点看到你。可是，我从来不敢对你说，也不敢对视你的眼睛，只在心底默默地喜欢着你。

在你公司工作了一个月的那个中午，会计打电话通知我去财务室领工资卡，路过你的办公室，我看到虚掩的门里，你躺在沙发上，身上都没有披盖。我忍不住走了进去，将你放在一边的外套搭在了你的身上，我看着你，只是看着，第一次离你那么近，看着你的脸，觉得你睡觉的样子，安静得像童话里的男版睡美人。

我就那么看着你，失神地看着，完全不知道钱会计站在了我的身后。她冷哼一声，把我吓得半死，我站起来时，捂住了胸口，看到是她，我感到无地自容。

她拉着我的手，一把将我拉了出去，像女主人一样审问我："你想干什么？"

我说，我只是路过这里，看到你睡在沙发上，没有搭盖，怕你着凉，才……

我话还没有说完，钱会计就冷笑着打断我："你够了吧你，就你那点想法，还以为谁不知道啊？不就是拿报恩为借口，赖在他的身边不走吗？就凭你，也配打他的主意？你妈才死一个月，你就对别的男人勾三搭四，真够孝顺的。"

我气急了，反倒笑了："我喜欢谁是我的自由，配不配得上不由你说，孝不孝顺我妈我比你更清楚，用不着你在这里为我担心。"

后来就是女人针对女人的那些小把戏，反正以后我避着她走，工作上也没交集，也算相安无事。但是，我没敢再用那种眼神注视你，因为，我有自知之明。

我没必要因为身世可怜就赖着你，我很认真地工作，对得起你给的薪水，这就是对你最好的报答，其余的，不作他想，想得再多，也是空想，不切实际。

苏晨来我们店里订制服务的那一天，我不想见到他，远远的就从旁门走开了，脸色不大好看。被你撞见，你伸手就探到我的额上，问我是不是不舒服。

在你看来很随意的动作，却搅乱了我的心。

我说我没事，快步离开，躲到角落里，感到心脏跳得激烈。

曾几何时，看到苏晨时，都不会有这种感觉，我想，我是真的喜欢上你了。

但是，你不可能喜欢我。我强迫自己忘记你，最好的法子，就是离开你这里。可是，总想着，做完这个月就走，可是，又拖到了下个月。每一次告诉自己，下个月就走，可是，转眼又到了下个月。

好吧，这是借口，这是我犹豫和自我开脱的借口。封闭的内心在摆脱苏晨后，第一次知道喜欢一个人的感觉，我舍不得走。

苏晨婚礼那天，跟妆的师傅家出了事，让我去替代，我去了。

作为化妆师，我在他的婚礼上，为他的新娘化妆，我以为我会很冷静，我真的很冷静，只是，手在抖而已。

你知道后，担心我，怕我想不开，才来安慰我。没有想到，你触景生情，把自己给灌醉了。

那一晚，送你回去，喝醉的你抱住我时，我微微挣扎，就不想放开了。

这份复杂的心情里，包括感激，心疼还有对你的心动，也有一份自私。因为你的拥抱很温暖，从来没有人这样抱过我，我贪恋这份温暖，尽管你在我耳边叫的是别人的名字。

我想，我今生今世都不可能遇到这样一份爱，不可能有人会这般热烈地爱我。

想安慰你，也可怜自己。

我想当一个小偷，偷偷地从你那里，偷一份属于别人的爱。我知道我很卑鄙，也知道自己很无耻，我应该挣扎，我不该明知道你爱着别人，叫着别人的名字，还委身于你。

可是，我相信我能保密，就像我当初答应苏晨，只要我愿意，我可以把这两个秘密带进棺木里。而你醉着，那么，也许你会当这是一场旖旎的梦。

就是犯贱吧，反正别人不都是这样骂的吗？做出这样缺心眼的事情，所以你会瞧不起我，现在回想起来，自己都瞧不起自己。你酒醒了一半，发现身下的我，你恼羞成怒，你骂我贱，你骂我恶心。

我死的心都有，但我想，我一定要把欠你的钱还清再死，我坏了你的誓言，我赔不起，但是，你替我妈支付的医药费和丧葬费，我是一定要还给你的。我欠你那么多，这是我唯一可以还给你的东西。

我没脸见你，只好离开，离得远远的。

一个多月后，我发现，我还有一样东西可以还给你。

一定是上天可怜你，觉得你不该绝后，才让我替你怀上宝宝，作为亏欠还给你。

我想独自抚养他，也想过以后的艰辛，但我想，无论多难我都可以承受，因为，这也是你给我的礼物。是我人生之中，第一次收到这么贵重的礼物，他是活的。

我又可以苟延残喘地活下去了。

怀他的期间，我不能接剧本，因为写剧本需要脑力，需要熬夜。高强度的赶稿让我气血不足，有几次我拿东西蹲下再起来时，晕倒在地上，我怕我再发生这样的事情，这样的体质会让我流产。

但好在，编剧老师告诉我，我上一本剧的稿费，再等一两个月就能发给我了。

我盘算了一下，就把租住的房子转租了出去，搬到离你很远的地方。为了维持生计，我还是找了一份临时工作，等我的稿费过来，应该够撑到孩子出世，那个时候，我再接剧，再继续写，生计就可以维持下去了。

只是没有想到，离你这么远，还是意外地遇见了你。

你说你要孩子，但是你不要我。

我没有拒绝，这本来就是我对你的亏欠。求你不要在我怀着他的时候，出现在我的面前，是因为我怕你因关心孩子而对我好，这会让我变得贪心和痛苦，不愿意离开你。

我怕缠着你，我怕我不得好死，我还是怕的。

但是，我内心有一点点小小的贪念，我贪念你能有一点点喜欢我，为了这孩子，会忍不住来看看我，会在接触中，日久生情，让我留下来陪着你。我的宝宝胎位不正，我做复位操时，我产检时，真的好想你在身边，我真的很害怕。

可是，直到到我生下他，你都没有出现在我的面前，这让我料定，你恨透了我，我不敢再做过多的幻想。

生他时，我选顺产，因为，育婴师说，顺产会让宝宝的身体及免疫力好。我辛苦地怀了他九个多月，不能看着他成长，我能为他做的最后一件事情，就是尽我所能地给他健康。

可是，我生不出来，我怎么都生不出来，我不但没有生出来，还在用力中，让原本胎位不正的他横在了身体里。

宝宝的预产期在一个星期以后，而我提前阵痛，应该是受了刺激。在医院待产的时候，同病房里，隔壁病床的准妈妈，她有好多人来看望她，有家人，有同学，有双方父母……

还有她的老公，每天下班后都陪着她，给她洗脸，为她擦身体，喂她吃东西，在她床边，拍着她睡觉，还贴在她的肚子上，听宝宝的动静，还跟宝宝说话。他贴着他老婆的肚子时，他的老婆就摸着他的头发。

那一幕好温馨，温馨得让我深受刺激。

而我的宝宝……到那时，都没有见过你，更没有被你抚摸过。

隔壁床的准爸爸摸着准妈妈的肚子，乐得不行，而我的宝宝，在肚子里不安地踢动。我只有用手安抚他，告诉他，宝宝，马上……你就可以出来了，出来后，就可以见到爸爸了，不要难过，他很快就能抱你了。

说完这话，我就开始阵痛了。

疼得我额头的汗大滴大滴地往下掉，我害怕，更是惊慌，月嫂也不在身边，隔壁的准爸爸过来帮我按了床铃。

刚按了铃，他的老婆就在一边喊："老……老公，我……我好像也要生了。"他忙跑到他的妻子那边。

我痛得满头大汗，费力地睁开眼睛，有汗水滑进来，刺得眼睛生痛。可是，我还是看到那位准妈妈阵痛的时候，她身边围着好多关心她的人。他们焦急地按着床铃，他们安慰她，要深呼吸，不要害怕。

我孤零零地躺在床上，身边一个人都没有。她越是大声哭喊，好痛，好怕，我更是感到加剧的痛跟凄凉。

我也好痛，我也好怕，我也想要有一个人能陪着我，哪怕是只有一个人，告诉我不要怕。她痛可以叫出来，我痛却不知道叫谁，我也想喊痛，只是不知道我叫出来，谁会为我心痛半分。

我已经控制不住自己的眼泪，我被医护人员扶上移动床，推进产房的时候，那位准妈妈躺在另一架移动床上，跟着进去了。

我按着医生教我的法子，用力生孩子时，就听到隔间，她陪产的老公在她耳边说，老婆，加油，你最棒了，我爱你。那声音从那边传来，我就这样崩溃着哭岔了气。因为我孩子的爸爸根本不爱我，你甚至恨我。

我十四岁那年，拼着一口气活下来，就是不甘心自己没有被人爱过。现在，依然没有人爱我，甚至害苦了我的孩子。

我这种人根本就不该活在世上，我应该在十四岁那年，不管不顾地从楼上跳下去，或者卧在铁轨上被火车轧死，我根本就不该硬撑着活下去。

一想到你恨我的样子，我在产房里就哭得打不住，哭得没有力气生孩子了。

隔间，那位准爸爸还在不停地对他的妻子说："宝贝，我爱你，我爱你。""爱"字，像刀尖一样戳着我的心，可怜到今天，我都不知道那是什么东西。

我哭得伤心，助产护士急道，孩子横在肚子里了，必须得剖腹产，否则就保不住了。

我拉着医生，我哭着求她保孩子，我必须保孩子。你这么痴情，又这么傻，要为一个女人苦守一辈子，这孩子若是没了，你要孤苦一生怎么办？人家儿孙满堂，你年迈体衰，连愿意陪在你身边的人都没有，怎么办？

你就是这个世上的另一个我，只有我明白你在等待中的痛苦和煎熬。我死不足惜，因为我死都不会有人为我掉一滴眼泪，可是，你不行。

我卑贱的生命力像杂草一样旺盛起来，我止住眼泪，只有一个信念，就是一定要把孩子生出来，就算拿我的命去换，我也要把他生下来。

医生找到冒充我妈的月嫂签了字，为我打了打麻药，进行剖腹产。一针下去，我就睡着了。醒来，我这条贱命又活了下来。

我们母子平安，我终于看到了你。你不会明白我看到你时，悲喜交加的心情。我真的好想你，可是，你进来，连看都没有看我一眼，就奔到宝宝面前，去抱宝宝。

我是难受的，却格外清醒，我只是你人生中的一个败笔，孩子是你的，我却只是这笔交易的主体。我已做好了你赶来就把他抱走的思想准备，而你却在那个时候，对我说一声"谢谢"，击溃了我所有的自制力。还有，你情不自禁地在我脸上亲了一下，我都不敢相信，这是恨我恨得咬牙切齿的你，对我表现出来的表情。

后来我才知道，这不代表什么，以至于后来，发生的那么多的事情，你虐得我肝胆俱颤。

直到今天，你突然改变主意，说你要娶我，我都觉得，是不是我被痛苦折磨得太久，产生了幻觉？但是，结婚证是真的，我们的合影是真的，我手上的戒指也是真的，我掐着自己，也是能感觉到痛的。所以，我不是在做梦。

所以，我要谢谢你，谢谢妈妈和命运，让我遇见你。

我决定把我的秘密告诉你，因为这个世上，只有你让我如此信任。

我知道，你不爱我，也知道这份婚姻里，有很多人为因素，所以，我打印好了离婚协议，已签上了字，一式两份，你想结束时，随时结束。我什么都不要，你和宝宝一生幸福，便是我最大的心愿。

我爱你，也爱宝宝，我的这份爱自虐和卑微，但是，我是真心地爱着你们。

所以，我最后请求你，如果有一天，你想与我结束这段无爱的婚姻，在我忍不住问你关于"你有没有爱过我"这样的傻问题时，你就算骗我，也要回答你爱过。

谢谢。

小迪

163

陈宁看信途中，几次三番红了眼睛，当他终于看完，合上电脑本时，撕了桌上一式两份的离婚协议。从书房出来，来到房间，在她的身边躺下，伸手揽住她，看到她的眼睫毛微微颤抖几下，眼睛缓缓地睁开，他便吻了吻她的眉间，轻语道："我看完了，心很疼。但是我不会跟你离婚，娶了你，就没有想过离。"

他暗下决心，要和小迪好好过一辈子，这决心异常坚定，只是，钱娟那边正信心十足地筹划一出出轨大戏，怎么可能就此结束？

Chapter8

敢不敢再无耻点

她将手伸了过去，好像从地狱到了天堂，他却突然消失，让她从半空摔下，摔得粉身碎骨。

在钱娟筹划着怎样让陈宁出轨的这段日子里，陈宁和小迪第一次同床后，就如胶似漆地过了这些天。

直到第六天，他终于穿衣起床，说有事情要处理，她才有了松一口气的感觉。

"怎么了？"陈宁发现了，忍不住打趣问她，"怎么松了一口气？"

回想这几天发生的事情，她脸红耳赤，回答陈宁："你……你体力好得，真让人吃不消。是不是吃药了？"

陈宁笑了："面对秀色可餐的你，我还需要吃药吗？对我的表现还满意吧？亲，记得给好评哦。"

小迪忍俊不禁，刚想说什么的时候，她放在床头的手机响了起来。

看到显示的号码，是那天和她见面的男人留下的，她很奇怪地与陈宁对视一眼，才接过电话。

电话一接通，那边就说："朱小迪，求你放过我吧，我错了行不行？"

　　那个男人在电话里向小迪苦苦哀求，小迪奇怪到了极点："你在说什么？我不明白你的意思。"

　　男人在那边带着哭腔说："我知道我错了，我不该骂你，求你的男人高抬贵手，放过我。"

　　小迪更加奇怪了："我真的不知道你在说什么。"

　　男人说："好，我就当你完全不知情，那可不可以替我向你男人求求情，求他放过我，我再也不敢了。求他大人大量，放过我，我真的错了。"

　　小迪一脸费解地挂了电话，再奇怪地看向陈宁。陈宁正在整理衣领，感觉到有视线落在他的身上，他便转首，看到小迪正拿着手机看着他。

　　"怎么了？"他含笑而问，笑得温暖，可以化冰为水。

　　小迪说："那个和我在相亲网上见面的男人，你还记得吗？"

　　陈宁笑容一滞，随后挑挑好看的眉毛，笑道："记得，怎么了？"

　　小迪将电话向前拿了拿，一脸奇怪道："他刚刚打电话给我，说他错了，求我向你求情，放过他。这是怎么回事？"

　　陈宁向上勾了勾唇角，阴恻地笑了笑，却马上收起那笑，再笑得温暖地对小迪说："你都觉得奇怪，我怎么会知道呢？"

　　"不对。"小迪说，"我感觉你没有说真话，你肯定知道。我相信我的直觉，我更相信我看到的，你刚刚唇角向上斜了，微表情告诉我，你知道这些。"

　　陈宁来到小迪身边，小迪有了压迫感，他目光如炬地看着她，良久才开口："是的，与我有关。他污辱你，我打伤了他，让律师介入，谈私下和解赔偿的事情，他得寸进尺赖在医院不肯走，有狠狠敲我一笔的意思。我满足了他狮子大开口，要多少，赔多少，但是……"

　　那男人马上想到朱小迪，越想越觉得是因为得罪了她。更想到，如果朱小迪的男人是一般人的话，怎么会有专门的律师出现在警察局为他解决和解事宜？当初，他们愿意和解赔偿的时候，他就不该看对方爽快就狮子大开口，就应该见好就收。结果，人家明里给了钱，暗地里全收了回去，还讹了他一笔。他只有哭着向朱小迪求情，求她的男人放他一马。

陈宁把一切都告诉了小迪。

小迪默然，陈宁抱着小迪，轻问："你是不是没有想到我这么阴狠，让你对我失望了？"

小迪扬起头来，对陈宁笑了："狠？我为什么要觉得你狠？如果不给他一点教训，下一次，他还会去讹别人。而且，我又不是小说里的白莲花，怎么可能没有原则的善良。这种人，不懂得见好就收，活该如此。"

陈宁忍不住笑了："如果你是小说的女主，遇到这种事情怎么办？"

小迪一下子捂住了嘴巴，眨着眼睛，马上泛出泪花："你……你还是我认识的你吗？怎么可以这样？放过人家吧，我没有关系的，只求你不要这样残忍。只要你放过他，我做什么都愿意，我不要你为了我变成魔鬼。"说完，她放下了手，冲陈宁笑道："就是这样。"

陈宁傻了一下，随后乐不可支："你，你好搞笑。"

小迪也呵呵笑得开心："早就跟你说过了，我很调皮的，只是一直压抑着。现在我正常了。"她拿住陈宁的手，对陈宁说："谢谢你让我变回自己。"

"不过，"小迪又说，"既然他哭着求我了，钱拿回来又解了气的话，就放他一马吧。他不懂得见好就收，我们懂得，不然，狗急跳墙，还不知道会发生什么事情，对吗？"

陈宁笑了："对。"他听她的，她对他的爱，让他觉得心底很暖。不论他变成怎样，她都会爱他，得妻如此，夫复何求？

他抓住了小迪的手，小迪笑脸相迎时，发现他眼底又闪现出了火苗一样的东西。而后，他吻住了她，将她压在了身下。

接着，他们又陷入一场旖旎的风光里。

陈宁起身的时候，小迪已累得睁不开眼睛了，迷迷糊糊地听他在

167

耳边说："宝贝，累坏你了，好好地睡一觉，等我回来。"她闭着眼睛，本能的点头，而后，就沉沉地睡了过去。

这一觉，她从早上十点睡到下午四点半，披衣起来，见陈老母在客厅里抱着宝宝。她看到小迪时，笑得合不拢嘴，小迪被她笑得不自在，不好意思地说："妈，我饿了。"

"饿了？"陈老母一听，马上笑着说，"电饭煲里帮你温着饭和菜呢。本来想叫你起来吃饭的，宁子说你累坏了，不让我吵你，所以我让你睡了一天。"

她笑得"嘿嘿嘿"的，弄得小迪羞赧不已。

陈宁要办的事情，是每年要去办的，就是去看望高中同学的父母。

同学在几年前就去世了，去世的原因，是在毕业典礼的当晚，被一家 IT 公司录用，他兴奋过度，喝多了，酒精中毒，就此命丧黄泉。

可怜的二老，老来丧子，还是唯一的儿子，陈宁永远记得同学的丧礼上，二老是怎样哭得撕心裂肺。

当初，他执迷不悟，做了傻事，被人救活时，被父母问道，你是不是要我们步那位同学父母的后路？

陈宁本来就孝顺，硬着头皮活了下来，但是，每年都要去看看那对父母。是每年，不是每个月，因为失去孩子的这对老人，变得敏感孤僻。当初，玩得较好的同学们，都会轮流每月去看他们，后来，大家一年去看一次。不是因为忙，是因为，那两位老人，真的太可怜了，他们的出现，只会让他们想到他们自己的孩子，触景伤情，所以，将看望从每个月一次，改成每年一次。

很意外的，陈宁看到那位阿姨大腹便便的。

"这……这是怎么回事？"陈宁惊愕到极点，而那位阿姨说："这是试管婴儿，我又要有孩子了。"

她都六十岁了，却满脸红光，一脸母性，枯槁的生命，注入新的活力，真的让人惊异不已。

陈宁完全明白他们的喜悦，完全明白孩子就是上帝的礼物，给人带来生命力的心情。

他越来越感谢小迪，感谢他为自己生下这个孩子。

从这位阿姨家里出来，他来到隔街的鲜花店，鲜花店的小姑娘热情地接待。

陈宁微笑："我想买束玫瑰，送给我的妻子。"

小姑娘一脸欢喜："都结婚了还这么浪漫啊？"

他笑了："恰恰相反，我不够浪漫。"

陈宁捧着花语代表天长地久的爱的九十九朵玫瑰，从店里走出来时，嗅了嗅玫瑰的芳香，想象着小迪收到这束花时开心的样子。他的脸上满是笑意，边笑边向泊在街边的座驾走去。

"陈宁。"身后，有人叫他的名字，他身板一僵，转过身，看到的正是钱娟那张憔悴的脸。

他不可思议到极点："你……怎么会在这里？"

钱娟憔悴一笑："因为我知道你会来这里。你每年都会来这里，以前为了来这里，还跟我吵过架。"

"你也是来看阿姨的吗？"

"我是来看你的。"

"我，我很好，还有事，先走了。"

"这一次为了逃跑，你又要把什么东西甩给我？"

"你不要这样好吗？我已经结婚了。"

"所以，这花你是送给你的老婆的吗？"钱娟突然歇斯底里道，"你说过这辈子，你的玫瑰只会送给我，你说过，你说过的！"

陈宁快疯了。

"我确实深爱过你，就算现在，我还爱着，但是，我们已经成为过去了，我们已经不可能了。你总是要求和我单独相处，真的不合情理。我跑，不是怕，是因为我对彼此负责，我们都是有家的人，已经不能像过去那般任性了，我们……"

她却看着他怀里的大捧鲜花，一脸漠然道："这束玫瑰不太鲜艳，我让它们鲜艳一点，你觉得怎么样？"

她话音刚落，就把拿在手里的刀片亮了出来，以迅雷不及掩耳的速度在手腕上划开。那血，就像泉涌一般，一滴一滴地滴在了陈宁手里的鲜花上。

陈宁吓得甩开玫瑰，一把扼住了她的手腕，惊慌失措地喊："你这是干什么啊？你这到底是在干什么啊？"

陈宁把钱娟送到了医院，包扎好伤口后，再把她送回去，开门的人正是钱会计钱婷。

"表姐，陈总，你们……"

她看到钱娟的脸色苍白，手腕上还缠着绷带，惊叫起来："天，你的手怎么了？"

"先扶你姐回房间吧。"陈宁将钱娟交给钱婷。钱婷刚接过钱娟，钱娟像突然从梦中惊醒过来似的，马上抓住陈宁的衣服，仰首望着陈宁，心碎地吼道："你又要走了，是不是？"

陈宁一脸痛苦道："我们已经没有办法再在一起了，我们……"

"你敢走，我就死给你看。"钱娟说，"你敢走出这个门，我向你保证，我从楼上跳下去的尸体，会血溅五尺，躺在你的面前。"

"不要说胡话了。"

"你以为我在跟你开玩笑？"钱娟放开陈宁，飞快地跑到房间，拉开窗子，撑手上去，坐在了窗棂上，"我说一不二的性格，你是很清楚的。"

"表姐啊！"钱婷惊恐万状地哭喊，"你不要这样，你不要想不开啊。"她再去拉陈宁："陈总，不，不是，姐夫，你去告诉姐姐，你不会走，你快去告诉她啊。"

她直接管陈宁叫了姐夫，陈宁痛苦得快要崩溃："你为什么要逼我？为什么要拿你的命逼我？我们都有各自的家庭了，你为什么还要这样莫名其妙地逼我？"

钱娟含泪不答，而钱婷在一边说："姐夫。"

"我不是你姐夫，我的妻子是小迪。"

"小迪是吧！"钱娟冷笑一声，身子向外探了一些。

钱婷尖叫了："不要，不要啊。你不是我姐夫，你是哥，好吧？你不要刺激我姐，你不要再刺激她啊。"钱婷拉着陈宁哭喊："实话告诉你，我姐没有家庭，我姐根本没有嫁过人。"

陈宁猛然看向她，目光里充满不信。

钱婷说："是真的，我姐真的没有嫁过，不信，你可以拿我姐的身份证去查她的婚配信息。"

陈宁无法置信道："她办婚礼的那天，我在远处亲眼看到她被新郎接走，怎么可能没有婚配？"

他是准备抢新娘的，可是，被狮子他们牢牢地制住了。

"这到底是怎么回事？"

钱婷吸着鼻子说："你还记得……大学的时候，我姐为你流过一个孩子吗？"

陈宁不解地看向她，她说："其实那一次的流产，让表姐身体受损，再也怀不上孩子了。但我姐她不愿意告诉你，怕你难过，自己瞒着这个天大的秘密，因此脾气变得越来越坏。她跟你妈妈相处得不好，又不能生孩子，你又这么孝顺，你妈妈不可能不想抱孙子，她一定会逼你们离婚，让你再娶，所以，我姐想长痛不如短痛，才和你分手。那场婚礼，就是花钱请人来演的一场戏，就是为了让你相信她嫁人了，让你忘记她。但是……"

钱婷说得动情，连自己都深信不疑了，她吸着鼻子，对陈宁说："但是，你根本不爱你娶的女人啊，你当初和她结婚，就是因为那个孩子，而我姐离开你，就是因为没有孩子。现在孩子有了，你就可以和你不爱的女人分手，再和你原本相爱的人在一起啊！如果你爱她，我姐也不会回来，可是你不爱，我姐不忍心你为了一个孩子而和一个不爱的女人在一起，所以要回来。你能怪她吗？你能怪我吗？要怪就怪当初，你自己在日志里写你只想要那个孩子，不想要那个女人，让我姐看到，我姐才决定告诉你真相，告诉你她愿意回来，她愿意当你孩子的妈妈。结果，你对我姐做了什么？你拒绝她，你还找那个女人一起过来羞辱她，你这样对你深爱的女人，你还是个人吗？"

陈宁深受打击："你是说，你从来没有嫁过人，你是说，你离开我，是因为那一次流产导致你不能再生孩子，你是说，你以为我不爱我妻子，而我又有了你缺失的孩子，所以，你才回来？"

钱娟只是哭，这个时候，根本不需要她说话，不然钱婷摆在这里做什么？

钱婷马上接过陈宁的问题："这不是明摆着的吗？不然，她为什么今天才回来？"

"可是，我有小迪了，我有她了。"他深受打击，不由自主地后退着，更是不由自主地喃喃自语。

"那个小迪哪里能跟我姐比？你和我姐相爱了十五年，你又为她守了这么多年，你和朱小迪相识不过一年多，根本不能比的。"

"不是的，不是的。我确实爱上了小迪，虽然只有一年的时间，但我确实爱上了她，我……我该怎么办？我到底该怎么办？"

"怎么办？当然是和她离婚，娶我姐！孩子现在还小，根本不认人，朱小迪现在走，他长大了肯定把我姐当亲妈。我姐这么爱你，你的孩子，她当然也会当成自己的。"

"不可以，不行的，你们不懂的，你们不懂我对小迪意味着什么。"

"那你这样，对我姐又意味着什么？如果不是你带她去流产，她怎么会不能生孩子？你把她害得这么惨，你们凭什么幸福？"

"我……我凭什么幸福，我凭什么幸福……"陈宁目光发直地喃喃自语。

钱娟和钱婷这个时候，目光交汇，相视一笑。她太了解陈宁了，这个男人不仅用情至深，还特别感性，她编出这些让他知道，他不会无动于衷。

割腕算什么，伤口又不深，滴几滴血就能将他镇住。跳楼算什么，只要能留住他，闹剧不就成为她人生中圆满的喜剧了？

"陈宁，如果我不能回到你的身边，我就去死。"

"好！"钱娟的这句话，让陈宁下定了决心，突然抬起头来。

"我们一起死吧。"他猛然冲过去拉住了钱娟的胳膊。钱娟那隐隐的奸计得逞的笑僵在了脸上："什……什么？"

"只要我们死了，我就可以和你在一起。我爱你，爱得刻骨铭心，我也爱小迪，她那么懂我的心，又为我受了那么多委屈，我活着，不能出轨，不能对不起她。但是，如果我死了，就不用对不起她，也不用辜负你。两个都是我深爱的女人，我们一起死吧。"

这剧情远远偏离预想了，她说她要死，只是为了加一剂猛药，她的目的就是逼宫上位，哪里会真的想去结束生命。钱娟被陈宁拉住，急得直向一边的钱婷使眼色。钱婷扑了过来，一把抱住了钱娟，大声哭喊，"姐姐，你不要想不开啊，你们都不能死啊，你死了，姑姑怎么办啊？陈大哥也不能死，你要死了，你儿子怎么办啊？他才几个月，连爸爸都不会叫啊。你们要是死了，他们怎么办啊？"

陡然听到这些，陈宁刹那间冷静了下来，钱娟忙向钱婷使眼色，钱婷心领神会，更大声地哭喊："哥啊，你宝宝要是没有爸爸，得有多可怜，你们不能这么自私，做这么糊涂的事情啊。"

陈宁颓然地放开了钱娟，钱娟面如土灰，被钱婷扶了下来，而后，两个人抱头痛哭。

钱婷边哭边喊："我可怜的姐姐，可怜的姐姐啊，你这么爱这个男人，他却这样对你，你真的好可怜，真的好不值。"她再冲着陈宁哭喊："这世上怎么会有你这么绝情的男人，你的心到底是什么做的，你到底是不是人啊？我可怜的姐姐啊！"

钱娟松开了钱婷，扑进了陈宁的怀里："我还是爱着你的，陈宁，我真的爱你，就算你不肯离婚，你不肯娶我，只要你肯让我和你在一起，我可以不要名分，我什么都不要，我只要你。"

陈宁深受打击，呆若木鸡，无助喃语："怎么可以这样，怎么可以这样？我这样做，会对不起你，更对不起小迪，我……"

"这个时候了，你还在想你的小迪？我姐都不要名分了，你还要她怎样？这个世上，还有哪个女人可以这样爱你？"

钱婷突然变了脸，转过身，冲进房间，出来时，手里多了一样东西。

她将那东西放进陈宁的手里，陈宁不解地翻开，是一份精神分裂鉴定书。

"这……"

钱婷狠狠道："这是我姐的精神鉴定书，她有轻微的精神分裂症。你再这样刺激她，再在她面前提朱小迪，让她犯了病，做出什么可怕的事情来，别怪我没有提前告诉你。精神病杀人，是不负法律责任的，你依她，你还能保全你的家，你不依，你一个都得不到，你自己好好想想吧。"

这个时候，钱娟在陈宁的怀里阴阳怪气地笑了起来，"呵呵呵呵。"笑得陈宁一阵怵然。

只见钱娟神志不清地说："我要杀死她，我要杀死她，杀死她……"

陈宁惊恐万状地抱住钱娟："你想干什么，你到底想干什么？你想伤就伤我，不要伤害小迪，她是无辜的。"

那天晚上，陈宁回来得很晚，将近午夜十一点才疲惫不堪地回到家。

到家时，小迪正坐在客厅的沙发上看电视，看到他回来，便带着笑容迎了上去。

"你回来了？"

"嗯……"

他目光躲闪，不敢看她的眼睛。转首时，小迪看到了陈宁的脖子，看到了什么，但不敢确定，想看得清楚些，便贴近了他，手向那里探去："这是怎么了？"

"别碰我。"陈宁触电似的挡开小迪，小迪受伤地看着他，不明白他怎么又变回以前的他。

"对不起。"他无力地道歉，"自己挠的，有点痒，我不是故意推你的。"

"没有关系。"

小迪看着陈宁，很是善解人意地笑了笑，再看看玄关挂着的钟表，对陈宁说："不早了，你去洗澡吧，我去帮你拿衣服。"

"好。"陈宁有气无力地答着，进入了洗澡间，淋浴时，拼命地冲洗着自己的头发。抹了一下脸，他痛苦地看着身上的抓痕，不争的事实是，就在刚才，他背叛了小迪，他们登记后，同房不到一个星期，他就出轨了。

一点都不刺激，反而是万般痛苦。那个女人扑上来，口口声声说，他敢拒绝，她就不放过小迪。他曾经那么喜欢她的任性和不讲理，可现在，这些曾经吸引他的东西变得可怕恐惧。

门敲响了，小迪站在门外对他说："亲爱的，换洗的衣服和睡衣放在外面了。"

"嗯，好！"他强忍着悲痛，克制着应答。

穿上浴衣出来后，小迪半躺在床上，在柔光下，看着 Ipad 里的电视剧。见他进来，她放下了手里的 Ipad，冲着他笑，笑得他一阵心神恍惚。她注视着他的时候，眼神里盛满了暖暖的爱意，让他情不自禁地向她走去，上床后，她依在了他的怀里。

"在看什么？"他问。

小迪笑了："一个很狗血的电视剧。"

"好看吗？"

小迪笑得更欢了："当然不好看，可是，越是狗血，观众越是爱看，没有办法。"

"如果，电视剧里，一个男人背叛了一个女人，这剧本该怎么写下去？"

小迪笑了："如果是言情的话，这个男人绝对不是男主角。言情的观众或者读者都是有洁癖的，怎么能允许男主得到女主后，再和女主以外的女人发生关系？"

"如果有呢？"

"在纯言情里绝对不可能。这种桥段写出来，你不删除，人家也会给你删。"

"就没有例外吗？"

"没有，除非这根本不是纯言情。"

陈宁目光呆滞地望向某一点。

"电视剧里，好像要经历很多事情，男人才会真正地爱上女人，是这样吗？"

小迪忍不住笑了一下："电视剧里，要让大家相信一个人爱上另一个人，一定要有挡刀，挡棍子，独处，迷药，还有绑架的戏份，不见点血，大家都觉得这样的爱情不够深刻。可是，我知道，生活不是小说，没有那么多意外，但我人生最大的意外，就是收获了你。以前，我按心理书上教的那样，在一张纸的左边写痛苦，右边写幸福。可左边写满了，右边都没有两行。现在不会了，现在，只要两个字，就可以抵消左边所有的痛苦，那两个字，就是你的名字。谢谢你给我幸福，我是真心地爱着你的。"

这动人又酸楚的表白，令陈宁痛苦地挤皱了眉头，紧紧地抱住她。

她主动贴了上来，献上了一个吻。陈宁与她吻着，感觉到她的手滑向了他的腰间，扯着他束好的睡衣腰带，他忙一把按住了她的手。

"不行，小迪，现在不行。"他抱歉地看着她，一脸愧疚，"我现在……不行。"

他已经体力透支了，他没有办法与她云雨。

她愕然，随后，冲着他笑了，将手松开，来到他的脸上，轻触着他的脸，对他说："这几天让你累坏了吗？"

他不得已，点了点头。

她依进了他的怀里："那你就这样抱着我睡吧。"

他抱着她时，她满心依恋，而他心事重重。

第二天早上，陈宁就整理好了行李，说要去外省开拓门点，出去一段时间。

陈老母不悦："你们才同房，怎么就分开？"

陈宁一脸难堪："事业拓展，没办法。"

"那……那就把小迪带去啊。"

"不方便。"

"带你老婆去，怎么就不方便了？"

陈宁心虚地说："总之，不太方便。"

就这样，陈宁走了，一走，就没有回来了，总是打个电话匆匆报个平安，又匆匆挂断电话。而小迪报了瑜伽班，还有烹饪班，她想在陈宁不在的日子里，充实自己。

这一天，小迪外出回家，看到屋子里有一个人，她吓了一跳，随后惊异地说："是你？"

"是我。"钱娟居高临下地打量着小迪，一点都不介意自己的反客为主。

"妈——"小迪没有理她，只是向房间里叫着陈老母。

"别叫了！"钱娟冷笑，"他们都不在家。"

"那你是怎么进来的？"

"我有钥匙。"

"你怎么会有我家的钥匙？"

"我怎么会有这里的钥匙？"钱娟阴恻地笑道，"我当然有这里的钥匙，因为这个钥匙的主人是我的男人，他现在和我在一起，我自然轻而易举地就能拿到。"

朱小迪淡淡地哦了一声，就向房间走去。

钱娟意外到极点："你这表情是什么意思？为什么听到这里，你一点反应都没有？你的男人，你的老公，正和我住在一起。"

177

朱小迪内心狂笑不已，这个女人真有意思，做了小三，还亲自跑上门来，看原配的反应。

"你想要我有什么反应？"

她说："朱小迪，我是陈宁以前的女朋友，大学时同居的女朋友！"她加重了"同居"两字，让小迪知道他和她曾经的关系。

"哦！"小迪缓声而笑了，抬手做了一个"请"的动作，"同居前女友你好，你想喝点什么？"

钱娟说："朱小迪，你别跟我转移话题。你心虚了是吧？你老公的心口上是不是文着 Q？我告诉你，那是我的姓的缩写。陈宁根本不爱你！你只是投机取巧！这个老公是你从我这里偷去的，你得着也不安心。你若是识趣，最好跟他离婚，把他还给我！"

小迪冷冷一笑，不作回答，转身去了厨房。钱娟竟一把将她扯了出来。

"你听到没有？"

小迪喝了一口水，一脸淡然道："听到了！"

"陈宁根本不爱你！"

小迪冷笑一声："你怎么知道他不爱我？你又怎么知道我和他不是日久生情？"

小迪说着，笑了，那笑里带着妖艳的味道，像紫色的妖花，绽开满是妖气的香氛。那笑像一种惑心的蛊，逼得她的对手连连后退。

钱娟再次目瞪口呆："你……真不要脸！"

小迪竟微笑了："谢谢！"

"你……真是一个婊子！"

小迪还是垂眸一笑："过奖了！"听着钱娟的辱骂，还真像听赞美一样，意犹未尽，末了还来一句："你终于找到同类了吗？"

"你……"她气得连鼻孔都撑大了，红着眼睛，半天说不出一句话来。

"我……我从来没有见过你这样的人！"

小迪微抬一下眼皮，淡然道："你现在不是见着了吗？"

恍若所有的攻击都袭到了弹簧上，以为可以给对方重重一击，不料却被反击回来，令自己措手不及。钱娟气得拳头都攥紧了。

朱小迪放下水杯，一脸嘲讽："你来这里，无非是想跟我示威，告诉我，你要这个男人。那么，你想要，你拿去，我无所谓，反正到时候他死了，他名下的财产全是我的。你还是趁他还活着，多要一点吧，省得到时候连棺木都买不起。"

钱娟不敢相信自己耳朵："你……的心真毒。"

小迪故作惊讶道："哎呀，你这么快就从腹黑转圣母了？我这是在帮你省事。小三的戏码不就是这样吗？先自杀，再绝食，再以死相逼，男人感动得一塌糊涂，你看，这个女人都能为我死。这手段都被小三用烂了，确实百试不爽，我就给你省了这一步，直接告诉你，能要什么，尽管去要，反正我不会让你如意，不会离。"

"就算守活寡你也愿意？"

"我无非是没有男人，你却是见不得光的小三，我有什么好不愿意的。"

她的态度让钱娟意外到极点，陡然听到"小三"的字眼，钱娟痛骂："你才是小三，陈宁根本不爱你，你硬把他绑在身边，要这个空头婚姻有什么意思？"

"是啊，他不爱我，所以，他爱怎样就怎样了。只要我有了这个空头婚姻，就算没有男人，我有爸我有妈我有儿子我有家，其他的，你拿去。变了心的男人我留不住，心在我这里，玩多远，他都会跟我滚回来。我又不用担心别人骂我小三，又不用担心没有名分，反正，耗的是你的时间和名声，又不是我的，我有什么好介意。"

"你真的很毒，陈宁居然没有看出来，你是为了他的钱才给他在一起。"

"别装了！"小迪笑道，"如果现在的陈宁落魄又无能，你用得着这般死皮赖脸地赖着他，屈尊降贵地当小三吗？你想当你的小三，我又不介意，何必往自己的脸上贴金？"

"嘴硬是吧？不介意是吧？看看这些，我看你介不介意？"

钱娟将一只录音笔塞到小迪手里，小迪看了看："来就来嘛，还送我礼物，这么客气干什么？只是……旧的啊？没说明书啊？那我不要了，我用不着，也不会用。"

"不会用是吧？"钱娟把那笔抢了过来，按了播放键，按给小迪听。

小迪听了一会儿，立马笑道："这女的什么人，叫的声音怎么这么难听，跟听鬼片现场似的。"

"你……"她这是存心要气死她。

"你到底怎样才肯和陈宁离婚？"

小迪笑得更冷："你应该去问陈宁，怎样才肯跟我离婚。"

"你这是什么意思？"

"应该问你是什么意思！"小迪突然变得咄咄逼人，"你一个小三找上门来，怕我找不到你们出轨的证据，还主动送给我，你想我怎样？不就是想让我捅破这层纸，在他面前哭闹，让事情无法挽回，只有离婚收场，正中你的下怀吗？他若真想跟我离婚，想跟你在一起，不用你出面，他就会亲自跟我摊牌，用得着你登门入室逼我让位吗？"小迪呵呵笑道："想要他，你拿去，想要这个位置，你最好死了这份心，你那点心思，我一眼看到底。谁没有过去，谁没有过前情加前任，口口声声说是真爱，才要去介入别人家庭，你让那些把真爱埋在心底，情愿自己痛苦，都不愿意让自己爱的人家庭不幸的男人和女人情何以堪？你若真的对陈宁一无所求，真是真爱未了，那你就别要钱，别要名分，安心做他身后的女人做到死，那个时候，我这个大房一定会去你坟上拜祭你，颂扬你真爱的伟大。"

小迪进入房间，将门狠狠地关上，钱娟手里有房间的钥匙，便欲将门打开，可刚将钥匙放进锁眼，门却被小迪打开。

她与小迪四目相对，小迪讥讪一笑："其实你很清楚，我冲他闹，比你冲他闹更管用，你再待在这里闹下去，没意思。既然你最终目的是他，那就把心思放在他的身上，针对我没用，我不会接你的招，不上你的当。"

钱娟狠狠道："朱小迪，你信不信我会杀了你？"

"信。"朱小迪说，"刀就在厨房，自己拿吧，反正你杀了我，陈宁就更不可能和你在一起了。谁会娶一个杀死自己孩子妈的女人给孩子当后妈？就算我死了，你也逃不出大楼的监控设备，我反正是烂命一条，死不足惜，只是你的计划会因为我的烂命落空，不知道谁的损失更重。"

"你狠！"

小迪笑了："不得不狠。"

"那就骑驴看唱本，"钱娟狠狠道，"我们走着瞧。"

小迪更是笑开了："随你玩什么花样。我很忙，没工夫跟你耗着。"

于是，就这样过了三年。

三年是什么概念？三年就是，小迪和陈宁的儿子陈惜君都上幼儿园了，而他看到爸爸的次数屈指可数。

陈宁冷不丁的回来，看到他的时候，他都会走路了，看到陈宁，好像看到陌生人一般，吓得哭了出来。

血浓于水的亲情，让他意识到那是他的爸爸，于是，他开始抱着他，黏着他。而陈宁总是在家里稍待片刻，便动身离开，有的时候，他的手机不停地响，他甚至来不及和小迪云雨。

独守空房的小迪，不时地被钱娟发来的短信还有视频骚扰，她甚至用陈宁的手机给小迪打电话，不停地污辱加谩骂。小迪表面上无事，却瞒得辛苦，她在晚上会做噩梦。

梦里，交织着过去悲伤的记忆。

一个小女孩子跪在地上，说我错了。一个女生被人逼到楼顶，差一点跳下去。还有冰冷刺骨的铁轨。

她痛苦中，一双手伸到了她的面前，告诉她，小迪，我会给你幸福，告诉她，小迪，嫁给我，告诉她，小迪，我想珍惜你。她将手伸了过去,好像从地狱到了天堂,他却突然消失,让她从半空摔下,摔得粉身碎骨。

她哭喊着救命,从梦里惊醒过来,一双小小的手抱了过来,抱着她,安慰她,奶声奶气地说:"妈妈,不怕不怕,惜惜保护你。"

睁开泪眼迷蒙的眼睛,看到的是惜惜那张稚嫩而关切的脸,她顿感欣慰,紧紧地抱住了他。

这是她的儿子,是改变她命运的儿子,她现在一无所有,就只有这个家和这个儿子了。

她起床,要帮儿子穿衣服,再送他去幼儿园,惜惜说:"我自己来,妈妈,我是大孩子了,我三岁了,我要自己的事情自己做了。"

一句话,被他说得奶声奶气,边说还边点头,萌死人不偿命的小家伙,完全继承了小迪和陈宁的优点,特别是一双眼睛,黑亮黑亮的。

小迪便放手让他穿,他"吭哧吭哧"地穿得很费力,小迪忍不住接手道:"宝贝,你还小,还是需要妈妈帮你。"

惜惜扬起脸来问:"那我什么时候才能长大呀?"

"嗯……"小迪想了想,说,"等吃十次生日蛋糕的时候,你就可以长大了。"

"妈妈,爸爸会回来吧?"

小迪苦涩地笑了:"爸爸很忙,要赚钱养惜惜啊。这些衣服,还有玩具,还有惜惜吃的东西,都是爸爸赚的钱买的哦。"

"哦,我知道了。"小家伙明显地失望了。

小迪为他穿戴好了以后,送他上幼儿园。

回来后,她的手机又响了起来,一个陌生的号码。

那个女人……她又换号了!

里面传来现场版的 AV,她不介意地听着,就像听着广播剧。

陈宁以为她什么都不知道,却怎么都不会想到,每次他去了哪里,不出三天,就有人把他和钱娟在一起的相片发到她的邮箱。

三年了,她居然熟视无睹地过了三年。

小迪用座机给陈宁拨电话，响了几声后，陈宁便接通了电话。

小迪笑了，边打着电话，边对着镜子笑："老公，你在哪里呢？"

陈宁说："我在一家工作室做后期制作。"

小迪笑了，对着镜子笑，那镜子里的人明明眼底积满了眼泪，却笑得非常甜美。

小迪笑着说："老公，不要太辛苦！"

他小声地、轻柔地说："知道了。还有别的事情吗？"

小迪说："儿子想你了！"

陈宁只感到心酸，情不自禁地说："我也想他了！"

小迪说："那你回来吧，下个星期是他三岁的生日，他一个劲儿地问我，爸爸回不回来！"

陈宁说："我尽量，老婆，我很忙，我先挂电话了！"

小迪的电话，传来嘟嘟的忙音。

她竟望着镜子，自言自语："你装吧，你就窝囊地装吧，像圣女一样装吧。虚伪，虚伪你晓不晓得？"

她又突然变了一种语调，痛苦地攥着自己的心口，心碎了似的哭道："我也想争啊，我也想撕破脸问清楚，可是，我拿什么去争，我拿什么去跟别人抢！"

她害怕，她撑得好辛苦。她不去追究，不是不在意，是她太在意，她太害怕失去陈宁，失去惜惜，失去这个家里的爸爸和妈妈。她从来都没有享受过家庭的温暖，她好不容易有了家人，她不要就这样放手。

可为什么，为什么要这样对她？她只想要个家，她都已经放手，将老公拱手于人了，那个女人为什么还要刺激她，还不放过她？甚至就在刚才，快递给她送来一个邮包，签收后拆开，里面居然是一个自慰器。

这个女人，到底要把她逼成什么样子，才会甘心？

而此时的陈宁悲痛万分，他想儿子了！真想了！

可是，床边的女人根本不放他走。他若是敢走，她会自杀，她会在他面前割腕，然后笑得冷漠，问他，你还走吗？

可是这一天，陈宁放下电话后，钱娟说："你回去吧！该回去看看了！"

他有些不敢相信："你真的放我回去？"

她点了点头。

他说："你不再闹自杀，不再折腾你自己？"

钱娟抱住了陈宁，她说："我爱你，我放你走！"

她说："我不再找你了！即使受再大的委屈，我也不能让你背负抛妻弃子的罪名。这三年，你总是抽时间陪我，我也想通了，就算了……"

她的"大度"让陈宁莫名感动，马上订了机票，打包好行李，迫不及待地想要回去。心切得……提着行李走出了门，突然想到了什么，折转回来，拥抱了一下钱娟："谢谢你。"

阴魂不散的钱婷是分店的店长，她得知消息后，不可思议到极点，她问钱娟："你真的放他回去了？"

钱娟阴笑："怎么可能？我不是有间歇性精神病吗？那么，我说的话，能当真吗？再说，我有急事，必须支开陈宁，若是被陈宁发现，会坏了我的大事。"

这件"大事"，就是她和所谓的"前夫"所生的孩子，被检测出来为"非亲生"，对方一怒之下，把孩子还了回来，还给她娘家那边。那孩子都十岁了，这样丢了回来，她得想办法解决。

她不是说她流产，不能生孩子了吗？

她不这样说，陈宁那个为情所困的笨蛋，能因为愧疚而留在她的身边吗？

飞机场，陈宁提着大包小包出了站。

形形色色的人群里，小迪一眼就看到他了，她弯下身去，对着自己的儿子说："惜惜，看那是谁？"

"是爸爸！"

惜惜一看到陈宁，便飞奔着扑过去，边跑边叫："爸爸，爸爸！"

陈宁也看到了，他又喜又急。喜的是看到惜惜，急的是，这人来人往的，怕惜惜摔倒被人踩了，或是被谁撞到了。

惜惜飞奔，离陈宁很近的时候，陈宁一把将他抱了起来。

他笑了，边笑边亲着儿子的脸，不停地说："乖儿子，乖儿子，想死老爸了！"

惜惜抱着陈宁不撒手，搂着他的脖子说："我也想爸爸。"

陈宁笑着打趣："哪里想？"

惜惜竟在他怀里，用小手拍着脑门子，说："这里想。"再拍拍胸口，"这里也想。"再拍了肚子，"这里也想。"

陈宁笑得合不拢嘴，双手搂住了儿子，说："我的乖儿子唉！"

这真是一个人见人爱的小帅哥，骨架子小，看上去不胖，却肉团团的，抱上去舒服极了，抱了就不想放手，真是让人爱不释手。

小迪缓缓地走到了陈宁的边上，她微笑着看着陈宁，笑得极温柔。

陈宁这才看到她，对视的时候，不等他说话，她笑着轻声细语："你回来了？"

他抱着儿子，点了点头："嗯，我回来了！"

他看到她化妆的样子，惊艳一下，只听到她说："不好看吗？因为你要回来，我才化的！怕化得不好看，还提前练习了好几天。"

他没有回答，而是转头问惜惜："儿子，告诉老爸，妈妈好不好看？"

惜惜大喊："好看——"

陈宁又笑着转向小迪，说："你看，儿子都说好看了，当然是很好看了！"

她笑着抿抿嘴："我们回家吧！"

惜惜接嘴："爸爸，妈妈做了很多很多好吃的，我们快点快点回家吃饭饭吧！"

陈宁笑着，将惜惜抱得更上一点后，笑道："好，我们回家，我们

185

回家！"说着，就抱着儿子往前走。

走了两步才想到把她丢后面了，转身，看到小迪心事重重的正在发怔。

"老婆？"

陈宁喊了她一声，小迪才恍然惊醒，而后，她笑了，笑得有些荒凉，急走几步，跟上了陈宁。

拦了车，坐进的士的后座，陈宁抱着儿子，小迪坐在他的身边。车开后，惜惜吵吵闹闹，拿陈宁的手机出来玩游戏。

陈宁拿出手机，调出游戏，和儿子一起玩起射击游戏。

小迪看着陈宁，一个劲儿地看着，而后，软身一栖，挽了他的胳膊，依在了他的肩上。

陈宁和小迪等电梯的时候，遇到隔壁的大婶。

大婶也是刚从外面进来，手里提着一袋零食，看来是去了一趟超市。她走过来时，看到陈宁和小迪，还有惜惜，便笑绉了脸："陈宁回来了？"

陈宁笑道："唉，回来了！惜惜，叫奶奶！"

惜惜奶声奶气地叫了一声奶奶。

大婶看着惜惜，越发是笑得乐呵，只见他被陈宁抱着，一直搂着他的脖子。小迪让惜惜下来，惜惜不肯，一定要陈宁抱。

而大婶看到惜惜这样黏陈宁，就说："你看你儿子黏你哦。"说着，又加了一句，"你们爷俩越看越像，小惜惜长得可真讨人喜欢。"

惜惜这时在陈宁怀里嚷嚷："爸爸是大帅哥，我是小帅哥！"说这话时，脸离开了陈宁的脸，说完了，又把小脸蛋贴了上去。小脸蛋柔柔嫩嫩的，跟果冻似的让人感到舒服。

陈宁笑得不行，空出一手抚了抚儿子的脑袋，说："谁告诉你老爸是帅哥了？"

惜惜嘟嘟嘴说："爸爸就是大帅哥，很大很大的大帅哥！"

陈宁来了兴趣，笑问："有多大？"

惜惜直起身来，用手在胸前一展，做出一个抱球的姿态，说："这么大！"

大家都忍不住笑了出来。

大婶从袋子里掏出一包糖来，递给惜惜，说："拿着。"

惜惜的眼睛盯着那袋糖，咽了一口口水，将手含在了嘴里，摇了摇脑袋。

大婶说："奶奶给你的，你拿着呀！"

惜惜咬着手指头，低着脑袋看了一眼妈妈，又看了一眼爸爸，小声道："妈妈不让拿别人的东西。"

大婶急了："这怎么是别人的东西呢？怕奶奶的东西有毒啊？"

小迪忙说："大婶，每次遇到您，您都给惜惜东西吃，每次都这样，每次……"

大婶说："我这不是喜欢这孩子吗，换作别人，我还不给呢！你儿子长得机灵，讨人喜欢，我瞧着就想给他点什么。拿着拿着，不拿，我可急了。"

小迪说："这……"

陈宁笑道："行，拿着。惜惜，谢谢奶奶。"

惜惜终于笑了，从陈宁的眼里得到许可的目光，便伸出肉乎乎的小手接了过去，对大婶说："谢谢奶奶。"

陈宁回到家，先小迪一步进来，一抬头，吓了一大跳："我是不是走错门了？这家里白白的墙怎么乱成这样了？"

上面全是彩笔画的线条或者不规则的圈圈。

陈老母端着一盘菜从屋子里出来，边走边说："什么走错门不走错门的，自个儿家都不认识了？"

陈宁边用脚互蹬着鞋后跟边说："妈，您真是……我出远门了吧，你天天催我回来；我回来了吧，你又没好脸色。真是离又离不得，见又见不得。"

陈老母说："你出去一趟去哪儿了？是登月球了，还是穿越了？回自个儿家来，还问有没有走错。"

陈宁大呼冤枉，说："我一进来，就看到我家的墙画成这样了，跟鬼画符似的，谁干的？"

陈老母一笑，道："还能有谁？还不是你儿子的杰作。这小魔王，有纸不画，拿着彩笔就往墙上涂。墙上画东西还算客气，他连我们的衣服袜子一起给涂了。"

惜惜这时候抱着陈宁，在他耳边告状："奶奶打我！"

陈宁故意板起了脸："坏奶奶，敢打我儿子。"

惜惜配合着撇起了嘴。

陈宁说："告诉老爸，奶奶为什么打你？"

惜惜吸着鼻子，撇着嘴说："奶奶说我在墙上画画。"

陈宁说："那你为什么要在墙上画画啊？"

惜惜说："因为纸小了，画不下！"

陈宁笑了："那你都画的什么呀？"

惜惜耸动着身体，从陈宁怀里下来，他乐颠颠地跑到墙边，指着画得一塌糊涂的墙，笑眯眯地说："这是奥特曼，这是他的手，嘀嘀嘀，打怪兽。"

"啊，原来惜惜喜欢奥特曼。那奥特曼会不会在墙上画东西啊？"

惜惜吸了吸鼻子，一张小脸垮了下去，摇了摇脑袋说："不会……"

"惜惜不是在电话里说，你是男子汉了，要保护妈妈的吗？男子汉会在墙上乱画吗？"

惜惜竟用手擦着眼睛，哇哇大哭起来。

陈宁一惊，始料未及。

惜惜却哭着喊："妈妈，妈妈，爸爸打我！"

陈宁无语，差点脚步不稳栽到地上，但很快板脸，皱起了眉头。

"陈惜君！"他连名带姓地叫了儿子的名字，大声喝了起来，"我打你了吗？你才几岁，就当着人的面说谎，你给我过来！"

他抓住儿子一扯，将他往膝上一横，扒了裤子，扬起巴掌就打他的屁股。

巴掌声清脆刺耳。

惜惜大哭，陈老母放下盘子就奔了过来，抢过孙子，一把推开陈宁，大喝：“你干什么你？”

陈宁脚步不稳，反手在地上用力一撑才站起来。他脸色不好看了，有些恼意地对陈老母说："我儿子就是你惯的！"

“我惯你儿子？我惯他什么了？我舍不得饿着他，舍不得冻着他，疼他都疼化了，有一点不好，就是我惯的啦？你整年整月地不回来，你儿子都快不记得你的长相了，你老婆都赶上守活寡了。我和小迪给你带孩子，你还嫌我们带得不好，那你自己带啊！看我老婆子不舒服，我走成了吧！”

陈宁无措。惜惜大哭起来，拉着陈老母直哭："奶奶，你别走！爸爸，爸爸，惜惜错了！呜哇，惜惜不……不说谎了……"

这边闹成一团，朱小迪却捂着脑袋顺着墙开始向下滑。

陈宁急忙来到小迪面前，焦急且关切地问："小迪，你怎么了？"

朱小迪摇了摇脑袋，好像要摆脱什么，转而很虚弱地笑道："没什么，只是有些头晕。"

陈老母也拢了过来，看着小迪，将手抚在小迪的额头上，又试了试自己的额头，说："小迪啊，怎么了？脸色这么不好，是不是病了？陈宁，你还愣着干什么，快带小迪去医院啊！"

小迪起手摇了摇道："妈，没事，真的没事。就是你们一吵，我有点心慌。"

陈宁将她扶起来时，她对陈宁抱歉道："对不起老公，是我没教好惜惜，对不起。"

陈宁心酸："是我的错，应该说对不起的人是我。"

惜惜拉着陈宁的裤管说："是惜惜的错，呜呜，是惜惜的错。"

陈宁蹲下身来，自责地摸了摸儿子的脑袋说："是爸爸的错，爸爸以后不随便发脾气了，乖，不哭了，咱们洗手吃饭饭，好吗？"

晚上，大家吃完饭后，陈老母牵着惜惜出门学轮滑，陈宁也跟着去了，而小迪留在家里做家务。

一个多小时后，这祖孙仨就回来了，陈老母要给惜惜洗澡，惜惜非要陈宁帮他一起洗，陈宁乐呵呵地抱着他，进了洗浴间。

洗完澡的父子，从洗浴间里出来，陈宁穿着睡衣，抱着同样穿着睡衣的儿子，到床上疯玩。小迪给陈老母泡了一杯清茶后，陈老母就催她说："去，去把惜惜抱我房间里来，你和你老公好好聚聚，我不用你陪了，快去。"

小迪来到房间，对惜惜说："奶奶今天晚上让你陪她睡。"

惜惜脑袋摇得跟拨浪鼓似的，不依地大嚷："我要跟爸爸睡，我要跟爸爸睡。"两手一抱，将陈宁抱得紧紧的。

小迪笑了笑，陈宁拢过去，在她耳边小声说："等他睡着了，我们再抱过去。"

他这样拢过来，她竟感到不适，与他隔开了距离。

他不解地看着她，她只是在床头拿了衣服："我先去洗澡，你哄他睡觉吧。"

陈宁嗯了一声，任由她去了套间里的洗浴间。

洗浴间里传来她洗澡和洗衣服的声音。

"惜惜。"

"什么事哇，爸爸？"

"你想爸爸吗？"

"想哇！妈妈说，爸爸要养惜惜，养奶奶养爷爷，所以才去很远的地方上班班。爸爸，惜惜真的很想你很想你啊……"

陈宁心酸地眨了眨眼睛，含泪笑着说："儿子，爸爸也想你。"

小迪洗完澡再洗完家人换下来的衣服，去晒台上晒完后，哄着儿子睡觉的陈宁也已经睡着了。

小迪另拿了一床被子，睡在了一边，睡到下半夜，小迪感觉有人在摸自己，她惊醒过来。陈宁不知道什么时候摸进了她的被子，环住她且压制着。

小迪用力将他从身上推了下来，他不解，小声地问："怎么了？"

小迪向外移了移，对他说："别这样，惜惜在这里。"

他"哦"了一声，笑了一下，栖上身，抱着她说："没关系，我们动静小一点，他不会醒过来的。"

"别这样，请你别这样！"

小迪再次推开了陈宁，陈宁从她的语气和力气中，感觉到了厌恶。

"小迪……"

"我真的很困，没有心情。"

他拿住她的手说："我很久都没有碰过你了，我想你都快想疯了。"

她竟一脚将他踢了下去，抱起被子，向外走去。陈宁眼疾手快，从地上爬起来，将被子和她一起裹进了怀里。

他环紧了挣扎的她："你去哪里？"

"我去客房睡！"

"好，我们一起去。"

他一把将她抱起，扛了肩上，带她来到隔壁的客房。

将她丢到床上时，他打开了床头的座灯，俯身栖下，被她脸上的泪光给镇住。

他无法理解："从我回来，你就不肯和我单独在一起，刚才把我踢到床下，现在还哭，到底是什么意思？"

她抹了抹眼泪说："太晚了，真的不想做。"

"你是不是在怪我，怪我这么久才回来一次？"

小迪只泪不语，他叹口气，无奈道："小迪，我知道我冷落了你，但你要相信我，不管我做什么，我是为了这个家。你要相信我，你一定要相信我。"

他说完，紧紧抱了一下小迪，便起身离开了。

第二天早上，陈宁醒来的时候，小迪正在给惜惜穿衣服，惜惜在哭："今天不去园园好不好？我想跟爸爸在一起。"

小迪说："今天不行，今天要去园园，爸爸和妈妈要去给你订蛋糕，明天要带到幼儿园给小朋友们吃，你忘记了吗？"

"我不去不行吗？"

小迪摇着头说："不行。快点，幼儿园来接小朋友的车快到了，不能磨了。"

陈宁拉住了小迪："他实在不愿意去，就算了吧！"

小迪只是看了一眼陈宁，就拉开了他的手，将惜惜抱了起来。惜惜在她怀里，够了手，伸向陈宁，爸爸爸爸地哭喊。

陈宁从被子里爬起来，站在小迪面前说："算了吧，今天就不要去了。给老师打个电话，说他不舒服。"

惜惜在陈宁走近的时候，就一把抱住他的脖子，不肯再松手。小迪让陈宁将孩子抱过去，说："好吧，就跟老师说，孩子的爸爸难得回家一次，今天就不去幼儿园，在家陪爸爸了。不要随便说什么不舒服，小孩子火气低，这种东西，一说就会应的。"

惜惜马上不哭了，抱着陈宁的脖子，大呼，万岁万岁，爸爸万岁。

小迪拿出手机，正要给老师打电话，手机上却有了手机短信提醒，她点开一看，上面写着："贱人，你倒很会拿你儿子做诱饵啊，可惜他明天晚上就要回来陪我了，不信你等着瞧！"

小迪木然一笑，随后，给老师打了电话，老师在那头说，行行行，我跟接孩子的师傅说一下，就让惜惜在家里待着吧。

小迪挂了电话后，就问陈宁："你……什么时候走？"

陈宁正抱着儿子给他擦脸上的眼泪，陡然听到这里，他不解道："我才回来，你就问我什么时候走？"

小迪淡淡地说："只是问一下。"

"问一下？"陈宁站起身来，打量着小迪。

她早早地就化好了妆，很得体的妆，平添了她的美丽。她原本就在他公司跟着化妆师学过化妆，将化妆手法用在自己身上，便用得恰到好处。而且，她的穿着，也绝对不像他初次遇到她时那么素气。

小迪现在很会打扮自己，在昨天，他打开衣柜拿衣服的时候，就看到她的衣柜里添了很多时尚的衣装。昨天她和惜惜去接他的时候，他硬是没有一眼认出来，那种感觉，除了惊艳，就没有别的。若不是她给他那般惊喜，他也不会明明累得睡着了，到了下半夜，却突然很想要她。

他有位朋友说过，女人突然冷漠丈夫，又突然很喜欢打扮，就一定是在外面有人了。

"小迪……"他突然觉得心底很不舒服，"你老实告诉我，你是不是在外面有人了？是不是觉得我回这个家，坏了你们的好事，碍着你们的眼了？"

小迪扬起眼眸来看着陈宁："为什么要这样说我？"

"女为悦己者容，可你的妆，好像根本不是化给我看的。"

"哦。"小迪笑了一下，"我化妆，确实不是为了给你看，但也绝不是因为外面有人。小孩子会在幼儿园里比谁的爸爸帅，谁的妈妈好看，我这妆是化给我儿子看的。"

"小孩子懂什么？"

"你错了！"小迪说，"攀比就是从小孩子间开始的，反倒年纪大了，觉得攀比没什么意思，才不会放在心上。这个时候，我要是让我儿子觉得自己处处不如别人，会让他的心里产生阴影，会让他在同学面前自卑。他的爸爸总是缺席，他的妈妈只有尽全力弥补。为了我的儿子，我不得不体面。"

"好，就算我错怪了你，可是，别人说小别胜新婚，可你好像根本不想我。"

"小别？一年半载算是小别吗？"

"我知道你心底怨我。"

小迪仍淡淡地说："没有！"

"我真的很忙……"

193

小迪说："我理解。"

"我……"

他看了一眼儿子，便对他说："惜惜，去找奶奶去，爸爸跟妈妈说点事情。"

小迪说："你先洗漱吧，我带惜惜去妈那里。虽然在家里，孩子还是离不得人的。"

小迪下楼去后，就没上来了，直到陈老母在楼下喊："宁子，下来吃饭了。"

惜惜跟着学，叫出来的却是"银子，下来吃饭饭了"。

陈宁从洗浴间出来，来到楼下的餐厅，小迪将一碗面条递到了他的手上。

陈宁捧住碗时，一并捧住了小迪的手，想亲吻她。她挣扎着将手抽开，面条碗就整个滑到了小迪的身上，衣服弄脏了，碗也掉到了地上。

小迪忙蹲下身麻利地收拾起来，陈宁要帮忙，她竟挡开他。

陈宁的脸色很难看。

小迪起身，帮他重新盛了一碗面条，递给他，说："我上楼去换套衣服，你先出去吃吧。"

陈宁接过了碗，小迪便对陈老母打了声招呼，上楼去了。

她反锁了房门，发现面条水已浸入了里面的衣服，她只好将衣服全部脱下来，放到置衣篓里，这时门被人从外面用钥匙打开了。

小迪惊慌地将放到床上的衣服拿起，遮挡在了自己的胸前。

陈宁推门进来，再将门掩好，反锁上了。

小迪将那衣服遮着胸口，陈宁一步一步地走近，那气势很是逼迫，她不由得向后退着，一下子坐在了床边的踏脚沙发上。

"你想干什么？"她不由得浑身发紧，嗓子也跟着发起紧来。

他拢近了，环住她，亲吻着她光洁的肩头，轻声问："昨天晚上没有心情，现在呢？现在的你，有没有心情呢？"

"现在是白天。"

"谁说白天不可以？"

窗帘在她换衣服的时候，就被她拉上了，阳光从这帘子里透出来，透出一种暧昧的光线。

他起身，一步一步将她逼进了那窗帘的墙角，双手撑住墙，将她牢牢地锁在他的臂弯里。

小迪推他："别这样，妈和惜惜在楼下等我们。"

陈宁说："我跟妈说，让她先带惜惜出去转转，一个小时后再回来，这段时间是我们的。小迪，你真的一点都不想我？"

小迪看向了陈宁，那么看着，眼底渐渐地布满泪水。

想，想得睡不着，想得都快忘记想念是什么感觉。可是，她却说："不太想。"

"可是，我好想你，小迪，我真的很想你。"

他深深地吻住她，她的眼泪从眼角滑落下来。这里面包含了太多的东西，她不知道该如何表达自己的心情。

好久都没有被他抱过了，也好久没有温存过，她都快要忘记那是什么感觉了。

从心底蔓延出来的痛，痛得她止不住地哭了出来。

她只是想要一个家，她忍得这么辛苦，装作什么都没发生过的样子，只是因为，她很在乎这个家。而那个女人，那个疯女人就是拿准了她的弱点，百般挑战她容忍的下限，逼她离开这里。

她不想离开，她不知道离开了这里，她能去哪里，她害怕事情摊开了，他要选的人不是自己。她这么卑微地活着，就是因为她太在乎这个男人。可他却这般伤害她，若无其事地伤着，伤得她说不出一句话来。

"我好痛……"她捂住心口的位置对他说，"好像裂开了，真的好像要裂开了。"

他却误解了她的意思，克制着对她说："我太急了，对不起，我真的太急了。"

她淌着眼泪在他耳边说："其实我很想你，我真的很想你……"

他酸楚不已："我也很想你。"

第二天是惜惜三岁生日，生日是在幼儿园里过的，大家围在一起，和他一起分吃生日蛋糕。

在惜惜许完愿的时候，身边的一个小姑娘过来拉着惜惜问："惜惜，你许的什么愿呀？"

惜惜拉着她说："我想爸爸天天回家吃饭，天天回家睡觉，天天陪着妈妈。"

老师是个年轻的姑娘，听到这话她呵呵一笑，对惜惜说："难道惜惜不想爸爸多陪你吗？"

惜惜摇摇头，委屈地说："想让爸爸陪妈妈。"

"哦，知道，爸爸陪着妈妈的时候，妈妈最开心，对不对？"

"对！"小家伙拼命地点了一下头。

"惜惜。"陈宁望着他，一脸怜惜和愧疚，"爸爸答应你，以后，每天都回家陪你。"

惜惜开心地叫喊："爸爸万岁，万岁。"

小迪看向陈宁的时候，陈宁的眼底是安慰和坚决，让她相信，这不是信口开河，于是，在桌子底下，他们的手紧紧地牵在了一起。

老师笑道："这个生日愿望一定会实现的，大家唱完歌后，让我们的小寿星给大家切蛋糕好不好？"

因为惜惜过生日，所以，可以提早回家，不用坐幼儿园里的班车。于是，小迪和陈宁等惜惜将蛋糕切好，送给小朋友们后，就带他离开去玩。

刚出幼儿园门口，陈宁就接到一通短信，他看了后神色有些慌张，借口买烟将车钥匙交给小迪，让她带着惜惜在车子里等他。

钱娟解决完她的事情后，就又缠上了陈宁，陈宁一脸无奈道："不是说结束了吗？怎么你又……"

钱娟在那边装傻："什么结束了？哪有结束？你在说什么？"

小迪带着惜惜，边走边问："今天开心吗？"

惜惜拼命地点了一下头说："开心！"

他开心地摇着小迪的手臂说："妈妈，我的蛋糕好好看，我告诉他们，这是我和爸爸妈妈一起做出来的，他们也好开心呀！"

小孩子没有办法用精准的语言来表达自己的心情，但是小迪知道，惜惜是真的开心。

那蛋糕也不算他们做的，只是正好有那么一家蛋糕店，把蛋糕模子做好，奶油涂好，花样和水果的摆放，可以在顾客的要求下，交给他们自己。所以，惜惜觉得，和爸爸妈妈摆放了水果，就是一起制作了生日蛋糕。

小迪笑了笑，笑得很母性，看着小小的惜惜，想到他都三岁了，感叹一下时间过得好快。

"妈妈，我什么时候再过生日呀？"

"当然是明年，一年长大一岁。"

"'明年'是什么时候呀？"

"明年就是，过完年后，吃完饭，爷爷奶奶给你压岁钱后的明年。"

他沮丧了："好久呀！"

小迪笑着，牵着他的手，来到陈宁车子跟前。刚拉开车门，不知道从哪里冲出一个人来，抱着惜惜就跑。

他戴着鸭舌帽，突然冲出来。他跑得太快了，快得让人措手不及，一下子跑出好远。

小迪傻了一下，随后连车门都来不及关，就惊叫着追赶。

谁知鞋跟太高，她崴了脚，狠狠摔到地上。顾不得痛，也顾不得水泥地磨破了她的衣服，她脱了高跟鞋，尽全力追赶，边追边喊："偷孩子了，偷孩子了。"

那个人抱着孩子向前冲跑，撞到一个手捧金鱼缸的大爷，玻璃缸连鱼带水掉在了地上，尖锐的玻璃碎了一地。大爷一把抓住那偷孩子的

197

人，大喊："孙子，撞了你大爷的鱼缸你还想跑？"

那人不得已放下哇哇大哭的孩子，再一把扯开大爷，向远处跑去。

小迪赤着脚奔到这里，脚踩到了那些玻璃碎片也浑然未觉。她一把抱住仰头大哭的惜惜，孩子惊魂未定，只知道哭，哭着扑进了小迪的怀里。

小迪撕心裂肺地抱紧了惜惜，身体不由自主地发抖，无法克制地抖。她竟站不直身体，哆嗦着抱着惜惜蹲下了。

以"买烟"为借口的陈宁，正打着电话，却突然发现不远处的小迪赤着脚尖叫着狂奔，连车门都没有关上，他听到她在喊"偷孩子"，便挂断电话，拔腿就追。

追上来时，小迪正抱着孩子，哆嗦着蹲在地上。

陈宁看了看那偷孩子的人远去奔跑的背影，他在小迪面前稍做停滞，随后拔腿去追。这时身侧开过一辆面包车，追上那奔跑的人，降低车速，那人就跳了上去。

那车牌后面贴着光盘，逆光，刺得人眼睛发疼，看都看不了，更别说去记车牌号了。

陈宁狠狠地骂了一句粗话，喘气如牛地向回走，走到小迪面前。

哇哇大哭的惜惜看到陈宁，更是加大音量，哭得更凶，大哭，爸爸哇，爸爸哇……

陈宁弯下身去，想把孩子接过来，可抱住他时，发现小迪紧紧地抱住孩子，丝毫不肯松手。

惜惜大哭："妈妈放手，放手……"

"小迪，小迪，惜惜快喘不上气了。"

她才将手松开一点，陈宁接过孩子，再扶她起来时，才发现，她的衣服摔破了，脚上满是鲜血。

陈宁心疼地睁大了眼睛："小迪，你的脚……"

她低头一看，才发现，自己的脚上全是血，连水泥地上都染着她的血。

好多血……她感觉身体发凉，才意识到那是自己的。

陈宁带着小迪去了医院，从医院科室出来的时候，小迪的脚上缠上了绷带。惜惜则跟在身边，紧紧地牵着陈宁的手。

小家伙一边走一边哭："妈妈，你还疼不疼啊？"

小迪在陈宁的背上，冲着惜惜摇了摇脑袋："妈妈不痛。"

"爸爸……"惜惜又转向陈宁，不停地摇着他的手说，"我想背妈妈。"

陈宁的笑打破了他保持的沉重，他问惜惜："你为什么要背妈妈啊？"

惜惜呜呜道："都是惜惜不好，妈妈的脚才疼。我要背妈妈，我要背妈妈。"

小迪又心酸又感动："惜惜，谢谢你。"

"妈妈，你下来，我背你。"

小迪拍了拍陈宁，意示他放她下来。陈宁只好在医院科室外的走廊边的候椅上，把小迪放了下来。

小迪一坐在上面，惜惜就拢过来，要背小迪。

小迪心头一热，盈满了眼泪，将背对着自己的惜惜环在了身体里。

"宝贝儿！"小迪环着惜惜，在他耳边说，"妈妈真的很爱你。"

"妈妈，惜惜也爱妈妈。"

"妈妈，惜惜背你。"

小迪泪使语凝："宝贝儿，妈妈给你背，等你长大后，长得和爸爸一样高的时候，再背妈妈好不好？现在你太小了，背不动妈妈的。"

他奶声奶气地说："背得动，背得动，呜呜，妈妈，背得动。"

小迪只是紧紧地环住了惜惜。这是她怀胎十个月生下来的孩子；是让她有了婆婆公公和老公的孩子；是老公不在家，总是陪着她，说是替爸爸照顾她的好孩子；是很听话，很懂事，很招人疼，又很机灵的好孩子。她可以没有老公，但她不可以没有这个孩子。

陈宁和小迪回到家里的时候，陈老母和陈老父正在家里看电视。听到门铃响时，再听到惜惜在门外大喊："奶奶，奶奶。"她透过猫眼，看到陈宁背着小迪，忙把门打开，惜惜第一时间扑进了陈老母的怀里，陈老母奇怪地问："这是怎么了？你们……你们不是去游乐场了吗？怎么这么快就回来了？"

惜惜在陈老母怀里哭："妈妈的脚，妈妈的脚。"

陈老母早看到了小迪架在陈宁身上的脚，正想问，陈宁背着小迪进来，边走边说："我们进去再说。"

陈宁背着小迪进来，让小迪坐在了贵妃椅上，自己在边上的沙发上坐下，对坐在身边的陈老母讲起了刚刚发生的事情。

陈老母惊慌失之下失口大骂："这光天化日之下，就有人抢孩子，这是什么世道？"

惜惜拉住陈老母，一声"奶奶"，就扁了嘴哭了起来。陈老母双手抹着惜惜的眼泪，将惜惜抱进怀里，心疼地安慰着："没事了，没事了，乖宝宝，以后谁要再敢动你，奶奶跟他拼了这条老命。"

小迪伤的是脚，所以没有办法自己洗澡。

这天晚上，陈宁将小迪抱进浴缸，将她的双脚放到浴缸外的时候，在她的洗澡水里，加了一些精油。他对她说："这东西能安神，你好好泡个澡，我帮你按摩按摩。"

小迪轻声问他："老公，你不走了吗？"

"我不走了。"

"可是你那边开的分店……"

"我打算盘出去。"

"那边的人怎么办？"

"什么人？"

"合伙人啊。"

陈宁言辞闪烁："我……我会解决的。"

她挑了挑眉，柔声喊："老公……"

他深深吸了一口气，下定决心似的安慰她："放心吧，我已经受够了这分居两地的生活，我一定会解决的。我不想再离开我儿子，我也不想再离开你。"

他一语双关道："我在那边的事情，一定会解决的，一定。"

他真的受够了，这三年，那个女人寻死觅活，他过得简直就不是人过的日子。甚至可以说，再深的爱，也被她给磨光了。

当天晚上，钱娟就给小迪发短信。

"贱货，我早说了，你不放手，就当心你儿子，今天的事情，你满意了吗？"

小迪回复："你这是在给我留下去警察局报警的把柄吗？"

她突然发来一条彩信。

小迪不解，收过。她不敢相信地睁大了眼睛，那是一张间歇性精神病的诊断书。

"你这是什么意思？"

钱娟说："我告诉你，我就得了这病，我不知道我什么时候清醒，也不知道自己什么时候犯糊涂，特别是受不得刺激。陈宁居然敢不接我电话了，我现在又被刺激到了，我一受刺激就犯病，所以，如果我做出什么伤害你儿子的事情，我是不承担一点法律责任的，他死也是白死！你想明白了，你到底是要陈宁还是要你儿子？"

小迪倒吸了一口凉气："你这个疯子，你到底想怎样？"

"你跟陈宁离婚，我绝对厚待你儿子，如果你不肯，你就等着给你儿子收尸吧。"

"那是陈宁的儿子，你杀死他的儿子，就算你有病，他要怎么面对杀死自己儿子的女人，你是存心让他痛苦一辈子吗？"

"陈宁的儿子？陈宁就是因为这个儿子才跟你结婚，如果不是这个儿子，他就不会娶别的女人。只要你肯离婚，我绝对善待你儿子，如果你还不知好歹，我就杀了你儿子。就算杀不死他，我也会把他弄残，我得不到的，你也别想得到。"

"我成全了你们，我怎么办？有没有人替我想过，我怎么办？"

"那就不关我的事情了，爱情的世界里，根本不爱的女人，才是第三者，你这个婚姻本来就是错误的。"

"你可不可以再无耻一点？"

"你只管去告诉陈宁我威胁你，他知道我有这病，他知道我受不得刺激，我现在做的一切，他都不会怪我。他知道了，只会更加痛苦。"

小迪怒极，终于忍无可忍地放声大骂："贱人，不要脸的贱人，你要是敢碰我儿子，我死都不会放过你。"

Chapter9
为什么要这样折磨你

那么，到底是我想你，还是我错过了你，还是……因为我在感情的迷宫里迷失，与你擦肩错过，所以，空留无尽的想念？

陈宁闻声，从楼下跑上来，却见小迪在房间呆呆地站着。

"如果当初，我没有怀上你的孩子，你是不是根本就打算把和我睡了一觉的事情给忘记？如果当初，我按约定，给你生了孩子就走，你没有一时感情用事和我结婚，你是不是就可以名正言顺地和那个女人在一起，连带着我的孩子都成了她生的？"

"小迪，你在说什么？"

"回答我！就算你决定要娶我的那一刻，你都不是因为有一点点爱我，而是为了你的陈惜君有个任劳任怨真心对他好的妈妈，你根本不是因为有一点喜欢我，才这样对我，对不对？"

"小迪，你突然说这些干什么？"

"回答我啊！"

"如果我不是处女，跟你上过床后，你会不会没有一点愧疚？说啊！"

"不会！"

"如果我没有怀上你的孩子，你是不是就打算把我忘记，当从来没有认识过？"

"对！如果我没有一点点喜欢你，你是不是处女，对我来说都只是一场梦，你怀没怀上孩子，我都能逼你打掉。如果我没有一点喜欢你，我就不会娶你，就不会要你给我生孩子。你是吃错药了，一定要跟我纠结这个问题，现在我全回答给你了，你满不满意？"

"满意！我们离婚吧！"

他怔了，随后恼了："你发什么疯呢？过得好好的，你提什么离婚啊？"

"过得好好的？这叫过得好好的？"小迪把桌上的台历甩给了陈宁，"画红圈的日期，是你回来的日子，你好好看看，能不能在一年里数到三个圈！"

"我知道，是我冷落了你，但是，我有我的苦衷。"

小迪转身，从抽屉里掏出一打东西，甩在陈宁手上："你说的苦衷就是这个吗？"

陈宁看了，眼睛越睁越大，看清小迪给他的东西后，脸色越来越白，每看一张，就有血液倒涌，咬紧牙关也忍不住怒气："朱小迪，你居然跟踪我？"

他扶住了她的肩，紧紧地捏住，扭曲了盛满怒气的脸，他看到这些相片的第一反应，居然不是问她哪里来的，而是愤怒。

"这些摆在这里，你还有什么好说的？"

陈宁将那些相片像拿扑克牌一样在手里展开，一边展，一边抖动着，咬牙切齿道："就凭几张相片，法院就会同意你跟我离婚吗？这又不是艳照！"他说着，将相片往地上狠狠一摔。

那相片三三两两地散在了地上。相片上的那对人，正常得不能再正常，无非是一起在街边吃饭，一起进入酒店的门，也无非是女的挽住陈宁的胳膊。在法律上，这些根本无法构成婚外恋取证的资料。

朱小迪冷冷一笑："行，你要更劲爆的是吧？我给你！"那录音就从手机自动播放里放了出来。

陈宁听清了里面的呻吟，听清了里面那对男女的对话，身体里的血液向着脑袋里狂涌而去，他的脸刷地一下青了。他一把夺过了手机，瞠目结舌地听着，那里面的淫声浪语充斥耳畔，良久，才睁大着眼眸看着她。

　　"这东西，哪儿来的？"

　　她不语。

　　他瞪大了眼睛，似乎猜到了什么："是她，是她发给你的对吧？"

　　"小迪……"

　　陈宁捏住了小迪的胳膊，悲痛地说："你要相信我，我是有苦衷的。"

　　"那你告诉我，你有没有做过对不起我的事？"

　　"你要相信我，我……"

　　"你确定真的没有吗？你敢发誓吗，拿你的儿子发誓？"

　　"你疯了，那也是你儿子！"

　　小迪冷笑："我敢拿我儿子发誓，我从来没做过一件对不起你的事情。你敢拿你儿子对我发誓吗？"

　　"我……"陈宁语结，说不出一句话来，"你别闹了，好吗？"

　　小迪讥讽一笑："行啊，我们离婚啊！你要不离，我就出去偷人。别以为我说笑，我说得出做得到，不跟你开半点玩笑。"

　　如果她气焰嚣张，大哭大闹，他完全可以给她一耳光，将她打醒。可朱小迪完全没有情绪波动，脸上浮现的只是冷笑。

　　他恼了，豁出去嚷："偷啊，有本事你就去偷，没有钱，我可以给你，没有男人，老子给你找。"

　　陈宁怒气冲冲地从屋子里冲了出来，坐进了驾驶室，开着车，一路疾驰……

　　他承认他理亏了，他没有办法面对她的眼睛，他心虚。车在行驶的过程中，他想到内心对小迪的承诺，他确实没有遵守，他确实对不起她，对不起这段婚姻，可是……他真的没有办法。

205

随后离家出走，坐在候车室的朱小迪做了一个梦。她的梦里有无数扇门，每扇门的把手上都挂着写有"幸福"的木牌，她一扇一扇地推开，门的那边全是深不见底的深渊，阴森黑冷，从地底刮来的狂风，好像要把她吸进深洞。

她惊醒过来，一身冷汗，浸湿了她的衣服。

而陈宁从怒火中醒过神来，到处找她，打她的电话，但一直没有人接。他愈来愈烦躁，就不停地打，每隔一分钟，电话里都会传来该死的电脑女声，告诉他"您拨的电话无人接听，请稍候再拨"，然后就是嘟嘟的忙音。直至打到对方说："对不起，您所拨打的电话已关机……"

朱小迪坐在火车的候车室里，包里揣着不停振动的手机，它不停地振动，直至电池用完，自动关机。

电话再也不振的时候，她将电话掏了出来，对着暗淡无光的手机淌着眼泪。看着手机，就好像看着陈宁的脸，往日的那些事情在脑海呈片段飞舞。

想他的拥抱，想他的亲吻，想钱娟发送他们的现场录音，想她要他和她离婚。她爱她的孩子，她害怕那个疯女人真的做出可怕的事情来。

她也不能再受刺激了，她的抑郁症越来越严重了。如果再待在那里，她才是那个最后要疯的人。

医生给她开了一大堆抗郁抑的药，告诉她不能再受刺激，她甚至有大脑早衰的症状，就是医生说的年轻化的老年痴呆症。

先从轻度健忘开始，一受刺激，她就会一点一点忘记，直至连自己是谁都不知道。

这个世道，本不该属于年轻人的病状，现在都给年轻人得上了。

她中了"彩"，得了一种因受刺激，就会一点点忘记事情的怪病。

明明买了鱼，在市场里走了一圈，又去买一条。明明付了钱，却在人家找零后，又付一次。明明刚刚还在手上的东西，转眼就不记得放在了哪里。

当有一天，她觉得自己的"健忘症"很严重的时候，去看了医生，从 X 光片里可以看到，她的大脑有萎缩的趋势。

有些病，是医学界没有办法解释的，就像他们说的，他们只能治病，却治不了命。更何况，大脑那么复杂，失忆或者小脑脊髓变异症都能让他们束手无策，何况这种复杂的精神刺激？

她病了，没有告诉任何人。

她不能再让自己受到刺激，否则会加快她的病情，这些药都将会成为废物。她会一点点失忆，会一点点失去自理能力，最后谁都不认得，毫无知觉地躺在床上，形同一个植物人。

她苦苦忍受丈夫出轨，却忍出这样的毛病来。

她耗得起，她不怕有名无实地守一辈子，可她害怕，有一天，她真的失忆，真的不能动了，陈宁心软，不肯放弃她，那姓钱的做出更过分的事情来。

她面无表情地淌着眼泪，清楚地记得，他说他娶她，是因为喜欢她，若是不喜欢，便绝对不要她怀着的孩子。

她怕陈宁知道她因为他的出轨而得病，会更加愧疚，更加舍不得放手，那姓钱的，间歇性精神病会更加严重，会做出无法挽回的事情，陈宁会更加痛苦。那种病，通常和正常人没有区别，但一旦受了刺激，就会发作，就会无法自控地做出伤害人的事情。

她不想陈宁痛苦，她不愿意陈宁痛苦。而且，她的离开，可以让自己不再受刺激，也可以让钱娟不受刺激，更重要的是，惜惜可以人身安全。

她不是圣母，她只是没有办法。

朱小迪等待的车，还有一个多小时才开。她肚子有些饿了，便背着行李包，向站外走去。

静静地在街头行走，在人群中穿插而过，现实中的人影虚浮，过去拼命想忘记的东西，一点一点浮现在眼底。

路过音响店的门口，朱小迪为一段旋律停住了脚步。那歌不知道是谁唱的，也不知道是谁作曲，只知道那轻吟浅唱的女声动听无比。她竟呆呆地站着，提着行李，听得呆了。

奇妙吗？这世间总有一些文字直指人心，总有一些歌词哀伤得让人濒临崩溃。这段旋律让人心口拧痛，好像一双无形的手拧着一束滴水的床单。

她不由自主地走了进去，她问里面的服务生："那歌叫什么名字？"

服务生甜甜地笑道："《I MISS YOU》。"

MISS，中文发音是"迷失"，中文的解释是错过，及想念。

那么，到底是我想你，还是我错过了你，还是……因为我在感情的迷宫里迷失，与你擦肩错过，所以，空留无尽的想念？

歌曲的最后无尽地重复着：I MISS YOU、I MISS YOU、I MISS YOU……像孙悟空耳边的咒语，让人无力且濒临崩溃。

所有的记忆恍如一群被放出角斗场的猛兽，带着尖牙利爪腾空尖啸，带着令人窒息的杀气，直扑要害。她围困其中，任其将灵魂撕成碎片，无半人怜惜，只有胜者饱食一顿后的趾高气扬，及观围者被血腥刺激发出的叫好声。

惜惜哭着要妈妈，陈老母在家急得团团转。他打爆了她的电话，她就是不接，给她发短信，她也不回。

陈宁驱车出去找小迪。

他压根没有头绪，小迪在这城市里，连个朋友都没有，更没有亲戚。

他突然想到四年前还在酒店上班时，她住的那个公寓。他知道希望渺茫，可是，还是想试试看，想去问问她的同事，她有没有别的去处。

凭着记忆来到那个狭窄偏僻的地方，里面的住户早换过好几波，根本无从问起。

他觉得很好笑。

他的老婆跑了，他找不到她了。

回来的路上，路过阴暗的巷子口，从路边冲出来一个穿夹克衫的男人。明明是他自己冲过来的，撞到车上，还倒在地上耍赖。好像被人安排好似的，路口冲出一辆小型货车，将陈宁的车拦住。

陈宁被他们扯住，扭打间，腰间被捅了一刀。他倒在地上前，身上所有值钱的东西都被搜走了，包括手指上的婚戒。

抢东西的人是三个彪形大汉，事情来得太突然，他完全没有思想准备。左腹下的伤口像被捅破的血袋，血顺着捂住伤口的指间向下滴。陈宁挣扎着从地上爬起来，一路滴血，爬进了驾驶室。

他记得路边有家很小的医院，就在离这路口几十米的位置。那算不上什么正规医院，只是一间小小的职工诊所，他使劲睁了睁眼睛，发动了车子，向医院开去。

陈宁不记得是怎样走进医院的，他只记得，伤口的血沿路滴着。他浑身发冷，跌跌撞撞地来到医院，值班台上的护士发现他匍匐在地上，忙跟着医生从值班台跑了出来。

陈宁的身体被冷汗浸湿了，失血的身体，渐渐地变冷。汗从头顶的毛孔涌出，聚在一起，滑过他的眉毛，大滴大滴向他的眼睛滑去。头顶的灯一排一排倒映在光洁的地板上，恍得他的眼睛好像蒙上一层麻油纸，模糊一片，一点一点失去焦距。

他觉得自己看错了，可是那个女人的身影，像极了小迪。他艰难地从地上爬起来，拼尽全力扯开医生和护士的手。

准备对他急救，并要将他扶进急救室的医护人员被眼前的一幕惊住了。那浑身是血的男子，颤颤巍巍地从地上爬起来，向那边的一位女士走去。

他捂住了伤口，血从指间往外涌，他素色的外衣已被血浸得透湿，那血甚至顺着裤管滴到脚下。他似乎不觉得痛，似乎根本没在意这些，每迈一步，都是刺目的血脚印。

"小……迪！"他一把拉住那女士的胳膊。

这满身是血的男人，居然一把抱住了那位女士，脑袋搁在了她的肩上，似是欣慰地说："我找到你了！找……到了！"

他噙着眼泪，皱紧了眉头，拼尽全力搂紧了这个女人："跟我……回家吧，跟我回家……"

女士发出惊恐的尖叫，她推着陈宁。陈宁用尽了最后一丝力气，像泄完气的气球，一下子倒在了地上。

坐在长途车上，睡着的朱小迪突然从噩梦中惊醒。

车上的人都睡熟了，严实的车厢内，有令人不舒服的臭脚味和橘子皮的味道。

看了看窗外，天麻麻亮了，她也快到家了——她亲爸亲妈的家。

小迪提着行李回来的时候，村口有狗对她狂叫，龇牙咧嘴地狂吠，就是不敢拢近身来。同行的，还有放着牛的村民，执着鞭子，跨坐在垫了麻袋作垫子的牛背上。

牛身上有股无法形容的牛骚。牛背上的人，戴着一顶草帽，穿着早就褪了色的大衣，扬着鞭子，一颠一颠地看着她，边走边问："你找谁啊？"

小迪看了他一眼，没有回答。那个人无趣，只是走远后，还不忘记在牛背上回头看看小迪。

小迪一步一步向着记忆中"家"的方向走去。

五岁离开这里，已经有二十多年没有回来过了。离开的时候，这里都是矮小的土坯房，现在放眼望去，全是青砖红瓦的大楼房。

小迪走近家门的时候，原来的老房子还在，只是破得不成样子。老房子边上立着一幢大房子，好像新建不久，把老房子的光挡得严严实实。

生母正坐在新房子里和一桌人打麻将。在下家推牌说"和了"时，她竟一推牌，坐在地上又哭又闹又打滚，说她生活费全没有了，这日子没法过了。其他三个人看着她又哭又闹，和牌的人只好把钱还给了她。

她一拿到钱，就从地上爬起来，用手抹了一把鼻涕，又坐回桌前，要求接着打。桌上的人一脸鄙夷。

小迪将一切看到眼里，她轻轻地唤了一声："妈！"

一屋子的人都惊愕地看着她。生母码着麻将的手停滞在空中，瞠目结舌的样子，滑稽得像个小丑。

那个女人显然是认出她来了，脸一沉，把麻将一推："你回来干什么？"她还是一如既往地反感她。

小迪苦笑了一下，从包里掏出钱夹，打开钱夹的时候，那女人伸着脖子斜着眼睛看着，看到里面厚厚一沓，她脸上的表情有了明显的变化。

特别是小迪将钱掏出来，放到她面前，对她说"妈，赢了算你的，输了算我的"时，那女人的脸上立即笑开了花，露出一口发黄的牙齿。她的两颗大门牙的牙缝稀松，脸上满是皱纹，看上去刺眼又狰狞，即使笑起来，也很难看。

她说，她想回来住住。

她说，这几天晚上，跟您睡。

她想体验母女间久别重逢的亲情，可是，真的睡在一张床上，她又不习惯这个女人离她太近。听到这个女人的呼噜声，她睡意全无。她拿开了她搭在自己身上的胳膊，重新躺下的时候，背对着身子靠着这女人，只听得此起彼伏的狗吠声越来越远，便在恍恍惚惚中睡去。

第二天，起床的时候，那女人看到她，就笑嘻嘻地说："迪子，这是你小时候最喜欢的鸡蛋羹，来，坐这里！"

香气直冲鼻子的时候，她端起碗来。

她突然不怪她了，她满足得有些可悲。可是她的饭还没吃到嘴里，那女人就说开始这村子里的人都盖了新楼房。言下之意，是让她拿钱出来盖一幢。

可不可以让我把这碗饭吃完了再说？可不可以不要在我以为你真的关心我的时候，这么快把你的真实意图，这么迫不及待地表现出来？

她苦苦一笑，将碗放下了。

"盖！"她说，"我有钱，我们盖幢新房子吧！要多少钱？"

"在自家地上盖房子，十万块就可以盖很好的啦！"

她苦苦一笑："行，一会儿我就去银行取钱！"

那女人喜笑颜开："我家迪子出息了，我家迪子真是给我们家长脸了！"

她闻着这油腻的饭香，突然间就饱了。

那女人还在催她："吃啊，你吃啊！"

她放下了碗，搁在了桌子上："吃不下了！"

傍晚，拖拉机运来一大车红砖的时候，小迪戴着帆布手套，帮着搬砖。

木头做的长凳上搁着一排青花粗瓷碗，有好几个都缺了口子。碗里倒着水，在动静下一荡一荡的。她的生母在一边，乐得脸上笑成一朵打蔫的花，对来看热闹的邻居说着，这是我姑娘出钱给我盖的。然后，她拉着她认亲，这是二表舅，这是表舅母，这是大伯，这是小叔……

她从来不知道，她有这么多亲人。

小迪一个一个叫了过去，他们都夸她漂亮了，都夸她出息了，可是她不漂亮、不出息的时候，为什么这些人都不肯认她？

第二天，房子破土动工，工头问了小迪的电话号码，说是方便联系。

小迪将电话充电，刚开机，手机就振动起来，是陈老母的电话号码。

小迪怔了怔，还是接通了。刚刚叫了一声"妈"，陈老母在电话那头哭出声来："媳妇啊，你到底去哪里了呀？宁子到处找你，路上遇到抢劫的，他被捅伤了，住在医院里，现在还没醒。"陈老母捂着电话哭了起来，"媳妇啊，你这是去哪儿了？妈心里乱得跟煮粥一样，你倒底去哪里了呀……"

挂上电话，她的泪腺在一刹那崩溃。

生母走了过来："迪子，你这是怎么了？啥事哭啊？妈给你做主！"

女人边说边撸起了袖子。

小迪吸了吸鼻子，用手背将眼泪抹去。

"妈！"她红着眼睛，凄然地笑着唤她。

女人一怔，马上回过神来，响亮地答了一声："唉！"

"我要走了。"

"去哪儿啊？"

"回城里。"

"你才住两天就走啊？"

"我本来就是抽空回来看看您和爸的！"

亲妈突然连连点头，拉住了小迪的手，拍着她的手背，连连说道："那是那是，城里人都忙。"说完后，她看着小迪，竟催促道，"那你赶紧回去吧！"

小迪吸了一口气，将心酸给压住，笑着转进屋里，开始整理东西。

出来的时候，她的手里提了一个袋子，从里面拿出好些东西。

"妈！"她微笑着说，"这是保暖内衣，很暖和的。这个是弟弟的，都二十多年没见过他了，这次回来，也没有见到他，不知道这衣服合不合身。"

那女人说着"合身合身"，看都没看，就把小迪手里的衣服抱走，生怕她不给她。

小迪回来后一直没有看到弟弟，从生母的唠叨中，知道他是染上了赌瘾，出去打牌了，到现在都没有回来。弟媳早就跟他呕气，带着一对儿女，回娘家去了。

不管女儿走多远，这生母从来都不惦记。可无论儿子多不争气，她半夜都会给他留门，早上给他做好饭，等他回来吃。

"妈……"

"啊？啥？"

"我的头发有些散了！"她转移话题，对着女人说，"有梳子吗？您帮我梳下头行吗？"

女人忙应着："唉唉唉，有有，等一下，妈去里屋拿。"

女人去了里屋，再次出来时，拿了一把没刷漆的小马扎，拿到小迪面前。

女人松开了小迪的头发，使的劲大了一些，将黑色的橡皮筋从她的马尾辫上扯下来时，拉断了一些头发。她慌了一下，急问："痛不，迪子？"

小迪吸着鼻子，摇了摇脑袋："不痛，我做梦都想着这一天呢！"

女人一句话也说不出口了，只觉得有点心酸。她给小迪梳着头发时，一缕头发没梳好，就去用手扒。

"妈，您的手好粗啊！"

女人腾出一只手来，反转过来看看自己的手心，上面布满了老茧和新伤旧伤的血口。看的时候，小迪说："都生老茧了！"

女人哀叹了一声："庄稼人，哪个不是打小就满手老茧了，哪里能跟城里长大的人比啊？你看你这皮肤，日头底下，都反光了，我们却是黑得流油。比不得，比不得啊……"

只听得小迪轻叹一声："我不是这个意思。我只是想说，您最辛苦的时候，我都没有帮到您，您生我一场，我一点孝心都没敬上。其实我有些后悔，那时候……被送回来的时候，被你打的时候，忍忍就好了，干什么要嚷着回去啊？如果不回去，我可能又是另外的我。我从来没有想过您会担心，也没有想过您会难过。我那时候还小，没办法体谅当母亲的心情，让您为我担心了。"

话说完时，女人将小迪的头发梳完了。小迪转过身去，泪眼莹莹地看着红了眼睛的女人。

"妈，您原谅我好吗？原谅我……不懂事，好吗？"

这话说得女人的脸一阵青一阵白，心底涌上惭愧。她想哭了，鼻子发痒了，也不顾形象，抬起胳膊，就用补了补丁的旧衣袖子去拭鼻子。拭完后，就冲着小迪嚷："迪子，你告诉妈，你这次回来，是不是遇到什么事啦？从刚才接到电话，你就不对劲了。到底遇到了什么，你跟妈说啊。妈是没啥能耐，但谁欺负我姑娘，我拿我这条老命跟他抵上了。"

她看着生母，拉住了她的胳膊，轻轻地唤她："妈，没事，真的没事，我就是想你们了，抽空回来看看你们，真的，特想。刚才的电话，是上司催我回去，我才回来就要走，我真的舍不得。"

"迪子，啥叫舍不得啊？你有空就回来啊。"

"妈，我很忙……"

"没空的话，妈去看你！"说到这里，她突然想起什么，"闺女，妈还不知道你住哪里！你这些年还好吗，算一算，你都快三十了吧？个人问题解决了吗？这事儿可耽搁不得啊！"

"嗯！"

"到底解没解决啊？"

她摇了摇脑袋："还没！"

女人急了："这怎么得了？都这么大了！"

"忙啊！"

"再忙，也不能忙成这样啊！"

"嗯，听您的，等不忙了，我一定把自己嫁了！"

"那行，你没空回来，妈去看你！"

小迪说："我跑业务，到处跑，分到哪里是哪里。"

"怎么忙成这样啊！"

"妈！"她又轻轻地唤了她一声。

"我昨天去镇上的银行取钱，银行太小了，超过五万要提前预约，所以，我只取了一万。剩下的在这卡里，密码是你将我送走的那天的年月日"

小迪递过卡，她接过了，哦了一声，问："你被送走的那天是几月几号来着？"

小迪告诉了她，女人点头说："记下了。"念经似的念叨了一会儿。

"妈，我可不可以问您一个问题？"

"说啊，迪子。"

215

"我是什么时候生的？我妈……我是说养我长大的妈说，我的生日，不是我真正的生日，是她把我抱回来的日子。那我是什么时候生的呢？"

"哎呀！"女人一脸苦思道，"这谁还记得啊，反正就是大冬天，下着雪的时候生的你。"

"具体日子呢？"

"真的不记得了。"女人说到这里，挠了挠头，"刚刚你告诉我的密码是多少来着？打个岔就给忘记了，年岁大了，看这记性……"

她是她女儿，十月怀胎生下的女儿，她连她是什么时候生的都不知道，她的一生，好像都是这样的笑话。她笑了一下，从包里拿出一张纸，拿出笔来，将密码写好给了生母。生母拿到手上，折了又折，小心翼翼地揣进了兜里。这时，令所有人想不到的事情发生了，好像就是一瞬间的事情，朱小迪一下子跪在了女人面前。

女人惊了，伸手去拉小迪："你这是干什么啊？迪子，有什么话，起来说啊……"

小迪反拉住她的手："妈，谢谢您！"她泪流满面地说，"谢谢您把我生下来，谢谢您。"她俯下身去，给她叩了三个响头。

这三个响头叩进了女人的心里，她像脚下泼了一瓢水一样，跳了起来。

陈宁睁开眼睛的时候，先是眼前好像蒙着一层光，接下来，看清了挤在病房里面的人。

陈老母哭得眼睛都肿了，扑过来，就一手拉住陈宁的手，另一只手就去摸陈宁的脸。

"宁子，你醒了！你醒了，宁子？"陈老母老泪纵横，死死地拉着儿子的手，激动地重复着这些话。

他的手腕在输血。他想说话，却只感到声带发紧，很艰难地说："我……没事了，妈……别哭啊！"

陈老母扑在儿子身上，号啕大哭。陈宁的朋友们都来劝她："阿姨，别哭了，宁子这不是醒了吗？"

陈宁的老爸红着眼睛走过来，将陈老母拉住，嘴里边念念叨叨，边把陈老母给拉了出去。在走廊里的时候，他低喝一声："够了，别哭了！儿子好生生的，你哭什么啊？"

陈老母老泪纵横："老头子！陈宁抢救的时候……我忍着不敢吭声，这会儿哭出来，我心里好受一些！"

她竟一把搂住陈宁老爸的胳膊，哭嚷着："这孩子都当爸了，怎么还不让人省心？我都一把年纪了，经得起这样的刺激吗？这臭小子哦，这个臭小子……"

老夫劝着老妻："好了好了，老婆子，别哭了别哭了……"

病房里，大伙儿围在陈宁的床头。

这件事情，是唐欣最先得到的消息，她的表妹要结婚了，她就联系陈宁，预定服务。这时的陈宁在手术室做缝合手术，陈老母拿着他的手机，接过时，唐欣就知道了此事。唐欣知道此事后，马上赶了过来。

唐欣知道陈宁遇刺的消息后，高中时和陈宁玩得很好的男生们也赶了过来，他们围在陈宁的床边。

"陈……宁！"离他最近的唐欣刚叫出口，眼泪就滚了出来。

陈宁虚弱地"唉"了一声，眼睛在立在床边的人群里看了一圈："你们都来了？"

唐欣点头："嗯！"

"我……老婆呢？"他吃力地想起身，而刚动动身体，被绷带绑住的伤口，就有撕裂般的疼痛。

大家面面相觑，都不知道怎样回答。

其实大家都很奇怪，当初，唐欣在群里告诉大家，陈宁结婚了，举办婚礼的时候，再通知大家，可是，这句话直今没有下文。

高中同学群里的旧时同窗都没见过小迪，也不知道他的老婆长什么样子，自然也不会知道陈宁和钱娟纠缠了这些年的事情。所以，陈宁问这话时，没人知道他的老婆去了哪里，大家只有真心地安慰几句，

217

再三三两两地离去，除了骆非。他也没有见过小迪，只是在陈宁娶她之前，听陈宁提过小迪的事情。

骆非是陈宁的高中同学，他是学心理学的，可后来，当了宠物店的老板。他总是自我解嘲道，了解动物比了解人容易。

其实大家都知道，骆非想当个出色的心理医生，只可惜，那时他过于自信加自负，接触的第一位病人就让他陷入苦不堪言的处境。他的女性患者爱上了他，而他有女朋友。他让心灰意冷的女孩子对他产生别样的感情，而他自己却无法收放自如，陷入无言的痛苦里。他将这些事情瞒着女朋友，和女朋友如期举行婚礼的那天，那个患者跑来，当场在他们的婚礼上自杀……

那女孩子死了，女朋友也分了。他一个心理医生，却弄得自己心理有了毛病。

当初，陈宁遇到小迪时，跟他提起过自己帮助小迪的事情。骆非听完陈宁的陈述后，就说过这样一句话："帮助这种习惯了冷漠与孤独的人，你一定要做好思想准备。你觉得你的帮助就是一滴水，微不足道，而她会像一瓶浓硫酸，发生强烈的反应"。

陈宁当下就笑道，你是一朝被蛇咬。

女人与女人之间有闺蜜，男人与男人之间有也无话不谈的朋友。

陈宁和钱娟的婚外情，骆非也是知道的。因为他学心理，就算不是心理医生，但开导人还是绰绰有余的，所以，陈宁会找他诉苦。

骆非奇怪地问陈宁："你是怎么又和钱娟在一起了？"

陈宁苦苦一笑："唐欣的婚礼上，我遇到了她。"

"那后来呢？"

"后来，她不停地给我发短信，要我抛弃妻子，和她在一起。我当然不肯，可是，她告诉我一件可怕的事情。

"我们上大学的时候，曾有过一个孩子，她害怕学校知道后开除她，又怕去大医院被熟人看到，于是去了小诊所。这件事给她造成了很大的伤害，让她习惯性流产，再也不能有孩子了……可是，她从来都没告诉我，我只知道她总是在吃避孕药，我不让她吃，她非要吃。我说我们要个孩子，来个奉子成婚，她就冲我大发脾气……我不知道，我真不知道，我真不知道她怀不住孩子的事……她哭着告诉我时，我都蒙了。"

"不能生孩子还吃什么药？"

"怕我生疑，为什么没有孩子。吃了药的话，她的不能生，我只会往药的身上想，不会知道真相。"

"那为什么又分开？"

"她说，医生告诉她做不了妈妈后，她变得反复无常，情绪很容易波动。住我家时，天天跟我妈吵架，天天逼着我跟她出去找房子结婚，而那个时候……我的钱全借给宋进中的网游公司做开发了，哪有钱买房子？我让她缓几年，她也不多说，连行李不拿就走了。我想着她在气头上，等她消消气再哄她，却没有想到我第二天去找她，她家人说她连夜离开了这个城市。我给她发了无数条短信，打了无数个电话，她都不回也不接。我去找她，一点线索都没有。一个月后，她才给我回了短信说，别找她了，她要结婚了。后来同学都打电话问我，你们怎么了，钱娟怎么嫁给别人了，刚刚还在群里晒幸福，群相册里全是他们的婚纱照！

"那段日子，我是怎样过的，你们都知道的；我是怎样生不如死，你们也是晓得的。那痛苦，根本做不得假的。

"痛苦了这么多年，我遇到了我的妻子，她懂我的心，她让我走了出来。我终于想明白，钱娟都嫁人了，我应该放手，不能这样自私地傻下去！

"可是，当我和我妻子结婚后，钱娟又找上门来，告诉我，她根本没有结婚，她所谓的婚礼，只是花钱找人演的戏，目的是让我死心。"

这事越说越复杂了，骆非听得云里雾里，陈宁只有从怎样遇到小迪开始讲起，这样，故事的脉络就很清晰了。

"她让我跟小迪离婚，她说以前是因为没有孩子才走，现在，我有了孩子了，那个我不爱的女人，就该走了！"

"那你爱你老婆吗？"骆非问了一句。

陈宁说："如果我不爱她，我为什么要娶她？我根本不想出轨，可是，如果我不依钱娟，她就要去找小迪！

"我很怕她伤害小迪，小迪好不容易找到我，好不容易有个依靠，我怎么能让精神分裂的钱娟去找她？我没有办法，只有一错再错。"

骆非忍不住叹了一口气："陈宁，你在玩火！"

他痛苦到了极点："我有什么办法？我能有什么办法？我根本不想离婚，根本就不想离。可是钱娟怎么办？她根本不接受心理治疗，动不动就虐待自己，想起来就觉得很恐怖……别人无法理解我，难道你也不能吗？当初为你自杀的女孩，你不是到现在还有心理阴影吗？"

骆非没有见过小迪，但知道小迪的事情，也知道陈宁和钱娟的，但做过心理师的他，还保留了做心理师时的职业操守，就是替人保密。所以，在大家都不知情的情况下，他很清楚发生了什么事情。此时，骆非看着躺在床上的陈宁，脑海里响起他们以前的对话。他看着陈宁，一句话也没说，只是叹了一口气。

这时电话响了起来，陈宁刹那间来了精神，一下子从床上坐了起来，坐起来的速度让人惊讶，甚至让人怀疑他有没有受伤。

这电话铃声是属于小迪的，他激动地接了电话，心脏跳到了口里，急促道："老婆，老婆你在哪儿？"

走廊上，钱娟匆匆奔了过来。

她拉住唐欣的胳膊，焦急地问："他怎么了？陈宁到底怎么了？"

唐欣没有怀疑钱娟怎么会来这里，她通知了别人，别人也会通知她，而且，她正伤心，哪有时间去想这些问题。见钱娟赶来关心陈宁，唐欣靠着墙边哭："他在里面。"

钱娟气喘吁吁地冲进了房间。

探视的人群离开了。

陈宁平躺在床上，孤单地看着天花板，听到她的脚步声，他微侧了脑袋，苦笑了一下。

"你来了？"他的声音嘶哑。

她扑上前去："宁……"

她哭着扑到床边，捉住他冰冷的手。他的手很大，因失血过多有些凉，还有些僵。她紧紧地抱着，捧在自己的心口。

"吓死我了，宁！"

他悄然地抽开了手，在她含泪的惊愕下，他说："我是很爱你，到现在都爱。可是结婚和恋爱，真的是不一样的！我居然在她走后，才明白这个道理。明知道你有病，我就应该带你去医院，为什么要陪着你疯，陪着你去伤害我很在乎的人？"

她停住眼泪问他："你说什么？"她好似很无辜。

他咬紧了牙齿，眼泪从眼角滑落下来。

"为什么要寄那种东西给她？你抢了他的丈夫，为什么还要写那种话刺激她？"

"你到底在说什么？"

"你还装吗？"陈宁怒道，"我从电信局里看到短信打印清单了，你用我的手机发的那些话，我全部看到了。你居然当着我一套，背着我一套，说好不去打扰她，却还在背地里折磨她。你占用了她的男人，居然还给她寄那种东西，再问她感觉怎么样？她是女人，你也是女人，你怎么可以做出这样的事情？"

这三年，她深知他的不忠，却总是宽容。她总是在他出门的时候，站在门边，看着他一步一步地走远。她总是在他回来的时候，轻轻地拥着他，说一句："老公，你回来了！"

他说一个小小的笑话，并不怎么好笑，她却笑得非常开心。她说只要是他说的笑话，再无趣，她都会觉得很开心。

她总是喜欢依着他，说"我真的很爱你"，说完后，又问，会不会肉麻？有没有起鸡皮疙瘩？

一想到她，他的心就拧着痛。

"她说要跟我离婚，她走了，我找不到她了。

"我给她打电话，她不接，我给她发短信，她也不回。刚才她跟我打了电话，她说……她已委托了律师来跟我签订离婚协议。她什么都不要了，就是想离婚。她连儿子都不要了，不管我怎样求她，她都不肯原谅我……我们已经对不起她了，你为什么还要这样对她？"

他想哭，他想到小迪就心痛……

他耳边响起了她的声音，她不停地说，我很幸福，我很幸福，我真的很幸福……

而他许给她的幸福，从来没有兑现过。

刚才，小迪和陈宁手机通话了。

陈宁向她认错，求她原谅他，求她看在儿子的分儿上，原谅自己。

她在那头冷冷地说："这是不可能的，想到你和她上过床，我就感到恶心！"

"你嫌我恶心？"他突然感到痛了，心口的，还有伤口上的。他捂住了腹部，冷汗涔涔："她是我的前任，在认识你之前，我就和她同居过，你嫌我恶心，那你当初为什么要跟我上床啊！那时候你都不嫌我，为什么这时候你就不能原谅我？"

她冷冷一笑："陈总，你的问话很搞笑，那时候你我不是夫妻，你跟几个女人上床，和我有什么关系？"

"小迪，我真的是有苦衷的！"

"过程怎样，我没兴趣知道，我只知道事实摆在这里，我很佩服我自己居然忍了三年。"

"三年，都三年了，你刚开始知道的时候，为什么不说出来？你为什么要拖这么多年？"

"陈总的语气好像是在责问我了？是在怪我三年前就知道了，为什么还要拖你们三年，没让你们这对苦命的有情人终成眷属吗？"

陈宁激动了，请她看在儿子的分儿上，原谅他。

她冷冷一笑，笑声从话筒那端传了过来，让他浑身发冷："哦，陈总还知道自己有儿子啊？做那些事情的时候，怎么就不记得你是有家

222

有口的？”

“小迪！”他感到恐慌，感到她像手里的沙，再后一粒都留不住了。他禁不住哽咽着："看在儿子的份上，看在我妈和我爸的份上，别走，可以吗？"

“你都已经拖了我三年了，你还想继续拖下去吗？你拖得起，我可拖不起，我还年轻，我还有些皮相，我不想心里怀着疙瘩，跟你疙疙瘩瘩地过一辈子。你要真觉得过意不去，就别把我从你那里拿走的卡冻结。哦，对了，跟你妈说一下，你跟我没有关系了，你是死是活别再找我了。"“你若真的要跟我离婚，你还是得回来见我，离婚证没有本人到场，是不可能办的。”他的本意是，她能回来，大家好好谈谈。

她却毫不拖泥带水地说了好，到时，她一定到。

“小迪要跟我离婚了。”陈宁对着钱娟说，“我不想离，可她心意已决，好像没有回转的余地，我对不起她，我们两个都对不起她。”

“有什么对不起的？你本来就应该属于我！”

陈宁看着钱娟，看着这个心态早已扭曲的女人，终于知道她已经自私得无可救药。而更无可救药的是，自私的人，从来都不会承认自己的自私。

陈老母再次返回来，手里提着一食盒的补汤，推门而入，看到钱娟时，脸上的表情僵住了，钱娟却笑着喊她阿姨，陈老母缓过神来答应了一声。老人家一路走进来，经过钱娟的身边时，还很滑稽地斜着眼睛去看她，心里犯着咕嘀，她来干什么？刚刚来的时候，她还以为是她的媳妇小迪呢。

钱娟看到陈老母手里的食盒，就伸手去接，陈老母却一把将食盒抱住，连说不用不用，你忙你的去吧。

钱娟说："现在我哪儿也不去，我只照顾陈宁。"

“不用了不用了，我媳妇马上就回来了！”

“她不会回来了！”

"什么？你说什么？"

钱娟只是笑而不语，在陈老母愣神的时候，将她手里的食盒接了过来，打开来，里面香气四溢，是猪肝汤，补血的。

钱娟把汤倒到里面的小饭盒里，放到一边的桌子上，就要扶陈宁起来的时候，陈老母赶紧跑过去抢着扶住陈宁："唉唉唉，我来我来！"

钱娟一怔，随即露出笑来，问："您这是干什么啊？"

陈老母板着脸说："还是我来吧，待会儿我媳妇进来，该误会什么了。"

"妈，求你不要提她了！"陈宁突然低吼了出来，这一吼，扯痛了伤口，他痛得用手捂住伤口，紧蹙着眉头，脑袋深深地低下去。抬起来时他倒吸了一口冷气，眼底迅速泛起了泪花。

陈老母不知道发生了什么事情，只是紧张地扶住陈宁，一脸焦急道："宁子，你怎么了？"

陈宁摇了摇脑袋，想表示自己没事，却忍不住一把拉住陈老母的胳膊，整个人就投进了陈老母的怀里，抱着陈老母半天，就是不说一句话。

陈老母怔了："到底是怎么了？"问完这话，她突然感到自己胸前湿湿热热的。陈宁抱着她，就像小时候受到惊吓一样，惊魂未定地抖动着肩头。

她吓坏了，陈宁居然在她怀里哭了。

"妈……"他在她的怀里，声音模糊不清，因为在哭，有很重的鼻音。

"小迪，不要我们了！"他吸着鼻子，双手环住了陈老母，弄皱了她背后的衣服，"她……不要我们了……"

陈老母从医院出来的时候，整个人蔫蔫的，像被霜打过的茄子。在门口遇到闻讯来看陈宁的街坊旧友，大家看到她，远远地就叫着"老嫂子"。

陈老母深受打击地抬起头来，就看到这些旧时的好友。她们约在一起来看陈宁了，一看到陈老母抬起头来看着她们，她们就快步上前，拉起陈老母的手说："我们都是来看宁子的。"人群里，还有一个将近八十岁的老阿婆，那是陈宁家的老邻居了，是看着陈宁长大的。陈宁见到她，总是阿婆阿婆地叫，她有什么三病两痛，陈宁还背着她上医院。远亲不如近邻，宁子比她的亲孙子们还孝顺。一听到宁子被人捅了，她老人家就佝偻着腰，拄着漆红的红木头拐棍，一颤一颤地在大家的搀扶下来看陈宁。

陈老母抬起红红的眼睛看着她们，顿时间感到异常委屈，露出有苦难言的样子，这些老姐妹们看着就心神不安了。

"老嫂子，这是怎么了？"

陈老母被人一问，更是无法控制情绪，眼泪一下子滑落下来。她头微微地上扬，鼻孔一翕一翕地扩缩着，嘴巴紧抿着，下巴因为酸楚而一颤一颤地抖动。

"没……了！"

她想告诉她们，她又乖又好的媳妇没了，可这两个字刚说出口，一股酸楚涌上口鼻，嘴唇直打哆嗦，就再也说不出一个字。

这伙人一听到"没……了"，又看到陈老母说完这话哭得凄惨的样子，顿时以为她在说陈宁的小命没了！

这养儿养女的，辛苦了大半辈子的人，哪里受得了白发人送黑发人的惨剧？几个老太太当场就落泪了。

陈老母伤心得说不出完整的话来，边上的人不是红着眼睛，就是淌着眼泪让陈老母"想开点"。八十岁的老阿婆耳聋了，眼可不花，她瞅着不对劲了，就拉着边上扶她的老妇人问怎么了。

老妇人吸着鼻子，弯下身，在老阿婆耳边说："阿婆，宁子没了！"

老阿婆顿时扛不住了，瘪着没有牙的嘴，挤皱了满是沟壑又干如树皮布满老年斑的脸，有节有奏地放声大号起来。

"我的宁子唉——你怎么说走就走了啊……阿婆看着你长大的啊……呃呃，我的宁子啊——"

老阿婆仰天号着号着，她老人家经不起这激烈的"体力运动"，身体像被烫水淋过的面条，一屁股坐在了医院大门的草地上，手里的拐棍也倒在了地上，她闭着眼睛，哭得抢天悲地。

进进出出的人只当得病了的病人去了，除了深表同情，别无其他。而随同一起来的人，只感到悲伤，一起掉着眼泪。

这一哭不打紧，陈老母可看傻了眼，她家陈宁还活着，这些人……这些人号个什么丧啊？

陈老母的眼泪滑稽地挂在了脸上，忙奔过去边扶起老阿婆边解释。知道真相的大伙儿，最后都哭笑不得。

耳朵有些背的老阿婆在大家大声的解释中，终于明白了事情的真相。

惜惜在爷爷的带领下来看陈宁。陈老母因为去送那些看望了陈宁的旧朋好友，所以与他们两个错过了。

小小的惜惜一跑进病房，就来到陈宁床边，肉肉的小手紧紧地捏住陈宁的大手。

"爸爸！"他肉乎乎的下巴搁在了放在床上的小手背上，黑溜溜的大眼睛一眨不眨地看着陈宁，"爷爷说你肚子破了，还疼吗？"

陈宁看着惜惜，苦涩地笑了一下，带着父爱，将另一只手扬起，按在了惜惜的脑袋上。

"爸爸不疼了，看到你就好了！"

"真的吗？"惜惜边说边吸着右手大拇指，陈宁皱了皱眉头："惜惜，把手拿下来。"

惜惜马上意识到自己做错事情了，忙把手放下，然后小声说："爸爸，我想要妈妈。"

陈宁的眼眶顿时就红了："妈妈，出远门了。"他想跟他说，因为出远门了，所以要很久才能回来。

惜惜好像明白了什么，说道："我知道了，我知道了，就像爸爸一样。"说到这里，惜惜没再闹着要妈妈了。在他的潜意识里，妈妈和爸爸一样，走得再久，都会回来的。所以惜惜一下子直起身子，双手一伸，紧紧地搂住了陈宁的脖子，脸挨着脸，奶声奶气地问陈宁："爸爸，那你还要出远门吗？"

陈宁紧紧地挨着惜惜，挨着他肉乎乎的小脸，心里一阵酸楚。

他根本不是一个好爸爸，他在惜惜三个月零七天的时候，就老是"出远门"，甚至他第一次叫爸爸时，他都不在他身边。

小迪给他打电话时，激动地说，老公，老公，惜惜会叫爸爸了。惜惜，叫爸爸。叫给爸爸听。

小迪的声音越来越远，好像是在把手机给惜惜，她柔声引导着惜惜，爸……爸，惜惜，叫爸……爸！

他拿着电话，带着喜悦和期待，只听到儿子在咿呀学语，奶声奶气，吐词不清，却真的叫出了爸爸。那一刻他泪盈满眼，无法形容的感动让他恨不得立刻飞回去听儿子叫爸爸。

可是他没有！

"老公，儿子长牙齿了，儿子长牙齿了，像小米粒似的，好好玩啊！"

"老公，真头疼，儿子什么都往嘴里塞。"

"老公，我快笑死了，儿子……把拔出来的插头往自己的鼻子上插。"

想到小迪总是兴冲冲地向他报告，想到大人们逗惜惜，问他，你知不知道你爸爸叫什么啊？他说，知道，叫银（宁）子。

然后又问他，你妈呢？

惜惜奶声奶气地说，小蹄（迪），朱小蹄（迪）。

啊？什么？猪蹄？

不系（是），系（是）小蹄（迪）。

想着惜惜边说边急得跺着小脚，又发不准"迪"字音的样子，陈宁又想笑，却更想哭。他侧过脸去，亲了亲惜惜的脸。惜惜身上淡淡的香气，像极了小迪身上干净清爽的味道，这刺激得陈宁噙了眼泪说："不去了，不去了，爸爸再也不出远门了！"

他没必要出远门了，可是小迪，却再也不会回来了。

　　他们再也不是夫妻了。细细回味，他与她从来没有过刻骨铭心，也从来不曾有过"相濡以沫"，甚至茫然回首时，都找不到一点爱的痕迹。他们两个，唯一的联系，就只有惜惜。

　　陈宁抱着惜惜时，钱娟拎着一个饭盒从外面走了进来，一眼看到陈宁的父亲站在窗台边，她礼貌地叫了一声伯伯。

　　老人家风淡云轻地嗯了一声。

　　陈宁的父亲是一个很低调的人，出生在书香门弟，上山下乡那会儿，下放到农村认识了陈宁的母亲，她是村干部的女儿，大大咧咧的……相中了陈宁的老爸后，两个人就举办了婚礼。招工那会儿，因为是"村干部"的女婿，所以第一批招工，就把陈宁老爸给招回去了。

　　陈老母性子急了一些，有什么看不惯的就喜欢嚷出来。而陈老伯平时很少说话，但是技术很好，年轻时是数一数二的技工，退休前是数一数二的技术工程师。

　　钱娟住在他们家的时候，陈老母看到她花钱没谱，总啧啧地说，这哪里是钱娟，这就是一"捐"钱的主儿。

　　可无论陈老母唠叨什么，陈老伯都不喜欢吭声，实在说急了，就应付一句"嗯啊"。

　　陈老母一急就会说："你吱声啊！"拉他的时候，他一挪屁股，捧着一本书，再来一句："嗯啊！"气得陈老母破口大骂："我这辈子就跟你没有过共同语言。"

　　陈老伯耸着肩哼哼一笑，小声咕嘀："儿孙自有儿孙福，我们就不要操心了。"

　　因此相对于陈老母，钱娟更喜欢陈老伯。

　　陈老伯是什么都看在眼里，却什么都不说的人，他喜欢待在书房里看书，或者出去爬山钓鱼修身养性。他老人家的太极拳打得相当好，惜惜从小就看着爷爷打太极拳，蹒跚学步的时候，就能扬着小手，有模有样地比划两下。

　　说到惜惜，钱娟自然是知道的，陈宁的手机屏面就是他的相片。

这小家伙，长得极其可爱，眼鼻眉毛像极了陈宁，小小年纪，就英气逼人。

将饭盒放到陈宁的床头后，钱娟转过来摸了摸惜惜的脑袋，对他说："你叫惜惜吧？"

惜惜大眼睛熠熠生辉地看着她，奶声奶气地说："你怎么知道？"说这话时，他的小脑袋还亲密地向着陈宁歪去，紧贴着陈宁的脸。陈宁就侧过来，在他脸上香了又香。

钱娟说："我当然知道啊！因为我很喜欢你啊！"说完后又问，"惜惜喜不喜欢我呀？"

惜惜望着钱娟，认真地摇了摇脑袋。

钱娟问："为什么啊？"

惜惜一下子抬起了脑袋，对钱娟说："我不能喜关（欢）你！"

"为什么啊？"钱娟不明白了。

惜惜说了一句让人跌破眼镜的话："因为我有喜关（欢）的人啊！"

陈宁"噗"地一下笑了出来，故意别了声音学他："你喜关（欢）谁啊？"

"我喜关（欢）……喜关（欢）……"惜惜说着，像小狗喘气一样，小胸脯急促地起伏两下，嘟嘟地说，"我喜关（欢）妮妮。"

"妮妮是谁啊？"

"我们小班最泡浪（漂亮）的女孩。"

陈宁忍着笑："长得多漂亮？"

"长得……长得……"惜惜呼呼地哈着气，好像语结了，不知道怎样形容，愁得皱紧了小眉头，突然他兴奋地将小手一扬，开心地说，"像奥特曼！"

全场都忍不住地笑喷了，连一向低调的陈老伯都笑得挤皱了脸。钱娟笑得别开了脸，陈宁更是笑得扯痛了伤口，"哦"地一声，皱了眉头，捂住了伤口，笑着半闭着眼睛"嘶"着。

惜惜看着陈宁："爸爸，肚肚又疼了哇？"

229

陈宁这时就是再痛也不痛了，他故意皱了眉头，撇撇嘴，点点头说："嗯。"

"那我给你你油油（揉揉）。"他说着，小手就按在了陈宁捂着伤口的手背上。小手就在他的手掌上，就那么"隔空打牛"似的"油（揉）"啊"油（揉）"。

他吭哧吭哧地"油（揉）"了一小会儿，就停住了手，抬起脸来，用圆溜溜的大眼睛看着陈宁，扬扬小眉头，一脸关切地问："爸爸，租不租铺（舒不舒服）？"

陈宁忍俊不禁，连连点头："租铺租铺（舒服舒服）。"

钱娟呵呵地笑着，来到惜惜面前，带着笑意问道："你可以喜关（欢）别人，也可以喜关（欢）我呀！"

惜惜还是摇了摇脑袋，一脸认真地拒绝道："不行的，我阿应（答应）妮妮了，不喜关（欢）别人，不跟别人玩家家酒，不给别人的宝宝当爸爸。我们拉过兜兜（勾勾）的。"

他每说一句话，小脑袋就有起有伏地由上向下点一下，那样子，真是可爱得让人想尖叫。

"嗯！那我喜关（欢）你怎么办？"钱娟故作为难地问他。

惜惜居然为难地皱紧了小眉头。

更让人笑破肚子的是，惜惜居然人小鬼大地摇着脑袋叹了一口气，说："对不起，我不能喜关（欢）你，妮妮费（会）……费（会）……费（会）伤心的。不能喜关（欢）就是不能喜关（欢），我要对她负责的。"

"你才多大一点啊，就要负责？"陈宁忍不住笑着打趣。

惜惜急了，一脸认真又极稚气地说："妈妈说男子汉就是要懂得负责的，不负责，沸（会）后匪（悔）的。"

惜惜太小，不懂得什么叫负责，但他很坚定地拒绝了钱娟。他小小年纪就懂得不能三心二意，不能喜欢一个，又喜欢另一个。

陈宁的笑凝滞在了脸上，再笑的时候，已不再是开怀的笑了，而是含着一些心酸。

他想到小迪，想到他那样伤小迪，她还把惜惜养得这么可爱，没有一点心理阴影，更没有让惜惜对他有一点怨念，他的心又开始痛起来。

"母亲会影响孩子的爱情观，而父亲会影响孩子的人生观。"这是小迪对他说过的话。小迪说："'母'亲的母字，是个很形象的字，中间的一横，就像一块薄薄的木板，上面的点和下面的点平行着。就像小时候隔着桌子玩的小吸石，上面的往左，下面也往左，上面的往右，下面也往右。父亲的'父'字，上面是个八，下面是个X，是不是很奇怪？其实一点都不奇怪，X表示错，上面的八，就好像一双手在扶正孩子的错误。和动物世界里，没有父亲的小象会发狂，是一样的道理。"

他突然很想知道，小迪是怎样对惜惜说起自己的。他突然控制不住自己，不顾钱娟在场，就轻扶了儿子的小肩膀，轻声问他："惜惜，爸爸出远门时，你有要爸爸吗？"

惜惜点了点头说："有要！"

"那妈妈是怎样说的？"

惜惜说："妈妈说，爸爸粉耐粉耐（很爱很爱）惜惜，为了惜惜才忙的，让惜惜记住爸爸的辛蒲（苦），长大后，好好叫（孝）顺爸爸。还有奶奶，还有爷爷。"

说这话的时候，惜惜笑得眼睛都眯了起来，他的无邪可爱，让陈宁无地自容。

知道他出轨的小迪居然从来都没有怨过他，居然没给惜惜灌输一点负面的东西。

连小孩子都能明白，有了喜欢的人就不能随便喜欢另一个，他居然不知道，他更没有像惜惜一样简单干脆地拒绝，他连儿子都不如。

钱娟看出陈宁眼中的落寞，马上打着圆场说："好啦好啦，不聊了，吃饭吧。看！"她边说边拿出食盒，打开来，是很香的汤味。

"香吧？"她笑着问，"是我跑好远去买的！"她说着，就看着陈宁的脸，"是你最喜欢的，我一直记得。你喜欢的东西，我都记得。"

　　钱娟深情地凝视着陈宁，陈宁苦笑一下，低下脑袋回避了她的注视。他刚拿起汤，惜惜就拢过来说："我也想喝！"

　　陈宁顺势把手里的碗递给了惜惜，惜惜捧着碗，没从陈宁手里拿过来，而是转过脸，对陈老伯说："爷爷先喝！"

　　陈老伯摇了摇脑袋，缓声细语地说："爷爷不喝，你喝！"

　　这是惜惜的习惯，也是小迪教出来的：无论何时何地，都得让长辈先用后，他才能用。

　　陈老母先前疼爱惜惜，只要上桌子吃饭，什么好吃的都先给惜惜。小迪说："妈，我记得我小时候住在老家时，有一个婆婆被活活饿死了。她其实是有儿子的，她把儿子都疼化了，疼到都不像是在养儿子，倒像是在供祖宗。儿子长大后，吃喝嫖赌不正经做事。她以为给儿子讨房媳妇，儿子就能好下来，可是，媳妇说嫁进来可以，条件是不让他父母住在一幢房子里。他的父母居然同意了，在大房子边上盖了一间小屋子。媳妇刚娶进来，老爹爹就出车祸死了，儿子把肇事车主赔给的钱全吞了，把老父草草地埋了，就再也不管老母了，老母最后就这样活活地饿死了。别人都说老母可怜，我却觉得这是应该。妈，你会不会觉得我的心很毒？可是，事情就是这样啊，因为她一开始就没有把儿子当儿子养，那儿子不把她当老妈看，又有什么好奇怪的？

　　"为什么现在有这么多人喜欢看韩剧呢？因为韩剧里有我们缺失的东西，那东西就是长尊有序的礼仪，那原本就是古代我们传过去的。其实我们一直知道那是对的，只是因为我们太宠孩子，把这些东西都丢掉了。

　　"现在的人都喜欢啧啧有声地说现在的孩子不像孩子，可现在的父母像正常的父母吗？现在的老师又像正常的老师吗？……所以，惜惜不可以这样，他一定要学会长幼有序。别人的孩子怎样我不管，我只知道我的孩子走出去，一定要是最懂礼貌的那个。"

　　所以，惜惜从小就养成了这样的习惯，不管吃什么东西，都会先顾着长辈，只有他们要或者不要的时候，他才会顾上自己的嘴。

当爷爷说不要的时候，惜惜又把碗向陈宁推去，对他说："爸爸，你喝！"

陈宁摇了摇脑袋，笑道："惜惜先喝！"

"嗯！"得到爸爸的回答，惜惜才捧了碗，脚尖一垫，含住了碗沿。

陈宁的手一伸，把碗底拿住了。惜惜的手太小拿不住碗，他就一直帮着拿着。惜惜咕噜咕噜地喝下去时，陈宁用手抚了抚惜惜的头发。

"慢着，慢着，别呛着！"

汤是温的，可是有参，所以惜惜喝得发汗了，喝完后，他张大了嘴巴，夸张地"啊"了一下。陈宁笑了，拿过碗，抽了纸巾给惜惜揩嘴，很仔细地揩，好像用一块天鹅绒去擦一块闪闪发光的宝玉。

"还喝不喝？"他轻声问。

惜惜大力地摇了摇脑袋："不喝了，肚子喝大了！"

陈宁听到这里就笑了，眼底有晶莹的东西在闪，此刻他的眼里就只有这个儿子。

钱娟觉得心底有什么东西嘶嘶地断裂，她深知他以前喜欢什么，不喜欢什么，却不懂得时间可以改变一切。陈宁望着儿子时，笑得开心温柔与慈爱，那笑容是他们拥有的曾经也不曾有过的。钱娟的眼底积满了泪水。

陈宁却一直望着儿子笑，先是笑得很开心，一会儿笑里就有了酸意。

细细地看着惜惜，他还是长得更像小迪，越看越像，像极了！

心口不由得刺痛起来，陈宁不由自主地抱住了惜惜。这可怜的……没了娘的孩子……

他一心想保全这个家，没有想到，最后这个家还是毁在了他的手上。

陈宁出院后，小迪委托的律师就跟他起草离婚协议，还有相关的财产划分及惜惜抚养权的问题。

陈宁有些失望："我妻子……不肯来吗？"

律师说："我是受她委派的，只要您在这份协议上签了字，办好相关的程序，她就会在民政局前等你办证。"

坐在陈宁边上的钱娟拿起了那份财产分割协议，刚看一眼就叫嚷出来："凭什么啊？她凭什么分这么多啊？"

律师说："我们为陈先生做过资产评估，这些对于他来说，不算什么。"

钱娟不依道："给一套房子还不够，还想要钱啊？"

陈宁将她手里的文件抢了过来，看都不看，就签了。

"你……"

他说："是我们对不起她，她不告我重婚，肯把儿子给我，已经够宽容了。"

"可是……"

"我都答应跟她离婚娶你了，你还想怎样？"他突然暴躁道，"做错事的是我们，没分我家产的一半，你就该偷笑了，你还有什么资格挑三拣四的？"

律师拿了他签完字的协议，就给小迪打电话，告诉她事情办好了，可以回来打离婚证了。

打离婚证的那天，陈宁早早地就到他们打结婚证的民政局门口等着小迪的出现。

小迪出现，一步一步走到他跟前时，他突然觉得仿佛分开了几百年。

"小迪……"他忍不住感叹，"你……瘦了。"

她不语，向前走去。

拿了离婚证出来，小迪还是一言不发。陈宁上前一步，拦住她。

"我们吃顿告别的饭吧。"

她转身看向他："没胃口。"

"我们……我们找个地方坐坐。"

"没心情。"

"小迪，这些天你都去了哪里？"

"与你没有关系。"

"小迪！"

"再见！"

小迪背上背包，开始了一个人的旅行。

沿路旅行，去看了黄山闻名遐迩的同心锁。

他说过，要和她一起来挂锁。那些经过风吹雨淋日晒的锁上都生锈了，远远望去，壮观无比。还有一对对人在空余的位置上挂上刻完名字的锁后，将钥匙丢到云气满天的山底。

朱小迪也去求了一把锁，刻锁的师傅问她刻什么名字时，她说，朱小迪。朱，朱红色的朱；小，是大小的小；迪，是一个由字加一个走字底。

拿了那把锁，在密密麻麻的锁堆里找了许久，才找到一个可以挂锁的地方。

从一排一排的锁边走过的时候，好像历尽红尘万世。

终于找到一处地方，小迪挂上了自己的锁，上面只有一个人的名字，仅仅只有朱小迪。她将钥匙丢到了看不见底的山下，只觉得陷入云海，云好像吸入了鼻子，凉丝丝的，进入身体后，好像带走了全身的秽气。

她拿出了手机，按出录音，里面全是惜惜的声音。他第一次叫妈妈，他第一次叫爸爸，他第一次学会唱歌……连她电话的彩铃声都是他奶声奶气的童谣。

小迪点开了一段，惜惜的声音就出来了："门前大桥下，游过一群鸭，快点快点数一数，二四六七八……"

她听着听着，就笑了，笑得眼泪都出来了，脸上的表情很滑稽，手捂住了不知是哭还是笑的嘴。

"妈妈，妮妮是我最喜关（欢）的人哦！"

"那你不可以再喜欢别的女生哦！"

"为什么呢？"

"因为，妮妮会伤心啊！"

"那······我也喜关（欢）妈妈怎么办？"

"妈妈不算的！"

"妈妈也系（是）女生哇······她不让我喜关（欢）妈妈，惜惜就不喜关（欢）她！"

"为什么呢？"

"因为······爸爸叫惜惜叫务（照顾）妈妈呀！"

说会永远照顾小迪的陈宁，居然还没儿子尽心尽力。太多的委屈涌上心头，太多的伤心让人无法承受。

"我实在是······太累了！"她轻摇着脑袋叹了一口气道，"活得······太累了！"

朱小迪哭了很久，哭得嗓子沙哑，再也说不出一句话来，哭声从号啕到无声地抽泣。因哭得太久太伤心，小迪想要站起来的时候，却因为蹲得太久，身体供血不足，一下子晕倒在地上。这一倒，让她忘记了很多事情，忘记了······她来到这里，是准备找处山头就此一跳，向今生永别的。

钱娟搀着陈宁回到了小迪曾经待过的家。

到了晚上，惜惜奇怪地问陈宁："爸爸，她要住在我们家吗？"

陈宁问："谁啊？"

惜惜用手指着钱娟，说："她！"

钱娟弯下身来，对惜惜说："我啊？我不走了，以后我给你做妈妈好不好？"

惜惜说："我有妈妈！"

钱娟说："你那个妈妈啊，不会回来了！她不要你了！"

惜惜一听就大嚷起来："你骗人，你骗人，妈妈最喜关（欢）惜惜了。"

"她真不要你了！"

"钱娟！"陈宁对着钱娟大吼一声，"你够了没有？跟小孩子说这些干什么？"

钱娟说："我只是……提早告诉他！"

陈宁吼："你还想不想进这个门？想进这门，你就对我儿子闭嘴！"

陈宁的吼声把钱娟吓到了，把惜惜也给吓傻了，他吓得浑身一抖，像尿意来了似的打了一个激灵。陈宁马上去弯身抱他，拍着他的背说："不怕不怕，惜惜不怕。"

惜惜突然回过神来，在陈宁的怀里，"哇"的一声仰头大哭，边哭边用手背抹眼泪："我要妈妈，我要妈妈……妈妈，你肥来（回来）吧。"

陈老母正在厨房里做饭，听到惜惜大哭，边将手在油裙上抹着边跑出来，从陈宁怀里抢过惜惜："这是怎么了？我的心头肉肉。"

惜惜哭得打不住气，用手抹着眼泪，脑袋摇着，肩耸着，抽泣道："妈妈——我要妈妈！"

陈老母心疼死了："你们这是干什么啊？在孩子面前吵什么？"

钱娟没有看陈老母，只是看着陈宁。

"陈宁……"钱娟噙着眼泪说，"你从来没有对我大声说过话，你以前不是这样的。"

陈宁苦笑，气息从鼻子里出来："以前？"就没有后话了。

"你这语气是什么意思？"她不依不饶道，"我以前是这个样子吗？我到底是为了什么才变成这个样子的……我是为了你妈，还有你。我把自己的一生都搭进去了，陈宁，现在你反过头来问我，你想我怎么回答你啊？"

钱娟看着陈宁，陈宁痛苦得不知如何回答，她又转首去看陈老母，陈老母一句话也不说，只是避开了眼睛，去哄惜惜。她知道了发生在钱娟身上的事情，那自然是陈宁跟她讲的。

她当时听得心里不是个滋味，一直以为钱娟性格不好，老是喜欢发脾气，因此儿子迁就她的样子让她看着很不舒服。可是她没想到，她是因为儿子太孝顺，又不能满足自己想抱孙子的强烈渴求，所以才变得喜怒无常。这让人心底有了小小的震撼。可后来钱娟追究"责任"，把事情强加于别人"埋单"时，这种感觉到头来就从"很不是个滋味"变成了"很有味道"。

但谁会想到，这全是谎言，只是钱娟演得太投入了，投入得自己都要当真了。

演着悲情戏的钱娟来到陈老母面前，看着陈老母怀里的惜惜，想用手去摸惜惜的脑袋，但惜惜一把挡开了她的手，转过身去，死死地搂住陈老母的脖子，吓坏似的，边哭边微微地抖。

钱娟说："惜惜乖，不管你以后叫我什么，我都会把你当自己的儿子一样对待，我会好好疼你。因为你是你爸爸的儿子，只用这一个理由，我就会全心全意地对你。"

她说完这话，就看向了陈宁，泪珠在眼底滚动，轻轻地说："对不起，是我急了一点。以后，我再也不会这个样子了，你千万不要怪我。"

她刻意的委曲求全，让陈宁心里很不是滋味。

陈老母抱着惜惜走了！她心底有说不出来的感觉，她觉得这已经不像家了，像牢笼，被囚住的感觉，让人受不了。

屋子里就留下陈宁和钱娟两个人面对面站着。

钱娟说："陈宁，只要我能跟你在一起，即使马上要了我的命，我也愿意。"

她的眼底，是宁愿玉碎，也不瓦全的炽热，如果陈宁不和她在一起，她宁愿毁掉陈宁的幸福，有"上不了天堂，那么就一起下地狱"的决绝。

陈宁不冷不淡地说："吃饭吧！"

他转过身的一瞬间，钱娟从后而来，拥住了他的身体。

"老公！"她的侧脸埋在了陈宁背后的衣服里，"我爱你！"

陈宁的身板一直，眼瞳明显扩大一倍，僵直了身体。他痛苦地想起，曾几何时，小迪也是这样在背后，环着他的腰，贴着他的身体，像是漂泊无依后找到最后的归宿，像一片毫无着落的羽毛在飓风消停过后徐徐落地，缓缓归依。她在身后搂着他，甜甜软软地叫他老公的时候，他清楚地记得那份被人全身心相信后的感觉：有些甜，有些酸，有些奇怪的幸福感。他深刻地记得，他应着她"唉"的时候，他是由心而笑的。

钱娟如法炮制地紧紧拥住了他的身体，和小迪当初抱过来的感觉，截然不同。他只觉得她箍得很紧，像一个怪异的藤蔓树妖，缠得他连呼吸都不畅。他一时间觉得压抑难受，深深吸气的时候，他收了小腹，她却顺带着勒得更紧，紧到他已然喘不过气。

他扯了扯她的手，扯不动，他痛苦地感到窒息。

这一天，他们共同的朋友都知道钱娟和陈宁破镜重圆了。所有的人都喜庆地庆贺，说他们这对苦命的有情人终于在一起了。

这消息是钱娟拨打电话一个一个通知的，最先通知的，当然是他们的同学。每一位朋友得到这个消息，都惊讶地说，是吗？你们终于还是在一起了？真是难得啊，恭喜啊恭喜！

在他们眼里，陈宁和朱小迪的婚姻才是荒谬到极致的，两个不相爱的人走到一起，本身就是极可笑的。他们是看着钱娟和陈宁在一起的，也看着他们分开的，最终还是期待他们圆满的。所以，大家都替陈宁和钱娟开心。

陈宁从卫生间出来的时候，头发是半湿的，穿着白色的浴衣，敞开着，将腹部"井"字形的贴布露出来。他边走边用毛巾小心翼翼地去擦"井"字形贴布上的水珠，推门而入的时候，钱娟坐在他房间的床上打电话，边打边笑："谢谢啊，我和他真不容易呢，举行婚礼的那天，一定通知你！"

陈宁突然跑过去抢过了电话："你在跟谁打电话？"

钱娟笑着看着他："我在告诉朋友们，我们要结婚了。我想让他们

239

为我们高兴，我想得到他们的祝福，有什么不对吗？"

陈宁眼神复杂地看着她，她也一脸无辜地看着他，他突然心堵得说不出一句话。

抢过电话时，陈宁身体几乎覆盖在钱娟的身上，这姿势充满着桃色与暧昧的东西，他们的气息在相互交替。他的气息混着沐浴乳的味道，她深深地嗅着，被一股暧昧的气息包裹着，这样的气氛使她呼吸急促起来。她朱唇微启，浅浅的呼吸渐变为娇喘，在他的注视下，伸手勾住了他的脖子，欣然地闭上了眼睛，似无言的邀请。

陈宁呆呆地看着她，看着她保养得姣好的脸庞，看着这邀请承欢的姿态，看到她躺在他和小迪睡过的床上，他一点心情都没有。

他直起身来，拉下了她环在脖子上的胳膊，掀起身下的被子，挪了身子躺进去时，说："睡吧，我太累了，没那心情，改天吧！"

这话，他曾对小迪说过，那时候，满是愧疚；而现在说这话，却满是乏味和疲惫。

陈宁说完就裹着被子转了身，背对着她闭了眼睛。钱娟缓身躺下，左边的胳膊支着自己的身体，右胳膊贴着陈宁的背搭了上去，她的脑袋搁在了搭在他背上的胳膊上。

"这个星期六，我们去拍婚纱照吧，下午去订酒席，然后我风光地嫁过来，我们好好地过日子，好吗？"

他的眼睛微微地睁了睁，很快皱了一下眉头，又将眼睛闭上了，不冷不淡地"嗯"了一声。

这话回答得没有感情，满是敷衍，索然无味。

失去了小迪，他只感到，心如死灰，什么都无所谓了。

这一天，惜惜吵着要蛋糕，陈老母只有带他去蛋糕店。可是他不要小蛋糕，非要大大的生日蛋糕，陈老母不给他买，他竟哭着在地上耍起了赖。

陈老母带他出来，以为他只是要吃蛋糕，所以，她带的钱买不了这个大大的生日蛋糕，只好买了一个小蛋糕安慰他。好话歹话说尽了，惜惜还是不肯从地上起来，还挥手打掉了陈老母递过来的小蛋糕，抱他，他还踢到陈老母。

陈老母硬抱他起来，他哭得撕心裂肺，死命地挣扎着，陈老母和他一起摔到了地上。

"陈惜君，你再这个样子，奶奶就不要你了。"陈老母作势要走，惜惜却从地上爬起来，跑回蛋糕展示柜，贴在玻璃上，哭着喊："我要蛋糕，我就要这个大大的蛋糕。"

陈老母无奈，只得给陈宁打电话，陈宁赶过来，看到惜惜哭着贴在展示柜边，怎么都不肯走，非要买下那个蛋糕。

"惜惜，我们回家。"

陈宁要抱惜惜，惜惜起手，就给了他一巴掌，下手还很重，陈宁扯过他，就喊："你怎么这么不听话？还敢打你爸爸？"

他一把抱起惜惜，惜惜高声喊叫着："我要妈妈，我要吹蜡烛，我要妈妈。呜呜，妈妈，爸爸肥来（回来）吃饭饭了，你也肥来（回来）吧。"

他想起惜惜生日时许下的愿望，他一定觉得许完愿后，爸爸都每天回家吃饭了，那么只要再对生日蛋糕许愿，妈妈就会回来了。

小小的孩子，可怜的……想着妈妈的孩子。

一段破碎的婚姻，最最可怜的，就是无辜的孩子。

惜惜一静下来，就会扯着大人的衣角问："我妈妈什么时候肥（回）来呀？你蹬（跟）她打电话吧，说惜惜想她了！"

有一次，陈宁放在桌上的手机响了，早就知道怎样接电话的惜惜，马上接通了电话，还不等对方说话，他捧着电话眼泪就飙了出来，哇哇地哭："妈妈，你在哪里啊，我系（是）惜惜啊，你肥（回）来吧！呃呃呃，你快肥（回）哇……"

惜惜从小就没离开过小迪，他可以长期不见爸爸，可是他真的不习惯长期不见妈妈。

　　为了不让惜惜要妈妈，钱娟几乎对惜惜有了病态的宠溺，只要惜惜想要什么，她马上给他买。只要惜惜哭着要妈妈，她马上就会说："乖，惜惜，想要什么，我给你买！"

　　和钱娟相处的短短几天，惜惜就变得贪婪、任性、有了小心机，他很快懂得用"要妈妈"来要挟钱娟，只要他想要什么，钱娟稍有些犹豫，他马上就会撇着嘴说要妈妈。

　　钱娟尽量满足着惜惜，他想要遥控电动车，他想要直滑鞋……他想要天上的星星，她都恨不得去摘给他。

　　这天临近陈宁下班的时间，钱娟打电话给陈宁，让他开车到附近的商场门口接自己和惜惜。

　　陈宁开车来的时候，就看到钱娟拉着惜惜站在一边，惜惜抱着刚刚买的声控枪，嘟嘟啪啪地响着，对着钱娟"开火"，嘴里嚷嚷着："我打死你了，我打死你了。"

　　钱娟配合着他说："啊，我死了，我死了！"

　　惜惜说："死了，要倒在地上！"

　　钱娟"啊"了一声，就四下看看，这人来人往的大街上，惜惜让她躺在冰冷的地上？

　　她只好蹲下身来，与惜惜平齐，扶着他的肩说："惜惜乖，等爸爸来接我们的时候，我们一起去吃披萨。"

　　惜惜奶声奶气地嚷："系（是）我的爸爸！"

　　钱娟哭笑不得，他还以为她跟他抢爸爸："是你的爸爸，是你的！你乖好吧？"

　　惜惜顿时不依了，跺着小脚，哭着嚷："你被我打死了，你要倒在地上，你一定要倒在地上。"

　　惜惜居然把头撞到钱娟怀里，一下子将她撞倒在地上，双手一推，让她垫底，摔到了地上。钱娟胳膊肘着地时，"咚"的一声，顿时钻心的痛像针尖从肘处击来，整个手都麻了。

　　她觉得在大街上如此这般，很是丢脸，于是，她站起来，拉过惜

242

惜，在他的屁股上打了两下。

惜惜大声哭了起来。

陈宁在路边露天停车位上停好车后，急奔下来，几步就来到惜惜面前。他弯下身来，抱着哭得可怜的儿子，拍着他的背说："不哭，乖，不哭，爸爸在这里。"

他的眼里只有惜惜，他的眼里只有他的儿子。

钱娟泪眼蒙眬地看着陈宁，他哄了儿子后，才想起她来。抱着儿子时，弯身一挽，大大的手掌就将她挽了过来。

她刚想说些什么，惜惜突然从陈宁怀里转过身来，改变了双手搂住他脖子的姿态，改用一手勾着他脖子，另一只手扯住陈宁的袖子。他"唉唉咦咦"地扯着陈宁，扯住他的手，就紧紧地抱在怀里，将小眉头皱住，敌意地瞪着钱娟，蹦出一句："系（是）妈妈的爸爸，不让你碰！"

这么小的孩子，说话时下巴一扬，居然有了挑衅的味道。

陈宁抱着惜惜向车子走去。他帮着钱娟把买来的东西都放进车子时，他想到了小迪，真的又想到了小迪。

想到陪着小迪和惜惜去买东西的时候，惜惜经过货架时，看到好玩的就要，看到想要的就拿。

小迪弯下身来，看着惜惜的眼睛："你想好哦，你手里的东西，只能挑一样哦！"

"只能挑一样吗？"他斜了脑袋，把手里的东西拿得紧紧的。

小迪点了点头："嗯！这个，这个，还有这个，只能挑一样！"

"那……"惜惜皱紧了小眉头，吸着拇指想了想，"我要这个！"

"不要后悔哦！"小迪加了一句。

"嗯！"惜惜很坚定地点了点脑袋，很认真地说了一句，"我会后悔的！"

一边的陈宁笑得直揸肚子，他走过去，对小迪说："他喜欢，就买下来吧！"

243

小迪摇了摇脑袋："不行，他必须得自己决定。"

陈宁不解："怎么这么固执呢？他是我们的儿子啊，我们不依着他依着谁呢？"

小迪看着陈宁的眼睛："老公，现在他还小，只想要吃的玩的，可是长大后呢？我们能力有限，能依着他到什么时候呢？等我们依不了他的时候，他又想要，会不会用不正当的手法呢？依着他，就是满足他的欲望，一个人克制不了自己的欲望，你给他什么，他都不会满足。我不知道举什么例子说服你，可是我知道《渔夫和金鱼的故事》。"

小迪说："惜惜是个男生，他长大后会是个男人。一个男人若没有决策力，无法选择什么是自己想要的，什么是不想要的，选了后又为自己的选择后悔，会做出很多错事的……我不想我们的惜惜这样。正因为他是我们的儿子，我才为他的将来着想；正因为我以前有过痛苦的经历，所以我更明白怎样才能不伤孩子的心。让他自己选择，不要哄他说没有带钱，他知道你骗他，会很伤心，你明摆着告诉他，只可以买这么多钱的东西，让他自己选，让他学会考虑，自己去选择。依赖性太大的孩子，是长不大的，没有决策性的孩子，永远都不会被人看重的。这样的男人不会给女人安全感，他可能会朝三暮四，如果有两个以上的女生喜欢他，他就会优柔寡断，怕伤了这个，又怕伤了那个，结果两个都伤害。我不想那样，我不想我的儿子伤害任何人，人家的女儿也是母亲十月怀胎生下的，都是当妈妈的，谁愿意让自己的孩子受到伤害呢？"

他当时笑了，笑着说："这娃儿的妈哦，想多了，真是想得太多了。呵呵，不愧是编剧，怕是连咱们孙子的事情都编出来了吧！"

"我是很认真的！"

小迪说这些话时，眼底有泪水翻滚，只是她压抑着没有掉出来。他那时只当是她的育儿心经，现在细细回味，原来那些话是说给他听的。他左右摇摆、该断不断的性格，伤人更狠。

回到家后，惜惜就黏着陈老母，要出去玩。陈老母被缠得没有办法，只有带他出去。

陈宁看着钱娟整理东西时，终于忍不住开口了："你……别给惜惜买太多东西了，别太依着他了。"

钱娟不解："为什么？"

陈宁拧了拧眉头但马上舒展开来，他说："太依着他，太由着他，太在物质上满足他，他永远不会感到满足。现在他还小，要的东西只是好玩的好吃的，我们都可以给。他长大后，等我们给不了的时候，后果就很严重了！"

钱娟说："没那么严重吧？"

陈宁说："防微杜渐吧。"说着，他的手扶上了她的肩，"不要太宠他了，也不要太溺着他了，太溺他，到时候，会不好。"

陈宁有几处房产，可钱娟非要住在这里，她就是想替代小迪，在她生活过的地方，留下她的气息。

接下来的几天，房子进行了简单的装修，虽然只是简单地刷刷墙，换了家具及摆设，但陈老母还是担心涂料里的化学成分对人体有伤害，便和陈老伯带着惜惜回到陈老父以前住的地方。惜惜会问妈妈在哪里，陈老母总是忍不住老泪纵横，惜惜不懂事，哭着要妈妈，哭得抽噎，哭到累了，哭到睡着。而小迪的手机，一直关机，从来没有打通过。

每次吃饭的时候，陈老母都会发怔，总是会忍不住唠叨，也不知道小迪吃了没有，到底在干什么。她忍不住对陈老伯感叹："老头子啊，我这心里，一想到我们的媳妇，心底就刺着痛啊。这丫头没亲没故的，去哪儿了呢……"

而此时的陈宁，正从朋友的车里，和朋友们一起，搬出巨大的婚纱摄影相框。他和钱娟商量好了，等下个月举行婚礼的时候，先开车去她家接她，然后去公证处，再去教堂，最后再去酒店。

朋友兼司机小王的姨父是开婚纱摄影店的，他和钱娟在那里照的婚

245

纱照不到一周就给他们加班赶好了。

小王拍着陈宁的肩说："哥们儿，恭喜你了。虽然我们这号年纪的人不大相信爱情了，但能和喜欢的人走到一起，还是很赞的，打心底为你们高兴。"

陈宁扯了扯嘴角，算是一笑。

小王不乐意了："这什么表情啊？怎么笑得这么勉强？"

陈宁拿着相框，说着没什么，就和小王几个一起走进了电梯间。本来说，小王的车大一些，帮他送回了相框，要请他们到外面吃顿饭表示感谢，虽然大伙儿都挺熟的，不在意这些，但也是心意。

但钱娟一定要朋友们到他们装好的新房里吃饭，说尝尝她的新手艺。

所以，这天晚上，陈宁的旧识与好友都聚在了一起。他们帮着拿电钻在床头的墙上钻了几个眼，将那相框挂了上去。

其他的人，两个女人帮钱娟做饭，饭厅的餐桌上摆满了美味佳肴。客厅里也摆了两桌麻将，角落里还有三个人在斗地主。一屋子的人其乐融融。

谁也没有想到，这个时候，朱小迪推门进来了。

她感到十几束目光注视着她，带着不解，那目光让她头皮发麻。她奇怪地看着他们，他们也停住了所有的动作，惊愕地看着她。

朱小迪又看向坐在对面打牌的陈宁，她拉着自己行李箱的拉杆，手抓得很紧。她感到有什么不对劲，却在下一秒强作笑容："家里来了这么多客人呀！老公，你怎么也不打电话告诉我一声？"

一屋子的人都惊住了，这气氛紧张诡异得令人窒息。

陈宁看到了朱小迪，他从牌桌上站起身来，整个人像触电一样呆住了。他呆呆地看着她，眼底盈满了惊讶夹杂着无名的惊喜，从位置上走过去，来到她身边："你怎么来了？"

朱小迪拉着行李看着他："怎么了？到底是怎么了？我回来了呀……你不舒服吗？"

她伸手去触他的额头时，屋子里安静得诡异，真的是鸦雀无声，真的能听到掉针的声音。

强烈震惊的表情，不约而同地浮现在大家的脸上。

他们目瞪口呆，面面相觑，没有人能解释这突如其来的事情。

正在朱小迪奇怪时，一声爆喝，像爆雷一般从空中劈了下来："朱小迪，你到底在搞什么鬼？你都跟我姐夫离婚了，你还跑来干什么？"钱婷气恼地站起身来。她年轻气盛，本来就看朱小迪不顺眼，起身冲了过去，把小迪往外推。

"离婚？我怎么可能和我老公离婚？"

朱小迪紧紧地拉住陈宁的衣袖："老公，老公你说话啊！"

"你真不要脸，都跟人离婚了，还管人家叫老公！"

小迪冲着她嚷："这是我的家事，用不着你来多嘴。"

"家事？"钱婷冷哼道，"是丑事吧？谁不知道你下贱啊，谁不知道我姐夫是着了你的道，才跟你上床的啊。你有能耐扒光衣服跟他上床，你再扒光了跟别人上啊……"

"你闭嘴！"陈宁突然发声吼钱婷，她吓了一跳，那突然吓住的表情滑稽极了。

转向小迪时，陈宁的眼圈红了，他的手扶住了小迪的胳膊："你这是怎么了？真的想不起来了吗？我们已经离婚两个月了。"

"我怎么可能和你离婚？"她淌着眼泪说，"我好不容易才找到你，我怎么会跟你离婚？你说你会照顾我一辈子的，你说我好不容易找到你，你是不会跟我提离婚的。"

他咬紧了牙关，眼底有东西在翻滚："是你提出来的呀，小迪！"

"为什么？我为什么要跟你离婚啊？"

"我出轨，你不肯原谅我！"

"不会的！"她死命地摇着脑袋，"我……我怎么可能和你提出离婚？我怎么可能介意你在外面有没有别的女人，我好不容易有一个容身的地方，好不容易有属于我自己的家，我怎么可能亲手毁掉？"

她兀自喃喃自语，那表情刺痛了他，他牙关咬得死紧。

247

"你装够了没有？"钱婷看不下去了，大吼一声，惊得小迪抬眼去看她。

"装够了，你可以走了！这种假装失忆的下三滥的言情剧桥段，我看得够多了。"她咬牙切齿地拉住小迪的手就往门外走去。

朱小迪死死地拉住门框，她惊恐地抱住门框哭喊着："妈，我是小迪，我回来了。妈，你快出来呀，我是小迪啊！"

她哭得伤心，手指紧紧地攥住门框，她伤心欲绝地哭："妈，你出来呀，我是小迪……"

她的声音一声比一声小："我是小迪……"

她痛苦地皱起了五官，上气不接下气地抽噎起来："我是你媳妇小迪……我回来了，我回来了！"

陈宁上前一步，拉住了钱婷，他暴怒着："我的事情我自己解决，你一边待着去，待不下去给我走！"

钱婷的脸红一阵白一阵，"哇"地一声哭道："你以为我想管啊？我为我姐不值！她那么爱你，你怎么对她的？你们男人一个个都是喜新厌旧的主，一个个都是用下半身思考的畜生。我为我姐不值，我心疼我姐，怎么了？"她哭着跑了出去。

真好！钱娟还有心疼她的人，她还有这么多朋友。

当钱婷嚷出这些话来时，所有人的感情立场都倾向了钱娟。在他们眼里，朱小迪是多余的，她根本就不该回来，或者说，她压根就不该出现。如果不是她，一身疲惫的钱娟回来时，早就跟陈宁破镜重圆了，如果不是她，一切也不会搅得一团乱。

大家都不待见小迪，特别是她都离婚了，还跑回来，这让人很是反感。

没有人知道小迪已经不记得离婚的事情了。

她哭得极度伤心，好像要把一生的眼泪全都哭落下来，她的肩失控地抖动。她不敢挨着陈宁，只是坐在地上攥着门框哭，怕一挨上他，他就会把她扯走。

"这是我的家，老公，我是小迪，我是朱小迪。老公，我是小迪，我回来了！"她声声唤着他。他红着眼睛蹲在了她的面前，想安慰她，却在下一秒死死咬住了自己的唇，让痛感使自己冷静。一张嘴，才发现他太高估了自己的自制力。

他扭过头去，又死死地咬了一下自己的下唇，再吸了一口气，这才转过头来，用手拉着小迪。

"来！"他一发声，才发现声音颤得厉害，好像不是自己的。

"起来，起来再说，别坐地上，地上很凉！"

她死命地攥着门框，陈宁就去拉她的手指。她哭着求他："别赶我走，求求你别赶我走。"

他心软了，眼泪快滴出来了："我不赶你走，不赶！你起来行吗？天气凉，先起来，好吗？"

她泪雨狂肆，哭得上气不接下气："这是我的家，是我的家，我的……"

"是你的，是你的，你先起来！"

钱娟不信地看着陈宁，她无法控制哆嗦的身体，不由自主地向后退去。

这让钱娟的朋友们都看不下去了，这都离婚了，她跑来唱的哪一出啊？这种事情，真是够极品，这人也真够极品，他们活到而立之年了，什么新鲜事都见过，就是没见过这一种。一时间，所有的人都反感起来，他们的眼底，都流露出对这个女人的鄙夷。

朋友们都扶住了钱娟，都试图安稳她的情绪，好几个都将不满的情绪浮在了脸上。不知道是谁先开口数落小迪，接下来，更多的声音应和起来。

"你这女人怎么这样啊？是不是言情小说看多了，装失忆啊？"

"就是，哪有你这样的啊？离了婚了，还跑到前夫家里来闹。"

"你是不是瞅准了他们要举行婚礼，故意来闹场的啊？"

那刺耳的声音，好像小时候被人围攻时，她们笑着闹着叫她婊子。

这两个场景重合起来，她痛得用双手捧住了自己的脑袋。

"我没有离婚，我没有！这是我家！我老公在这里，我婆婆公公在这里，我儿子也在这里，你们是哪里来的？跑到我家来干什么？出去，我不欢迎你们！"她的喊叫把大家镇住了，似乎没有人知道该如何说服她。

她转手拉住了陈宁的衣服："老公，让他们走，求你，让他们走！"

陈宁痛苦地待在原地，钱娟痛苦地看着陈宁。

就在大家不知所措之际，骆非走过来，蹲到了小迪面前，慢声细语地说："你先别哭，你可能是因为太伤心了，强迫自己忘记了离婚的事实。你先冷静一下，你看看这里，这里已经换了女主人，你所有的东西，都被换成了她的……你先别哭，你先看看，你再仔细想想，你们是不是离婚了。"

这话让小迪停住了哭声，却还无法自控地抽噎着。她似乎冷静了下来，抬起头来，用哭得红肿的眼睛看向室内。

这里真的跟她记忆中的家不一样了，她站起身来，跑到卧房，推门而入的瞬间，拉住金属把手，怔住了。房里的摆设都不一样了，里面的东西都换成了新的，她哭得塞住的鼻子还能隐隐闻到新家具散发出来的木漆味。她拉开房间里的衣柜，男主人的衣服旁边，挂着女性的衣服，没有一件是她的。

床头挂着大幅的婚纱照，他们看上去才真是天作之合的一对。而床头，是一樽烫了金字的水晶玻璃樽，她走进去拿起来放在手里，看到上面写着"陈宁先生，钱娟小姐永结同心，百年好合"。

她泪雨滂沱，在所有人惊愕的注视下，默默地将那透明的水晶樽放下，背对着他们站了一小会儿，就默默地走了出来。

"对不起……"走到他身边时，她嘶哑着声音说，"我真的不记得我们离婚了，一点都想不起来了。"

她抬眸，望着那床头的婚纱照，笑得无比凄美和羡慕。

他们结婚一周年的时候，他送她的礼物就是这套婚纱照。临拍的那天，她妆都化好了，衣服也换上了，他就接到电话，说有急事要离开，说对不起。她知道他是去会他的前女友，他手机铃声一响，她就知道是谁打来的。她记得他写过日志，他说他的手机里，钱娟的来电铃声永远都是"当你孤单时，你会想起谁"。

她放他走，说，去吧，没关系的，咱们有的是时间，到时候补拍就是了。男人就应该有应酬的，不用在意我，没关系的，真的没关系。

那个时候，他转身就走，她哪里高兴得起来，又哪里像表面那样……笑得善解人意！

她痴痴地看着墙壁上的那对新人，痴痴地叹了一句："真好看，我穿上这套衣服也好看。"她垂下了眼睑，"可惜，你急着走，都没有仔细看。"

不长不短的睫毛遮住了她失去光彩的眼睛，她迈着虚浮的脚步，向大门走去。经过人墙的时候，人墙自动让出一条道来。

没有人想要留下她，更没有人开口说让她留下。

她的贸然出现，本来就不受欢迎，她的大哭大闹，更加让人反感至极。

她走到了门口，转过头，无比留恋地看了看她生活过三年的地方，环视了屋子，又痴痴地落到了陈宁的脸上。

他心虚地转开了眼睛，为难地将脸别开。

她的目光落空了，她突然想到，自始至终，都是她在说，老公我爱你，而每次说完这句，他总是笑笑，什么都不说。

真是为难他了，也真是苦了三个人了，都苦了这么久。

她扯唇一笑，笑得有些苦涩，有些歉意，有些自嘲，又有些解脱，拿了门边的行李，向门外走去。

陈宁立马回过头来，似想追，但刚起步，身边的人就把他给扯住了。他与那些人对视，发现大家的眼神里充满了阻止，让他想清楚这样追出去的后果。

他看到了钱娟，又思量了一小会儿，最终硬生生地将这冲动忍住了。

终于，人群里有人如释重负般地叹了一口气："好了好了，她走了，

251

终于走了，大家把桌子收拾收拾，入席吧！"

有人安慰钱娟，这事你可别放心上，宁子爱的是你！

钱娟看了看安慰她的人，转首看向陈宁，她红着眼睛冲他一笑："我们入席吧！"

陈宁压抑住心中翻滚的情绪，对视了她的眼睛，强迫自己微微一笑，点点头说："嗯！"

朱小迪拖着行李，走出楼栋后，在楼底下向着离开的房间看去。

二十三层……太高了！什么也看不清！

眼泪迷住了她的眼睛，她什么也看不到。望着被灯火点缀的夜色，望着这万家灯火的楼……她带着满脸泪痕，凄苦一笑，向远处走去。

寂静的小道，她拖着行李箱，箱轮滚动时与地面摩擦，发出沉闷而空旷的声音……

"小迪……"她顿时高扬起了眉头，猛然回首，却只看到一片空茫。

原来……只是幻觉，他根本没有追上来。

她在微笑，眼泪从弯成月弯儿似的眼睛里往外涌，那点缀了夜色的万家灯火，变成了迷蒙的光点。

这异常凄凉的环境下，她竟笑着自言自语："又是心上人结婚，新娘不是我……"她仰头一笑，笑得悲凉又有些自我解嘲，笑这世上怎么会有这么好笑的事情，接连两次，都被她命中。

"该去买彩票了！"她不由得自言自语，"我的运气，实在是……太好了！"

小迪拉着行李箱往前走，冷风灌得脖子有些冷，裹紧了衣服的衣领，只感到一点点孤独，就一点点而已。

然后，有一辆奥迪从身边开过，在身边停下了，似乎在等人。有音乐在空气中震响，歌词贴情贴景，听得人阵阵心疼。

你说你爱了不该爱的人
你的心中满是伤痕

你说你犯了不该犯的错

心中满是悔恨

你说你尝尽了生活的苦

找不到可以相信的人

你说你感到万分沮丧

甚至开始怀疑人生

早知道伤心总是难免的

你又何苦一往情深

因为爱情总是难舍难分

何必在意那一点点温存

要知道伤心总是难免的

在每一个梦醒时分

有些事情你现在不必问

有些人你永远不必等

"早知道伤心总是难免的，你又何苦一往情深"，让人的眼泪呼之欲出。

她苦苦一笑，拖着行李箱继续往前走。

屋子里的陈宁失魂落魄，他坐在桌子边上，大家举杯说着祝酒词时，他突然站起身来。一屋子的人都怔怔地看着他，他红着眼圈说："我不放心我前妻，她没父没母，也没有什么朋友，我……我先去把她安顿好我再回来。"

陈宁追出去了，钱娟失重地坐回椅子上，大家都静默无语。这突如其来的状况，让这里的气氛压抑起来。

陈宁边开着车，边在路上茫然环顾。他看到她的身影时，她正默然地拉着她的行李箱走着，在灯下的影子由短变长。

他竟激动得心脏好像跳进了口里。他加码开到她的前面，将车停下，激动地从车上下来，拦在了她的面前。

她惊讶地看着他，眼泪就此下来了，沿着她的脸庞往下淌，在灯光的映照下，蒙在脸庞上的眼泪有了水银般的质感。她以为不会痛的心，又拧痛了起来。她居然看到他了，在不是幻觉的情况下看到他了。

每次脆弱时看到他，都莫名其妙地想要依附他。明明告诉自己要坚强，可是在他面前，那些好不容易建立起来的坚强像多米诺骨牌般，一触就倒。

他出现在她面前时，那感觉好像在雪地里慢行了好久，就在手指冰冷，血液即将凝固时，她终于找到了一盆温暖的火焰。她的坚强垮了，她的身体不受控制地靠过去，双手抱住他，偎在了他的怀里，哭红的眼睛里，又有泪水滴落下来。一日三凉的秋天，夜间尤为明显，西伯利亚的冷空气侵袭，这带着寒意的冷风吹得她瑟瑟发抖。

她抱了过来，陈宁身体一僵，整个人像中了定身术一样定住。

"变天了，挺冷的，冷得我眼泪都出来了，冻得我都在发抖了。借我暖暖，行吗？"

他悬在半空的手，好像挣脱了思想束缚，环住了她，束住了她的身体。愧疚加心痛，导致他使出全身的力气，将她紧紧地搂住。尽管使出了全力，他还是觉得抱得不紧。

"小迪……"他痛苦地呢喃着她的名字，仅仅是叫着，都扯心拉肺似的疼痛。酸楚侵袭了鼻子，他咬紧了牙关，太阳穴那里竟突突地跳了起来。

她同样也是痛苦的，被他有力的双臂紧紧地箍着，好像骨头都在咯咯作响，胸闷得连空气都要挤光了，脸也正好压着他外套上最上方的扣子。

但是无论如何疼着，她都舍不得喊出一声疼；无论如何不适，她都舍不得将身体移动半分。

良久，她开口说："谢谢啊，好多了！"

他没松手，沙哑着声音，淌着眼泪，痛苦地捧着她的脸，额头抵着她的额头。

"我真的不想跟你离婚，我真的不想离。我本来是要跟她了断的，我本来想从此之后好好对你的。但你执意要跟我离的时候，我没脸求你原谅了……"他微扬了脑袋，轻吻着她的额头，咬紧了牙关，将眉毛皱了起来，"你怎么把我们离婚的事情忘记了呢？你怎么把你提出离婚的事情忘记了？"

"不知道，真的不知道啊！我只记得，我是在医院里醒过来的，医生告诉我说，我在山头晕倒了。我不记得我们离婚了，我甚至连我为什么会到黄山，我都不记得了。"

"你怎么了？你到底怎么了？"

"我不知道……我都不知道我为什么要跟你离婚，我怎么可能跟你离婚，我真的不记得啊。"

他痛苦至极，搂紧她时将脑袋搁在她的肩窝上，闭了眼睛，无助地呢喃："该怎么办啊，这该怎么办？"

他这样难过，她也不知道该怎么办才好。他在她耳边淌着眼泪，不时吸着鼻子时，她轻轻抚着他的脑袋："别哭啊，别这样成吗？这辈子……咱们的缘分还是太浅了，下辈子成吗？下辈子，你不要再这样对我，你一定要好好珍惜我，不管发生什么事情，我们都不要放手，好吗？"

"好。"他心口更疼了，用力环住了她。

她凄然一笑，环住他的手拍了他的背："好了好了，不哭了，乖，别哭了，放手吧，太晚了，我得走了。"

他松开了她："你要去哪里？"

她轻轻一笑："先去找间酒店住下，明天早上再去找房子。"

"湖边的房子你还记得吗？你养胎的那里，我已经过户给你了。你可以回到那里住。"

"是吗？好，我就去那里住着，让你知道我很好，免得你为我担心。"

他吸了一口气，眼泪还挂在脸上。她从包里掏出纸巾来，替他擦眼泪，好像哄小孩子一般笑道："好了好了，我走了。这辈子你欠我的，

255

下辈子记得还我。利息就是一辈子只能对我一个人好，不许再有别的女人……也别再有第三者，挺闹心的。"

她转身就要走，他一把拉住她："我送你。"

"不用了！"她笑着拒绝，"路口就有计程车，我有手有脚的也丢不了。"

"让我送送你。"

"真别送了，弄得像生离死别再也不见面似的。我安顿好后，会给你打电话报平安的。"她说着，将手比出一个"六"，竖在耳边，表示打电话。

"答应我……"他说，"就算不是夫妻了，也请保持联系。有什么事情，第一个找我，我随叫随到。"

她就笑了："万一你和你老婆在睡觉怎么办？"

"一样会来！"

她低下了眼眸，笑得苦涩。

"你不信我？"

她抬起头来，就冲他笑了，笑得灿烂："信！但是，老……"她差一点又要叫老公了，叫到一半，心酸地打住了口。

"陈宁。"叫出他的名字后，她幽幽地叹出一口气，"你什么都好，就是心太软了，一看到别人掉眼泪，立场就不坚定了。以后别这样了，这样不好，和你睡一个被窝的女人要是没意见，那纯是假大度，没人会不在意。你啊，你以后别再三心二意了，再出现别的女人，对你哭啊闹的，你也别心软了，你要记住你是别人的老公，有的事情是能做，有的事情不能做。一味的好心，反倒身不由己，会干坏事的……你和她也挺不容易的，既然再次走到一起了，就别再让她伤心了。你现在追出来，就挺不对的，还有一屋子人呢，把她晾在那里，多不好啊！"

陈宁泪眼蒙眬地看着朱小迪："以后，受了伤，别再藏在心里，有什么苦，也别自己暗着吃，难过的时候，哭出来，别总憋在心里。"

朱小迪幽然一笑："早就习惯了，没事的。我真的没事，你别太替我担心，我挺好的！"

"一点都不好，憋在心里一点都不好。就是因为你从来不说，所以别人才肆无忌惮地伤害你，因为他们知道，无论怎样伤你，你都不会喊痛……包括我！"

她笑着打断他："好吧，下辈子吧，下辈子依你说的，人家碰没碰到我，我都大哭大叫，打不过他也要吓死他吵死他。这辈子就算了，都一把年纪了，还哭给谁听啊。就算再找个伴，也是被琐事烦着，哪有心哭啊怨啊，情绪那种东西，属于小姑娘的，我这辈子指望不上了。一个人待着时，更不可能了，哭死了，都没人知道，多伤身体啊。伤了身体，还没人在身边伺候着，挺不划算的，还是等着下辈子得了。"

她笑着，将放手的行李箱手杆拿住："好了，别送了！你回去吧！等闲下来，让我见见儿子，怪想他的！"

她要走了！

"小迪……"他欲语还休。她已拉起了行李箱的手提杆，走了几步，回头冲他笑笑："每一次，你走的时候，都是我看你的背影，这一次，终于轮到你看我的了。"

她转过身去，扬了扬手，对他说"拜拜"。

带着笑容转身，装作潇洒离去，转身的一瞬间，泪已决堤……

Chapter10
意想不到的结局

就算将前世的事情忘记得干干净净，却还是在相遇的那一瞬间，记得那深爱对方的感觉。

陈宁和朱小迪，算是真的结束了。

他如期地和钱娟结婚了，婚礼很热闹，但是，他只请了高中的同学，大学的，他有没请。因为，他想到狮子，想到他认了小迪做妹妹，也想到大学的同学都知道他娶的是小迪，而现在，却要来参加他和钱娟的婚礼，他不知道如何解释。

这天，小迪买下一只八哥，给八哥剪了舌头后，花了一天的时间，教会这只八哥一句话，那句话就是："小迪回来了!"

每次听到八哥在笼子里叫喊着这句话时，她都会想，真好，自己还被人惦记着，尽管它只是一只鸟。

"没有我，你会死!"给它喂食的时候，她忍悲含泪地笑，"终于有'人'觉得我很重要了!"

然后她问八哥："你喜欢我吗?"八哥不会说话。

她隔着笼子的栅栏问它："喜欢吗?"

八哥却只会说："小迪回来了！小迪回来了！"她觉得自己很可悲，可悲到同一只八哥说话。

切割着案板上的鱼时，她突然感到一阵恶心。

一个月后，狮子突然给陈宁打电话。

"猴子，你真行啊！"

"什么？"

"你老婆又有了，你又要当爸爸了。"

"什么？"

狮子说："是猫子陪他老婆去妇检的时候发现的。"

"发现什么？"

"发现你老婆又怀上了啊。"

"我老婆怀孕了？"

狮子他们根本不知道他现在的老婆是钱娟，那么，他所说的老婆，只有小迪了。

"对啊！"狮子说，"我说你这老公怎么当的。猫子看到你老婆时候，觉得眼熟，后来想起来，你有在群里发过她的相片，上去一问，才确定就是她。你都有第二个孩子了，怎么还不举办婚礼啊？我这个当哥的，还等着喝这个妹妹的喜酒呢。"

陈宁挂了电话，马上打给小迪，却……关机，赶到湖边公寓，也敲不开门。

他找不到小迪，只有打电话问猫子，什么时候遇到小迪的，而后，再咨询相关人士，问了一个妇检的间隔区，就开始守在医院里，只等着小迪再次产检时出现。

这一天，妇幼医院……

铺着大理石的大厅里，闪着金属光的电梯门边，有一群等电梯的人。

当朱小迪出现在这里时，突然听到有人喊她的名字。她惊讶地抬起头来，就看到守在那里等她的陈宁，他好像等好久了，看到她时，急步走了过来。

她奇怪地看着他："你怎么在这里？"

"等你！"

她不解地看着他："等我干什么？"

"听说你怀孕了！"

她"哦"了一下，好像了然了："上次在这里碰到一对夫妇，问了我一些事情，是他们对你说的吧？"

他也不答她，只是问："你又怀上了？"他说完，就盯着她的肚子看，那里还很平，才三个月而已。

"哦，是啊，我又有了！"

"我们都离婚了！"他皱紧了眉头。

"我们都离婚了，你怎么知道这孩子是你的？"她倒是反问了一句。

他不假思索，脱口而出："你自始至终只有我一个男人，这一点我还需要怀疑吗？"

她微微一笑，笑得有些讥讽，笑过之后，微微侧过头去，轻叹一声，有些自言自语："你可真够了解我的。"而后，脑袋又转了过来，注视着陈宁，"是的，是你的，我是来做产检的！"

他焦躁起来："我们都离婚了！"

她平静地答："我知道！"

"既然都知道，你怎么还要生？"

她微微一笑："无聊呗，生个孩子下来陪陪我！"她笑得没有怨意，没有恨意，只是淡淡的，很是恬然。

他却莫名其妙地愤怒了，猛然紧拉着她的手："你不是十六岁的小姑娘了，你怎么还在说这些不经大脑的风凉话？"他再紧手一扯，好像想就此扯出她的理智。

电梯正好来了，"叮"的一声响，金属门向两边开去。在别人的异样目光里，他拉着她的手，进了电梯。到了三楼后，他又紧紧地拉住了她的手，将她从停稳开门的电梯里拉了出来。

她挣不开他，有些慌了："陈宁，你要干什么？"

他毫不留情地说："把他做掉，我现在陪你！"

她陡然间停住了挣扎，脚步一停，他一扯，她便失去平衡，一下子摔倒在地上。

陪你，他刚刚说了"陪你"，她真正需要他的时候，他从来没有"陪"过！为什么……现在他会有时间陪她，这让她感到如此奢侈，她是不是要冲着他跪下，感激他的大恩大德？

她痛苦地皱起了眉头，用手按住了肚子。

"你怎么了？"

在他的询问下，她紧蹙的眉头渐渐地展开了，垂眸看着自己的肚子。

她拉了他的手，让他的掌心贴上她的肚子。

触到她的小腹，染上她的体温时，他的手像触到静电般微微地颤了一下。她怀着惜惜时，他根本没碰过她的肚子，现在陡然一碰，他好像被虫子蜇了一下，赶忙收回手来。

小迪拿住了他的手，将他的手按在了肚子上。

"我怀惜惜的时候，他还没这个待遇呢！"她居然笑了。

"你有没有觉得这是一件很奇妙的事情？从无到有，从一个小小的细胞，一点一点长成胚胎，直到瓜熟蒂落。然后，就从这么一点，长到这大一点，一点，再一点，二十年后，抱在怀里的小不点，会比你还高大……"

她比起了手，一点一点地比划着孩子的高度。

"他现在，三个多月了！"执着他的掌，她有些哽咽，却还是坚持保持温暖的笑。

她尽力地去笑，尽力地让自己的面目表情放柔，她轻轻地说："B超里已看得见他的心芽了，好坏也是一条命，我想留着，好歹也有个人挂念挂念。惜惜你带着，我常见他的话，你老婆肯定不高兴，所以这孩子我想留着。这事你现在做不了主了，我执意要生，你也管不了。"

她到现在还想不起来自己什么时候跟他闹的离婚，她的记忆是一段

261

一段消失的，她甚至忘记自己曾经回过老家，曾经去过黄山，曾经想从山顶上跳下去。她甚至不记得自己病了，连药都没有吃。知道自己又怀了宝宝后，她没有再受过刺激，为了宝宝，她也保持了良好的心态。

医学界无法解释精神的力量，无法解释起死复生的奇迹。但是她确实是因为心态良好，不再受刺激，安静地养胎，暂时没有忘记任何事情。

她太孤独了，连个交心的朋友都没有，连老公都被人抢走了，唯有这个孩子，可以成为支撑她活下去的信念了。

他出现了，开口就让她打掉这个孩子，好像她做了一件不可原谅的事情。

她什么都没有了，她就想要个孩子，他不要就算了，她又没赖给他，他凭什么不让她要啊？他们又不是夫妻了，他倒来管她了，该管的时候，他去了哪里？

尖锐的痛让她窒息得说不出一句完整的话来，只是噙了眼泪，看着陈宁的脸，看了一会儿，她站起身来。

"小迪！"妇科的医生从值班室里出来了，她看到走道上的小迪。小迪来过好几次，所以她认得。

离近的时候，她笑着叫小迪的名字。看着小迪拉着陈宁的手，就像长辈一样和蔼可亲，眼睛上下打量着陈宁，笑着对小迪说："这是你的老公吗？"又像长辈一样数落陈宁，"你啊你，总是忙着出差从来不陪老婆，每次都是小迪一个人来，你也不知道心疼一下？小迪的反应很强烈，老是吐，你得多陪在身边才是啊。唉，现在当老公的人哦，都要当爸爸了，还不知道体贴自己的枕边人。"

他有些尴尬，甚至有些无地自容。

小迪将他的表情尽收眼底，她笑着摇了摇脑袋，说："李医生，您看走眼了，他只是我的一位朋友，我的老公……"她说着，又不由自主地笑了一下，笑得很甜蜜的样子。她不去看陈宁的不自在和窘迫，只是甜蜜地笑着说："他很宠我，也很疼我，只是太忙了。"

"再忙也不能不管你啊！"

"那是因为……"她说着，就展开了大大的笑颜，打趣道，"现在的孩子可不好养，我老公在辛苦地赚奶粉钱养家呢。"

好像突然想起了什么，小迪说："哦，这位就是我老公的朋友。老公出差还不忘让他朋友来看看我，想到他这么关心我宠我，我就觉得很幸福呢。"

说着，她就转过脸来，冲着陈宁笑着说："陈总，谢谢你。请你告诉我老公，我很好，孩子也很健康，我们会一直很好。请告诉他不要常把我们放在心上，即使他不在身边，我也能好好地将孩子养大。这一点，请他尽管放心……"

她的眼底有泪光在闪，晶莹地滚动着。

真的疼过和宠过吗？为什么他就是想不起来，怎么一扯到这个字眼，就让人顿生惭愧呢？心口好像压上千吨石板，好像碎成肉泥，都还能感到非比寻常的痛楚。

她的笑容像无形的摧心掌狠狠地打着他的心脏，这比狠狠地给他一耳光，更让他痛苦。

小迪笑得幸福，笑得甜蜜，说起老公时，好像连笑容都带着温暖和甜意。她的演技太高明，不知情的人根本看不出她其实是在演戏，也没有人去注意陈宁的手在身侧拳了起来，紧紧地攥住。

突然有强烈的酸意泛上来，突然想哭，他转过了脸，眨了眨眼，将想要涌出来的液体咬着牙从眼底逼了回去。

谁也不知道他是怎样想的，只知道下一秒，他迈着大步子，与她错身而过，奔进了安全通道，连电梯都不等。

他离开的一刹那，她的眼泪像断了线的珠子，一滴一滴地落下来，辛酸而又苦涩。但她马上又睁大眼睛，盯着头顶的天花板看了一个来回，低首下来深深地吸了一口气，呼出来的时候紧抿了唇，把眼泪收住。她双手按住了肚子，幽然一笑："好了，宝贝，我们进去做检查喽！"

小迪做产检时，医生边给她做 B 超检查的时候，边说："一切正常。"

小迪仰躺着，斜了眼睛去看屏幕上黑乎乎的小胚胎，可是，那图像比毕加索的画还抽象。再抽象一点，就像地底断层扫描图了——怎么看都不像胎儿。

"医生，他是男的还是女的呢？"她忍不住问。

医生笑道："这么小，还看不出来呢，就算看出来了，我们也不能告诉你的。"

小迪叹了一口气："真希望是个健康的小男孩！"

医生笑道："怎么了？重男轻女了？"

小迪幽幽叹气道："都喜欢，可我还是想生男孩子。"

坐在操作台边的医生微扯了嘴角，笑得有些讽刺，似乎有"果然如此"的味道。她心里还有些轻视她，她自己都是女的呢，为什么瞧不起自己的性别啊？

小迪的手抚在了腹侧，暗自思忖着：你到底是男孩还是女孩呢？我还是希望你是个男孩。因为这样的话，你就不用经历初潮，不会痛经，我就不会担心你出去被人哄被人骗，也不用担心早恋会吃男朋友的亏。

不用担心你会同什么人同居，也不用在出嫁的时候舍不得地大哭。不用担心你怀上孩子后又惊又喜又害怕，更不会担心你年老色衰时老公会在外面有外遇。不用告诉你遇到心仪的对象时，别惶然不安地开始。不用在你叛逆期时，苦口婆心地拦着你，不许外面的小子来引诱你，最终被你反感，让你讨厌，让你觉得这个妈落伍唠叨加更年期提前。

不会因为看到男生写给你的小纸条而紧张，也不会偷看你手机里的短信，让你大哭大喊说我不尊重你的隐私权。你不会因为害怕我看到你的日记而设置密码，不会在电脑里，所有的文件博客都设置访问权限，让我觉得我的女儿越大越疏离而伤心。

我不能不担心，因为我所看到的，就是男人越来越不懂得什么叫责任，而女人越来越多地承担了不属于她的压力。

我又怕我危言耸听，你全盘接纳过度保护自己，错失很多应该经历的东西，因而变得古怪、孤僻，过于防备，紧张兮兮。

我没有把握能掌握好教你的尺度，教一个女孩子，比教一个男孩子难太多。太宠了，太依了，怕你不知道好歹，贪得无厌，再爱你的男人，也会因为你的性格而离开你，毕竟，没有男人娶一个女人，是为了当女王一样伺候。

我又不想什么都限制你，怕你极度渴望什么，有一点温暖就感动，让一根棒棒糖就骗走；怕你有一点阳光就灿烂，有些你觉得很重要的细节，其实只是男人无聊中的小暧昧。

我不知道该怎样养好女儿，我不大自信有把握和分寸。

我还是……情愿自己的孩子伤害别人的孩子后诚心弥补真诚道歉，也不想别人伤害自己的孩子后，得到不痛不痒的对不起。

我很自私是吗？没办法啊，作为是母亲，危险之下，为了孩子，连自己的命都可以不要，哪里还顾得其他？

小迪做完产检，从医院里出来时，陈宁从大门那边出现，挡在了她的面前。

太阳光投下的阴影覆盖了她的脸，她仰首一看，是陈宁。

他叫住她，她身板一僵，没有想到他还在这里，随后微微扬了眉，意思是"有什么事情吗？"

他说："算我求你了，把这孩子做掉吧！你一个人怎么带啊？你带着他，怎么找人啊？"

她惨然一笑："我没打算再找人。"

"那你的意思是，你一个人带着孩子了？"

"嗯！"

"你清醒一点行不行？你忘记你当初怎么对我说的了？你说一个家庭里，没有撑门的男人，孩子的性格都会有缺陷。你把他生下来，你一个人带得了吗？你带他的过程，还有很多现实中的问题要解决。他病了，他想要爸爸了，只要我知道他需要我，我就没办法不出现。我心软，你早就知道我心软，我不可能不管这个孩子，但你要知道，她……她会做出极端的事情，她可能又会对你做出过分的事情。我一想到她会伤害到你们，我就……我们理智一点，不要害宝宝好不好？"

她怔怔地看着他，心口像无数的刀尖在搅。那痛就像被人用手攥住了心脏，向下一扯一扯的，痛由心中的一点，扩散到全身，连呼吸都跟着痛了起来。

她捂住了胸口，怕不这样，心会就此裂开。她红了眼圈，哽咽着开口，连声音都像秋天树上的枯叶，不由自主地瑟瑟发抖。

"我把惜惜给你们了，我就只有这个孩子了。我……不会再让别的男人碰我，我把他打掉，我这辈子就不可能再有孩子了。我没有亲人，一个人回家，感觉好荒凉，是他让我觉得，我还活着，我还能活着，我还可以充满希望的活着，不然我不知道，我在这个世上，活着还有什么意义。我不会找你，不管发生什么事情，我都不会找你，我走，我马上就走，离开这里，让你找不到我，那你就不用担心你的女人会伤害到我们。"

"小迪，就算是我求你大发慈悲，让这个孩子另找好地儿投胎吧！我们已经有了一个可怜的惜惜，不要再有第二个可怜的孩子了，好吗？这对孩子来说，太残忍了。"

他激动得将双手攀上了她的肩膀。

她只是看着他，很用力地看着，眼睛都不眨地看着他。

"那，你可以告诉我，你爱过我吗？"

他躲闪了一下，再残忍地转首回她："我从来没有爱过你！在我和我心爱的女人在一起后，我就更不可能再爱你。"

"骗我一下都不行吗？"

"我不想骗你。"

心口陡然剧疼。

知道真相的感觉，让心口模糊的钝痛演变成针尖扎指般尖锐，由一点刺痛，弥漫到全身；仿佛一把锐利的冰刀，切口之处冰寒刺骨，瞬间的麻木后，刺痛感铺天盖地汹涌泛滥，盈满了胸腔；似不断膨胀狂长的蟒，血腥地攀爬缠绕，肆意疯狂地堵塞着口鼻，越缠越紧，越缠越紧……

真相摆在了眼前，残忍得像一把刀刺进了心脏，狠命一搅，心碎了，一片一片的，强力胶都粘不起来了。

她真是好笑，她居然在离婚后，问这个男人有没有喜欢过她！她居然好意思，在两个人毫无关系的情况下，问出这样的一句话。她颤抖着笑了！

她笑着拿开了他的手："真是无聊，我怎么会问这么无聊的问题呢……"

"小迪，是你教我的，该断就得断！"

她又笑了："真是好学生，学得真快啊，可惜我成了你练习的脚本。"

话完，踉跄着转身，凄美一笑。

他略有些慌张："小迪，你去哪里？"

"把孩子做了！现在就去！"她答得平淡，就像一池死水。

他察觉到她的心如死灰，他感到很罪恶，他急于告诉她："我知道你想生，可是，要不得的，会拖累你、伤害你的！"他追在后面嚷。

她深深地叹了一口气，好像心口压着一层很重的东西，压得她不得不大口呼吸："知道了。"她有些不耐烦地说，"打掉就是了！谁爱生谁去生，我懒得要了！"

转身的那一瞬间，一层冰寒在她的心底结霜。连眼泪都掉不出来了，好像连眼泪都被冻住了。眼底是无法形容的干涩，终于明白，真正的悲剧不是让你大哭一场，而是……让你痛得说不出话，连眼泪都无法滴出半滴。

朱小迪重新走进了医院，没哭也没闹，脸上挂着平静的表情。

医院大厅里，很多一对对相亲相爱的准父母，朱小迪与陈宁一前一后地走着，显得那样格格不入。

进了电梯，涌进一对对的准父母，女的都挺着大肚子，男的在一旁护着，本来站得有些距离的陈宁和小迪，就这样硬生生地被分开了。

同样是怀着孩子的人，为什么他们看上去就那么甜蜜美满？

267

朱小迪羡慕，羡慕得要死！但是，她违心地将脸转向了电梯金属色的墙壁。她心中很酸，也很明白，即使看破了眼睛，这种幸福也不会属于自己。

在妇产科走道的左边是一对对相爱的夫妇，你情我侬，右边也是……

这是他第一次陪她出现在这种地方，她怀着惜惜的时候，他从来没有陪她来过。

现在……他居然和她一起，一前一后地走了进来。他跟在她的身后，就像押着她去堕胎。

她想笑了！她的冷笑从鼻子里喷气似的喷了出来，脸上浮起冷漠的讥讽，心灰意冷，大概如此了。

来到手术室外，陈宁和朱小迪分坐两排，面对面地坐着。她拿着手机的手上拿着号，点开手机视频，一语不发地看着。

有一个脸色苍白的女生从手术室里出来了，她的唇色苍白，脸白得像一张纸。手术室外，她的女性朋友迎了上去，扶住了她虚弱得要倒下的身体。

她的样子可怕极了，陈宁看着她，都担心她会倒地不起，而朱小迪自始至终，都没有抬头看她一眼。直到女生被她的朋友扶着，坐在了朱小迪边上的座位上，她才被动静惊到似的，瞟过去看了一眼，但很快就将视线回转到她手里的手机屏幕上。

没什么好同情的，也没有什么好感慨的，她想，再悲伤的事情，都不会触动我，因为我麻木得不像人了。

医生随后叫了小迪的名字。

她耳塞的声音开得很大，没听到，医生又在手术室门口叫了一声："朱小迪，朱小迪还在不在？"

陈宁马上站了起来，连声应道："在，在！"

他来到朱小迪的身边，拉了拉她的胳膊："到你了，小迪！"朱小迪抬头看了陈宁一眼，看到他俯下身来，看着她的眼睛，说："到你了！"

朱小迪拉下耳塞，将它和手机挽在一起，放进了包里。她站起来时，他伸过手来去拿她手上的包包，她手一挡，拦住了他的动作。他被拒绝了，有些尴尬，将悬在半空的手收了回来。

她进去了，擦身而过时，不再和他有任何眼神交流。

她对医生说要做流产的时候，医生奇怪地看着小迪："怎么了，小迪？刚刚才做完产检，你怎么突然就不要了？"

朱小迪一脸木然："不想要了！"

"你考虑清楚啊！"

"真不想要了！"

"都快三个多月了，做人流对身体伤害很大的！"

"我已经决定了！"

她说着的时候，表情木然，手却不自觉地紧紧地护着肚子。

医生看着不对劲，忍不住多问了几句，让她想清楚。

小迪木然："真不要了！养不起！"

医生欲言又止，没再多说，这世间的悲欢离合情情爱爱，也不是外人能说得清楚的。医生拿出手术前的协议书给小迪看，那是手术前必须要签的，上面有20多条，都是些手术中大出血啊、术后停经啊，不能再生育等恐怖后果，相当于说有上面那些情况的，医生概不负责。

第一次签这种协议书的女生，大多捧着协议书边看边哭，那种恐怖，就像签下一份生死状。协议中的每一条都让人惶恐不已，每一条都让看的人绝望万分。

医生们常常遇到这样的场景，哭得最伤心的，往往是那些年纪还小，没有婚姻保障，甚至还是学生就为男人堕胎的女生们。现实总能让这些女孩遍体鳞伤。

但现实再现实，也已激不起她内心的任何涟漪。

看条约时，小迪都没有细看，拿起笔来，就在落款处签了名字，即使手术真的失败，真的绝经，真的生不了孩子，也都无所谓了。

"你真的……想好了？"医生忍不住又问了一句。她还是想不通，刚刚还来做产检的小迪，为什么说不要就不要了，她这么宝贝这个孩

269

子，作为医生的她真的想不通。

小迪轻轻地闭合一下眼睛，毅然决然地应了："嗯！"

医生叹了一口气："吃过午饭没？"

她点了点脑袋："吃了！不多，老吐。"

"那现在做不了。"医生说，"手术前不能吃饭，你明天再来吧。记住，术前不能吃任何东西。"

朱小迪从手术室出来的时候，陈宁立即从座位上站起来迎了上去。

"做完了？"

她摇了摇头："手术前不能吃东西，约明天！"

"明天我再来陪你。"

她拒绝："不用了，你走吧，这孩子我不要了，我一定会打掉的！你不用担心我会耍心机留着。"

他皱紧了眉头："这不是打不打掉的问题，问题是你打掉后，你一个人怎么回去？"

她看了他一眼，很仔细地看着，看得他不由自主地心虚起来："明天，你一定要打电话给我，我陪你。"

朱小迪似乎连看都不想看陈宁了，她拖着沉重的步子，向远方走去。

陈宁怔怔地看着她的背影，脸上浮现出痛苦的表情，但是，没有追上去。

朱小迪从电梯上下来，经过医院大厅，穿过医院的走廊，走出医院大门的时候，沿路而来，都是怀着宝宝的准妈妈，还有抱着宝宝来看病的年轻父母。

医院门口，站着许多卖小孩子玩具的小商贩，小迪站在一个卖气球的小贩面前，向他买了一个鱼形的小气球。

鱼本来是生活在水里的，可是现在……

她就像那条鱼，那条离了水上了岸，苟延残喘的鱼。

朱小迪将气球拿在了手上，木木怔怔地向前走，小贩跟在后面喊，唉唉，找你钱……她已拿着气球的绳子，穿过了马路。

经过大型的广场，广场一边，一家婚纱摄影店的工作人员站在宣传台边，向来往的路人派发婚纱宣传小册子。朱小迪经过时，那工作人员也发了一份给她，她木然地接过，却很快地滑落到了地上。

她进了广场边的新华书店，把包存在了自动存放处，拿了存放包包的密码号，便走进了书店。

她去了工具书的书柜，从里面拿出一本新华字典，翻到第三页，顺着第一个字数了下去。

……

"在数什么呢？"

她的身板直了直。他明显感觉到了，却笑着，恶作剧般搂紧了她，当做没发现的样子，下巴压着她的劲窝，继续问。

"我在数'爱'字！"

"爱？"

"对！"

她捧着一本字典，身体好像被热水淋过的面条，一刹那间，就瘫软在了地上。有人惊慌起来，对着店里的店员大喊："快来人啊，有人晕倒了……"

工作人员立马围拢上来，一个年纪大一点的女人，推着围成圈的人群嚷着："都离开一点，保持空气流通。"人群散开一些后，她半蹲下去，扶起小迪，让小迪靠在她的怀里，拇指按住她的人中，用力地按了一会儿。

小迪缓缓地睁开了眼睛，看着大家不约而同松了一口气的脸，睁着依然红肿的眼睛，茫然地看着这些围住她的人。

"我……这是怎么了？"

她感到声音嘶哑得厉害，也感到脸上紧绷绷的，很是不舒服，眼眶那里也有些发热。她并不记得自己哭过，也不记得自己的脸之所以紧绷，是因为泪水在脸上一层盖着一层流淌下来，风干后，紧紧地贴在了脸上。

周围的人告诉她："你晕倒了，多亏了我们涂师傅按你人中，你才醒过来。"

小迪冲着他们所说的涂师傅说了谢谢，起身的时候，看到自己的手上，还紧紧地攥着一本字典，字典翻开在第三页。

她奇怪地看着这一本字典，不明白自己紧紧攥着它干什么，她莫名其妙，怎么也想不出一个所以然来，脑中空白一片。她带着奇怪的表情站起身来，将晕倒前拿的那本字典放回了书柜里。

更奇怪的是，她的手指上还系着一根白色的线，而线的那一头，是一个彩纹的小鱼气球。

她觉得奇怪极了，但就是想不起来，这气球是什么时候跑到她手上的。

朱小迪从书店出来后，将手里的鱼形气球的线从手指上解开。那只"鱼儿"飞上天空后，飞啊飞，最后变成一个小小的黑点。朱小迪仰首看了一会儿，直到那个小黑点再也看不见，她才将脑袋低了下来。

在人来人往的大街上，朱小迪莫名地恐慌，她害怕地抱住自己的胳膊，眼底全是茫然无知的恐惧。

下午四点半，警察局里来了一位奇怪的报案人。她惊恐地站在服务台前，对值班的警务人员说："我……我不记得我住在哪里了！"

警务人员看了这女人一眼，她看上去满脸焦急，头发因为脸上的汗成片地粘在了一起，眼底全是无法解释的慌乱。

警务人员也被她的紧张弄得紧张起来："你先别急，你叫什么名字？"

"我叫……"

说到自己的名字，她居然怔了一下，想了几秒钟才说："我叫朱小迪！"

"身份证号码……"

小迪结结巴巴地报了几位数，后面全都想不起来了。

她急得都想哭了："对……对不起，我真的不记得了！"

"你怎么会不记得你住在哪里呢？"这对正常人来说，是件匪夷所思的事情。

小迪的眼泪都快出来了："我真的不记得了。"

"那你有手机吗？"

"手……机？"

"是啊，你手机里总有亲戚朋友们的电话吧，你不记得的话，打电话问问就知道了啊！"

"对啊！"小迪被提醒了，伸手就要去摸包，可是，摸了一个空。她惊大了原本就惊慌的眼睛，惊呼道，"我……我的包不见了！"

警务人员要晕了："你是不是根本没带出来？"

"我真的……我真的不记得我有没有带了！"

"那你记得你家人或者朋友的电话号码吗？"

小迪马上报出了一组号码，那是她以前家里的电话，在养母还活着时的号码，现在早就是空号了。

警务人员拨过去，那自然是电脑女声在说："对不起，您拨的号码是空号。"

小迪只感到一瓢凉水由头至脚泼了下来，原本就汗兮兮的她，又急出了一身冷汗。

"怎么会啊，这是我家的号码啊，怎么会是空号？"

警务人员安慰了她几句，就打电话去电信局，电信局告诉他，这号码三年前就撤销了。

小迪觉得这实在是不可思议，她实在想不明白，这号码怎么会变成空号。

接下去，警务人员问她："你还记得别的号码吗？"

小迪记得，和家里的号码，记得一样清楚，那个号码是……

下午五点半，在电信部门工作的苏晨正要下班回家，突然接到派出所打来的电话。

电话那头说："你好，我们是花远街派出所。"

苏晨心里一个咯噔，他心想，我一没贩毒，二没嫖妓，三没贪污受贿，派出所找我干什么？心底这样想着，可还是礼貌地应答："您好，请问有事吗？"

"请问，"那头同样有礼貌地说，"你认不认识朱小迪？"

苏晨再一次怔住了，他好像早把这个人给忘记了，突然有人提到朱小迪的名字，那遥远的感觉，恍若隔世。他硬是怔了十多秒，才缓过神来。

"认……识，请问有什么事吗？"

警务人员说："请你来一趟吧，把朱小迪领回去。"

苏晨不解到了极点，他都三年没见到朱小迪了，为什么派出所让他把她领回去呢？她到底犯了什么事？卖淫？吸毒？还是赌博？好像都不大可能。

自从她母亲死后，他就再也没见过她了。不是！见过的，在他的婚礼上，她是他婚礼上的化妆师。他只知道她在婚庆公司当化妆师，其他的关于她的事情，他全都不知道了。

他想小迪是不是受了打击，做了什么糊涂的事情？是不是举目无亲，犯了事情，只能与他联系？

来到派出所，他被引到值班室，见到了朱小迪。苏晨看到朱小迪的时候，朱小迪正坐在警务休息室的双架床的下层，手里捧着一杯水看电视。

他只是看到了她的背影，忍不住叫了一声："小……迪！"

她倏然转过身来，看到苏晨的一刹那，她激动地站起身来，一下子将脑袋撞到了一边的铁床架上。她"哎哟"一声，就捂住了脑袋。

苏晨急步地走上前去，手不假思索地捂了上去："还好吧？撞疼了没有？"

她缓缓地抬起头来，用深邃的眼神凝视着他："我……没事，我很好。"

在派出所里，苏晨不好说些什么，出了派出所后，苏晨站住了，面对小迪，问："你怎么了？怎么不记得家在哪里了？"

朱小迪摇了摇脑袋："我也不知道，我不记得了，我真的不记得了。我只记得小时候老师说，有困难找警察叔叔，我就跑到派出所了。"

"那你……记得些什么？"他问得小心翼翼，好似试探。

"我……"

朱小迪起手按了按额头，皱着眉头说："我记得……我记得我们前几天才见面，你……亲我了。"说到这里，她挑起眼梢看了苏晨一眼，眼角带着少女的羞态，说这话时，还脸红得停顿一下，咬了咬唇，声音越说越小。

苏晨不信地看着朱小迪，那竟是三年前发生的事情了。

"小迪……"

"啊？"

"你……记不记得……你妈在哪里？"

"我妈？"小迪一挑眉说，"我妈在家里啊。"

他惊出了一头冷汗，他注视着朱小迪的眼睛，发现她不像在说谎。他突然感到莫名的恐慌，他很想知道发生了什么事情，在不知如何是好的时候，他突然想到一件事情。

他想到三年前，在他的婚礼上，她是他新娘的化妆师。

他还记得他选的婚庆公司，尽管那公司在这城市里有好几家分店，可他仍记得他是从总店预定的婚礼服务。

苏晨拉住了小迪的手说："跟我来。"

小迪的脸微微一红，看了看他与她相牵的手，又看了看他的脸，对着他的眼睛，笑着点了点脑袋，甜蜜蜜地说道："嗯！"

她被莫大的幸福击中了，无法描述她喜悦的心情，她终于和他……在太阳底下，光明正大地牵手了。

"苏晨！"她轻唤他的名字。

"嗯？"他停下来看着她的眼睛。

她笑了，笑得很甜，笑得很羞涩，笑着将脑袋低了下去，轻轻地说："我终于……牵着你的手，在阳光下走了。"

陈宁根本不知道朱小迪与苏晨正奔着他这里来。他只知道，他从上午守着小迪，一直守到下午。从她看到他时眼底那抹惊喜，到后面哭着说她想要那个孩子……心灰意冷后，想哭都没有眼泪的样子，一幕幕地萦绕在他的心间，浮现在脑海，挥之不去。

他感到疲惫极了，回到公司后，上了阁楼，进了他专门休息用的房间，那里面有床，有洗手间。他一进去，就倒在床上睡着了。

把他吵醒的，不是朱小迪与苏晨，而是他放在床头的电话。

电话不要命地一响再响，陈宁从睡梦中惊醒，接通电话时，陈老母就在那头沙哑着嗓子，吸着鼻子带着哭腔说："宁子啊……"

陈宁一个机灵从床上坐起来："妈，你怎么了？出什么事了？"

"惜惜他……"

"惜惜怎么了？"

陈老母说："惜惜他……刚刚被幼儿园的车送回来，两只眼睛哭得又红又肿，我给老师打电话问发生了什么事情。老师说，今天教小朋友们唱《世上只有妈妈好》，唱到一半，惜惜就大哭起来，说他现在是草了，妈妈不要他了。这一回来，就自己关在屋子里哭，怎么哄都哄不好。这么一个小孩子，天天哭，天天哭，这……大人都受不了，何况一个孩子！"

"奶奶！"

"唉唉唉！"

"奶奶，我不租铺（舒服），哼哼……"惜惜吭吭地哭。

陈宁听到陈老母在应着儿子，突然听到她在电话那边紧张地喊："我的乖乖，你怎么这么烫啊？"

陈老母好像慌了，慌得在电话那头大嚷："宁子，你快回来，惜惜的额头好烫啊！"

陈宁一骨碌从床上跳起身来，披了外衣，就往外走。他从车库里开出车的时候，刚好同苏晨与朱小迪错过。

朱小迪看着这家婚庆公司，在进门前，她羞涩地看了看苏晨。她会错意了，她的记忆停留在了几年前，她以为苏晨是要娶她，哪里还记得他已经结婚了。

婚庆公司的前台是刚来的，实际上，陈宁开了分店后，以前的老员工都派到新店当店长了。这刚来的小姑娘，还有店里的工作人员，都不认识朱小迪，朱小迪是陈宁的妻子的时候，她们都没见过她。

　　前台看到他们俩，以为是来咨询业务的，很热情地将他们迎了进来，一进门，就开始介绍他们这里有什么新的优惠业务，还拿出一本宣传册给小迪看。

　　这里的装潢很温馨，全套的布艺家饰，让人有回家的感觉。

　　小迪坐上一张布艺沙发，随手翻起前台递过来的宣传手册。

　　她认真地看着里面的婚庆案例，看着里面的场景布置，听面前的女孩说着什么 A 套餐，B 套餐……

　　她指着 B 套餐，抬首望着苏晨，轻轻地询问："就这一款好不好？"

　　苏晨怔怔地看着朱小迪："你……到底是怎么了？"

　　小迪也奇怪地看着苏晨："你……不是带我来订婚礼的吗？"

　　"我根本不是这个意思！"

　　"那你带我来这里干什么？"她的眼圈一下子红了。

　　"我只是想问你，你还记不记得这里？"

　　小迪抬首，环视了一下四周，说："我第一次来！"

　　"你以前是这里的化妆师。你们不认识她吗？她叫朱小迪！"苏晨奇怪地看着这里的工作人员，他大声地问着。

　　里面的人满脸疑惑，面面相觑，直到一位工作人员说："对不起啊，这位先生，我们都是新来的，这位女士，我们从来没有见过。"

　　苏晨想让前台给他他们老板的手机号码。前台说："不好意思，私人号码，我们不方便透露，有什么事，我们可以替您转达。"苏晨就让前台问他们老板，认不认识朱小迪。问总比不问好，他是有老婆和孩子的人，总不能把她带回去。

　　所以，在有一丝希望的前提下，他让前台拨通了陈宁的电话号码。

　　陈宁接了，前台就问："老板，有位姓苏的先生，问您认不认识一位叫朱小迪的女士。他说她以前在我们这里当过化妆师。"

277

陈宁一怔："小迪？她在哪里？"

前台说："现在正在我们店里！"

陈宁马上说："她怎么了？"

前台说："我也不大清楚。听同她一起来的先生说，她不记得自己住哪里了，所以问问老板知不知道她的情况。"

骆非说过，人在痛苦至极时，会选择性忘掉一些事情。

陈宁想到他的话，又想到小迪离开时面容上浮现出的一丝冷笑，他的心焦虑起来，马上说："让她等我，我大概二十分钟到！"

前台说："好的，我替您转述！"

医院里的陈宁抱着打了退烧针的儿子，将陈老母和惜惜送回去后，又马上驱车向公司开去。

正是吃饭的点，店里的工作人员都从外面拿了饭盒去茶水间吃饭了，飘来的饭香，让人感觉肚子饿了。苏晨看着眼前的朱小迪，不知道怎么办才好，好久才问："你……你吃了没有？"

小迪摇了摇脑袋："还没！"

"我们先去吃饭吧！"

小迪为难地说："我……身上没有钱！"

苏晨说："我请你！"

"前面那家好像还不错！"他说着，指向前面的饭馆。

她说："我……我想吃麦当劳！"

他怔了怔，她却说："我很喜欢吃那里的巧克力新地。"

进了麦当劳后，他们找了一处靠窗的地方坐下了。苏晨拿出钱，递给小迪，说："拿去买吧！"

小迪奇怪地看着他："你不陪我一起去吗？"

苏晨笑道："我都一把年纪了，还跟年轻人挤什么，你去吧！"

"那你吃什么？"

他摇了摇脑袋："我不喜欢吃这个！"

她没说话，接了钱，向着收银台走去。排队的时候，苏晨接到了陈宁的电话。

"喂！"他们两个人同时喂了一声。

然后，同时怔了怔，陈宁首先开口："我是婚庆公司的陈宁，请问你是带朱小迪到我们店里来的苏先生吗？"

苏晨答："是的，我姓苏，朱小迪是我带去的。"

陈宁说："我现在到公司了，请问你们在……"

苏晨说："我们就在你公司边上的麦当劳。"

陈宁说："行，我马上过来！"

五分钟后，朱小迪拿着两杯新地来到苏晨面前。

陈宁正好推门进来，不知道从哪里挤过一个和惜惜一般大的小男孩，从他推开的门里挤进来。

在朱小迪刚准备将其中一杯新地递给苏晨时，最狗血的一幕发生了。

"爸爸——"一个小男孩从外面奔了过来，一把抱住了苏晨的大腿。苏晨呆愣了一下，马上蹲下身去，将小孩子抱来："乖儿子，你怎么来了？"

那小孩子在他怀里，扭身一转，指向玻璃门外，说："和妈妈一起来的！"

苏晨抬首，顺着儿子的指向，玻璃门外，他的老婆背着斜背的包，一手拿着一个彩色绸制的风车。她对着苏晨笑了笑，又看了看苏晨对面的朱小迪，微微点头，示意友好。然后，她推门而入，走向了苏晨。

张小迪笑着对苏晨说："老公，你的朋友吗？介绍一下啊。"

张小迪是见过朱小迪的。她结婚时，朱小迪是张小迪的婚礼化妆师，事隔几年，她只是觉得她有些眼熟，可是一时半会儿想不起在哪里见过。她这话是对苏晨说的，而她大方的笑容，是对着朱小迪的。

失去记忆的小迪，像是被雷劈了一样，怔怔地看着苏晨。

他结婚了！他居然结婚了！

她的记忆里，他前几天才吻过她的呀！她的眼窝子在发热，好像有什么东西要漫出来，快要抑制不住了。面对着张小迪的微笑，她只是怔怔地看着苏晨，不信地看着。

279

她没看到他戴戒指啊！

苏晨的余光看了一眼朱小迪，好像慌了一下，故作镇静地说："哦，这是我以前的同学，小朱。"

"小朱？"张小迪笑了，笑着说，"你好，我是苏晨的老婆，我叫张小迪！"

她……也叫小迪！

小迪好像这才有了反应，怔怔地看着张小迪。

张小迪也惊讶了："怎么了？"

她想，她现在应该应情应景，应该让手里的新地落到地上，让里面的冰淇淋溅出来，溅一地，像她碎裂的心。

但是，事实是她什么也没干，手里的冰淇淋也拿得很好，很稳，凉气从掌心指尖指腹透进来，让两条手臂都凉透了。

然后，她全力克制自己，看向张小迪时，冲着她笑了："你好，我叫朱婷，很高兴见到你。"

苏晨似乎没有想到朱小迪会说自己叫朱婷，他紧张的表情，刹那间放松下来，望向朱小迪时，似乎有些感激。他马上笑着说："我今天路过这里办点事情，路上碰到朱婷，她是我小学同学，好久没见了，就进来坐坐。正好她也在等人，没想到这么巧，就和你们碰上了！"

张小迪笑道："是啊，真巧啊。"

"哦，对了！"苏晨对朱小迪说，"刚才你去买新地的时候，你朋友打你手机，我替你接了，他说他一会儿就到，你在这里等一等，我们……就不陪你了！"

小迪扬了扬眉头，她的手机？朋友？她没有手机，也没有朋友。他纯粹是要把与她"刻意"在一起的关系，撇得干干净净。

她的心口重得喘不过气了，但她还是装着轻松说："这样啊？好吧，那你们先走吧，我再等他一会儿。"

"啊，对了，新地！"小迪将手里的新地向苏晨递去，递给苏晨抱着的儿子，"小朋友，阿姨请你吃新地！"

那小朋友看了看爸爸，爸爸点点头，他就接过了。

"你叫什么名字呀？"

那小朋友说："我叫苏野。"

"很好听的名字，谁取的呀？"

"不知道！"他就完，就低着脑袋，将注意力转到新地上面去了。

看着那孩子拿着白色的小勺子挖着往嘴里送，小迪笑了，眼睛像月牙儿一样弯了起来，心酸地叹了一句："你儿子真可爱！"

苏晨也笑了，笑得有些勉强："好了，跟阿姨说再见，我们回家了！"

苏野有些不依："爸爸，我想吃鸡腿！"

苏晨说："行，我们去买鸡腿，回家吃！"

然后他们一家三口去排队，拿着装满了吃食的牛皮纸袋。走出大门前，苏晨对抱着的苏野说了什么，苏野就转过头来，对朱小迪挥了挥手，嘴上还说了句什么。听不清他在说什么，看他的口型，应该是在说"拜拜"。

小迪笑了，扬起手来，冲他们挥了挥手，轻轻地说了一句："嗯，拜拜！"

然后，他们走了，走远了，远到看不见了。

小迪坐着，仿若无事地吃着冰淇淋，只是眼泪像失控的水龙头，不停地往下滴。

坐在不远处的陈宁，心口倏然收紧，好像谁在挤压心脏里的空气。他很想冲上去揍苏晨，可是，苏晨的孩子突然出现，他没有办法在一个孩子面前，做那种事情。

他从没见过这样的小迪，他第一次看到，一个人由笑到流泪的过程，竟可以这么快。

她的胸膛就那么大，她的心脏就那么小，她哪里来的承受力，承受那么多常人无法承受的压力？

他似乎想起，当初与她说再见时，转身前她微笑，转过身后……觉得过意不去，再转回来时，她的笑好像有些匆忙。

落寞与微笑间的变幻，总是需要演技，她演得太逼真，让人看不出破绽。

突然……朱小迪手上用力，将杯子挤捏在一起，里面的冰淇淋像奶昔一样被挤了出来。白色的冰淇淋还有巧克力酱一下子漫出杯子，沾得她满手都是。

她全然不顾，只是吸了一口气，向着窗外看去，华灯初上的街上，行人匆匆，景致依旧。

坐在不远处的陈宁起身，迈开步子来到朱小迪的面前，轻轻地唤了一声："小迪！"

朱小迪惊愕地转首去看陈宁，眼泪正好从眼角滑落下来，在头顶灯光的映照下，闪着盈盈的光。

她不解地看着他，她的眼底全是陌生的打量。这目光盯得他发寒，直到她开口问他"你是谁，怎么知道我的名字"时，他感到什么东西崩塌了，向他的头顶狠狠砸下。

她居然问他："你是谁？"

"你……不认得我？"

她用手背抹了抹眼泪："对不起，我没见过你……但是，感觉好熟悉，好像在哪里见过。"

"我是陈宁。我是……"他有些激动，他差一点就要说我是你前夫，可是，他硬生生地打住了。

他想起骆非的话，想起他说人在受打击时，会选择性地忘记很多东西，这是人体出于对外界的痛苦，选择的一种自我保护。

如果她真的把这些事情全忘了，把他也忘了，这未尝不是件好事。这样她就不会痛苦，也不会为他曾经的背叛而伤心了。

他把"我是你前夫"给收住了，对她说："我是你以前的老板，你以前在我店里当化妆师。"

她苦涩一笑，痛苦地摇摇脑袋："对不起，我不知道我是怎么了，我……我不记得很多事情了，我真的不记得了！"

陈宁摇了摇脑袋，他心里哽得慌，却说："没关系的，就当重新认识吧！"

他坐下了，看到她手上袖子上沾着褐色的巧克力和白色的冰淇淋时，想都没有想，拿起桌上的纸巾，替她擦了起来。他根本就忘记了，他只是她以前的"老板"。

她惊呆地看着他，他突然感到自己"越位"了。他的手放下了，一脸惭愧，窘迫地说："对不起，我只是看你的袖子脏了……"

她吸吸鼻子，紧咬了一下唇，苦涩地摇了摇脑袋，轻笑道："谢谢你，只是你帮我擦袖子的时候，我想到了一些事情。说出来你也许不会相信，呵呵，六岁的时候，有个小男生帮我挽袖子，我就这样莫名其妙地爱上他了。"

陈宁微微地皱了一下眉头："我信！"

"你信？"她倒不信地挑起了眉头。

他认真地点了点头。

"那如果我说，我初吻六岁就没了……"

"我信！"

"我傻乎乎地爱了他将近二十年！"

"我也信！"

"他从来没有给过我爱的讯号，也从来没有光明正大地对我好……"

"我全信！"

他认真地看着她的眼睛，她看着，怔了怔，然后，无法忍受似的破涕而笑，笑着将脑袋转向一边。她好像自言自语，又好像说给他听："这个人真有意思，怎么我说什么你都信？"

"因为你对我说过。"

"我有这么相信你吗？"

他不知道怎样回答，她却笑了："我有种很奇怪的感觉，我明明不记得你是谁了，可你帮我擦袖子的时候，我居然跟你说起我以前的事

283

情。我想我以前应该很信得过你，所以才会告诉你吧。因为……我感觉你很熟悉，好像可以完全相信的样子。"

"小迪……"他抬首看着她，想说什么，却一句也说不出来。

小迪看着陈宁，平静地说道："既然这样，你可不可以再次当当我的树洞？我心里憋得慌，我不知道……该从哪里说起。可是，我真的……我真的不知道他结婚了。"

"刚刚他带我去你店里的时候，我还以为他要娶我！我满怀欣喜地看前台递过来的小册子，结果他跟我说，不是！

"我不知道他结婚了！他带我来的时候，我真的不知道！

"让我满怀希望，一下子再让我彻底绝望。明明痛得慌，可就是没办法表露出来。明明难受得要死，我就是流不出一滴眼泪。

"非要等他走了，我才哭得出来。我很想在他面前哭，哭得很惨，让他一辈子都忘不了！可好像……根本不会有这样的机会。因为……因为就是哭不出来！

"可是，他一走，眼泪全涌出来了，忍都忍不住……"她心碎地喃喃自语，"怎么会这样呢？我怎么会是这样的呢？"

她拼尽全力想让自己冷静下来，低了脑袋，咬着唇让自己不那样悲伤。她淌着眼泪，抬起头来，没有看着陈宁，只是盯着桌面上"可口可乐"的标志，两波眼泪由眼眶涌出，流过脸颊，分两股，汇于下巴，大滴大滴地往下淌。

"小迪……"他的眼圈忍无可忍地红了，想伸手去握她的手，却陡然间想到自己尴尬的身份。

她哭得伤心，她哭得难过，他却什么都做不了，因为他是"陌生人"。

他懊恼地收回手，痛苦地将脸转向一边，酸楚的感觉并不打算放过他，一波波齐齐涌向了鼻子，让他的鼻子酸胀发痒，让他坐立难安。他用手揉揉鼻子，再很快地捏了一下，他不知道怎样形容自己的心情。他哽得难受，她还是他妻子的时候，何曾不是这样？

她什么时候在他面前哭过，抱怨过？

她总是开心地面对他，在他转身而去的时候，她有没有一个人淌着止也止不住的眼泪？

在他离开的时候，她一定也这样哭过，只是他从来不曾见到过。

他现在终于懂了她的心，却没有了珍惜的机会，因为他已婚……

"我……"她又颤颤地开口。

"别说了……"他出口阻止，声音也开始发颤了。他红着眼睛看着她："伤心的事情，别再想了！"

她摇了摇脑袋，哽咽着："可不可以让我说完？我真的很难受。你听完了，就当我什么都没说过，行吗？刚才他说，他不喜欢吃这个，其实我也不喜欢，可是……我就是想拉他一起进来。人家约会都选这里，我也想和他一起来。我不怕你笑我，拉他进来的那会儿，我把自己当成刚谈恋爱的小姑娘了，看到他的时候，我还是紧张得喘不过气，心脏还是要从胸口跳出来，觉得和他来过，少女时代的遗憾也就补全了。"

她淌着眼泪，跳跃式地转移话题，颤声自问："他的老婆怎么也叫小迪呢？

"我可不可以自作多情一下，假装他的心里还是有我的呢？我可不可以这样想一下，他叫他老婆的时候，也随带着想起我了呢？

"我就假装想一下，他其实挺喜欢我的，只是不得已娶了别人。

"我就这样自我安慰一下子，可不可以呢？"

"朱小迪，那个男人不懂你，他根本配不上你！"他的脸苦了下来，他求她，"你别再想他了，行不行？"

小迪抬眼看他，神情恍惚，好像听到了，又好像没听到。

"我明明叫小迪啊，我真的很想跟他老婆说，我叫小迪，我跟你一样，也叫小迪。那个时候，我很想学言情剧里恶毒的女配角，假装笑得客气，假装惊讶，说这么巧啊，你也叫小迪啊！这一招会很毒吧，会给他老婆造成不必要的猜测，她会想，为什么我会和她老公一起，为什么我会和她叫一样的名字？他老公介绍我的时候，表情不自然，说话还打哽，她会想，她是不是我的替身？是不是因为他老公一直忘不了我，而选了一个和我名字一样的人，做他的老婆？因为他都说了，我是他小学同学，自然是认识在先的呀。

"这一招很阴，是吧？我要是说我也叫小迪，他老婆一定不开心吧？她再怎么大度，再怎么当作不放进心里，心里还是会有阴影，是吧？

"那个人让我这么痛苦，我给他这样一点小小的报复，应该没有问题吧？可是……我做不到！"

她哭着，手掌抵住了额头，拇指和中指，紧紧地按着两眉眉弯处。她痛苦地揉着："我也想什么都不顾，豁出去大闹一场，让自己好受一点！可是，我就是做不到！我怎么都做不到啊！

"那个嫁给他的女人，又没有欺负过我，他们的儿子又没有伤害过我，我怎么可以这么自私，为了一己之私，做伤害别人的事情？

"我做不到！无论如何，我都做不到，就算再恨，我也做不到。"

她痛苦得捱不住了，痛苦得哭皱了脸："我说……我叫朱婷的时候，苏晨眉头不皱了，神情也不紧张了，他看我的眼神，都有些感激了。出门前，他还让他儿子跟我说再见！可是我一点都不想让他感激，我想做他身边的那个人，我想可以嫁给他，可以当他的老婆，可以为他生孩子……"

她带着痛苦的颤音自问："怎么……就不是我呢？怎么就……"

她双手交叠着捂住了胸口，最上面的左手突然抬起来，紧紧地捂住了唇部。她害喜似的别开头干呕起来，而事实上，她就是在害喜。

她呕了那么一下，捂住唇，疑惑的眼珠子上下转了两圈。陈宁马上站起身来，对着她弯下的背轻拍起来。

她的眼泪因为干呕又漫了出来，这一害喜反应，让她的身体极度不适。她在陈宁的搀扶下，缓缓坐下，脑袋靠在左边的玻璃窗上，像上岸的鱼，张着嘴，微微喘气。

陈宁马上去收银台，买了一杯热乎乎的牛奶给小迪。小迪虚弱地接过，疲惫地笑了一下，说谢谢。他艰涩地说，不客气。

她怀的是……他的孩子，她在为他的孩子受苦，到底谁该谢谁？

朱小迪低首，错过陈宁纠结复杂的神态。陈宁在她身边的位置上坐下时，见她轻轻地掀开杯盖，不知道是为什么，她的手有些抖，他忙一手帮她把杯子扶住，一手搁在她座位的靠背上。她看了过来，很奇怪的眼神，那眼神里，包含着不解与依恋。

"为什么，我对你的感觉越来越熟悉，你和我真的只是雇佣关系吗？"

他不敢再面对她的眼睛，怕她想起什么，他连忙转移话题，对她说："快喝吧，凉了就不好了！"

她感激地说了声"谢谢"，再和他一起拿住杯子，含住杯沿，对着里面吹了吹，然后一小口一小口地喝着。

他安静地看着她。

她突然看到了什么，目光停在了他无名指的戒指上，她顿了一下，用了些力，将杯子从他手里抽出来："我自己来就可以了！"

她脸上的头发因为眼泪和汗水都粘在了一起，有几缕贴着脸蛋，停留在唇边。他起手去帮她掇起，向她的耳朵后面扶去。

她像被虫子蜇了一下似的，向边上躲去。

他惊愕地看着自己的右手，那上面还有一根她躲得太急而扯断的头发，他不解地看向她："怎么了？"

她摇了摇脑袋，再将头低了下去，低低地说："你已经结婚了，所以别在这个时候对我好，对我好，我会依恋你，到时候会给你添麻烦的……"

"不会麻烦的。"

"你可以坐过去吗，坐我对面去？我知道你是个好人，只是，不想碰巧遇到什么熟人，让人误会，给你造成不必要的麻烦。"

她说完，眼睛看着他指上的戒指，他顺着她的目光看去，看到了手上的铂金圈圈。

他怔了，随后痛苦地咬紧了牙关，颧骨都突了起来。最终，他起身坐到了她的对面。

她喝了片刻牛奶，喝到一小半的时候，她想拿纸巾擦嘴。买冰淇淋时附送的两张纸巾已经用过了，她便将手伸进荷包，从里面掏纸巾包，这时候，她突然发现了一样东西。

"这是……"她将纸巾里放的小纸条拿了出来，只见纸条上写着"新华书店安亭分店自动储物箱023"。

再看看存放时间……

"我穿越了吗？怎么跟我记忆中的年份相差了三年多？这中间发生了什么，我怎么一点都想不起来？"

"小迪，不急，不急，等你舒服点了，再想！"

"可是我……"

陈宁急于转移话题，将她手里的纸条拿过来，看了一眼，再抬眼问她："你今天去过新华书店了？"

小迪说："我好像在买书的时候晕倒了，醒来的时候，发现自己在书店……"

陈宁看看腕表，六点一刻，他马上扬起眉毛说："书店是六点半下班，还来得及。"

陈宁拿着包返回来，坐进驾驶室，将包拿给坐在身边的小迪时，她又冲他说谢谢。

陈宁红着眼睛说："小迪，以后别跟我客气了，行吗？"

她扯起唇来，算是应付一个笑脸。

她打开了手里的包包，看到里面有一个16开的小册子，她奇怪地拿出来一看，难以置信地张大了嘴。

"我……怀孕了？"

陈宁惊出了一头冷汗，她手里捧着的，正是一本妇幼的病历。

她不信地看着陈宁，又低头看看自己的肚子，极不相信地说："我……我怎么可能怀孕？"

朱小迪无助地喃喃自语，她即使什么都不记得了，也能看懂病历上的阴性阳性。她觉得这不可思议，她根本不记得她和什么男人有过那层关系。

她想不起来什么时候发生过那样的事情："难道是苏晨的？难道是

他的孩子？我和他情难自禁，我做了第三者？"

她慌张起来，惶恐不安地自言自语："不会的，绝对不会，我连有了女朋友的男生都不会抢，我怎么会抢别人的老公？这种事情，我恨都来不及，怎么可能做出这种事情？可是，我怎么会怀孕了？"

她捂住了自己的肚子，哭丧着脸："这孩子到底是哪个男人的啊？"

他一把将她搂住："你冷静一点，冷静一点。"

她挣扎着将他推开，狠狠地推开："你干什么啊？"

他被狠狠地推开，身体撞到一边的车门上。他惊愕地看着她，不知道她哪来这么大的力气。

她愤然地看着他："别随便对女人好，特别是在这个时候，我不需要你的同情！"

"朱小迪，谁同情你了？谁同情了啊？"他突然扯住她吼道，"你怎么这么看轻你自己？你怎么就这么肯定这孩子是你介入别人的家庭才有的？你有没有想过你是结过婚的，你的孩子是合法的，这是你们爱的证据？"

她一下子蒙了："可能吗？可能是……爱的结晶吗？"

朱小迪吸了吸鼻子，让自己镇定下来，她抱歉地看着陈宁："对不起，我太激动了，你不要怪我。我的记忆里没有恋爱与结婚的印象，那个男人是谁，我一点都想不起来。"

陈宁红着眼睛摇了摇脑袋："没事的，没事的，先不要想这些，我先送你回家。"

"家？"她抬起头看着陈宁，难过地摇了摇脑袋，"我不记得我家在哪里！"

陈宁苦涩一笑，对她说，我记得。

他们一起回到小迪的住所，陈宁拿了小迪包包里的钥匙开了门。推门而入的瞬间，一只八哥在门边的笼子里扇着翅膀叫着跳着："小迪回来了，小迪回来了！"

小迪进屋，茫然四顾，突然她的眼睛定住了。

这公寓里摆设简单，桌子上面，有一张遗像。

她不信地看着遗像，然后皱紧眉头，手痛苦地揪住了自己胸口的衣服。

陈宁跟着看过去，发现那里摆着小迪养母的遗像。

朱小迪像风中的竹子，身子狠狠地晃动了一下，她突然大喊："妈，我回来了！妈，我是小迪，我回来了！"

没有人回答她，回答她的只有那只笼子里的八哥，它跳下窜上，扇着翅膀，不停地说，小迪回来了，小迪回来了。

她拉了门就要往外冲，陈宁冲过去，将她的胳膊拉住，小迪激动得挣扎起来。

"小迪你要去哪里？"

她挣着他的手大喊："我要去找我妈。"

"你妈死了呀！"

"你妈才死了！"

他紧紧地抱住她，她死命地挣扎，可是，他的力气明显大得多，像金钢圈一样，将她紧紧束住。

他咬紧了牙关，极度压抑地说："小迪，别这样成吗，你这样我很难过。"

她哭着问他："你这是干什么啊？我跟你非亲非故的，你这样算什么？"

他痛苦极了："你……你长得像我的前妻，像极了……我怎么忍心不管你。"

"那你知道我妈是怎么死的吗？"她没有接他的话茬儿，只是问着自己的话。

"是……"他哽咽着说，"病死的！"

"不是被我气死的吗？"

他无语，不知道该怎样说。

"一定是被我气死的，对不对？"

290

她自己说自己的：："一定是我做了丢脸的事情，所以我妈被我气死了，对吧？我肚子里的孩子，也是我在外面做了丢脸的事情才怀上的。我妈就是知道了这件事情，才被我气死的，是吗？"

"朱小迪！"陈宁的双手攀住了她的肩膀，"你这是干什么啊？怎么什么事情都往自己头上扯啊？"

"难道不是吗？"她淌着眼泪笑得凄凉，"你说……我肚子里的孩子，是爱的结晶，那就是说，我有一个爱我的男人。可是，这屋子里根本没有男人的东西，没有一点男人的气息。我妈是很传统的人，我妈认为女人一生只能跟一个男人。我居然未婚先孕，我妈一定是这样被我气死的。"

"不是的，不是的！"

"不是吗？不是的话，那个男人到底是谁啊？"

"是……"陈宁痛苦地将眉毛皱了起来，他的手紧紧地攥住心口的衣服，他的心从来没有这样痛过。

随后，只感到她身体一软，整个人就晕倒在他的怀里。

他急了，惊慌地喊着她的名字，那只小小的八哥也在笼子里凑着热闹，叽叽喳喳地喊着，小迪回来了，小迪回来了。

陈宁想，这些 X 光片在反光板上，一排一排挂着，真像一颗颗被人从中劈开的核桃。

医生说，这是脑萎缩。

他听着很想笑："脑萎缩？"他收起笑脸来，随即怒不可遏道，"你当我是小孩子？脑萎缩是什么东西，你当我不知道？那是老头老太太们得的病，你想哄我多交医药费，你编个别的病行不行？"

上了年纪的医生不恼也不躁，只是气定神闲地说："过劳死、心脏猝死、动脉硬化，这些老年人的病，都已经不再专属于老年人，年轻人得脑萎缩，也不是她一例病例。如果你信不过我，你可以去别家医院看看。"

陈宁的怒气消散了，这是本市也是全国最有名的心脑血管医院，没有第二家比这里更专业。

而老年人的病症不再属于老年人，像山火一样，向着年轻人蔓延，这也是不争的事实。

况且医生的表情，他不信也不行。

"而且我认得她！"长了老年斑的医生翻着小迪的病例，"她是我的病人，三个月前在我这里就诊。她知道自己的病后，没有哭，没有闹，表情很淡定。"

让老医生印象更深的是，随后说了一句话：这样啊？会一点点忘记啊？挺好的，本来也不想记得太清楚。

医生细细回忆着，她得知自己得了这种病后，莫名其妙解脱的表情，他记忆犹新。当时她的表情他给他留下很深刻的印象，深刻的原因是，他老人家看到小迪和他女儿是同年。

陈宁原本是站着的，突然听到医生说三个月前……他突然感到一阵天旋地转，脚步不稳，失重似的坐在了身后的靠背椅上。

额头有密密麻麻的汗渗出来，他无意识地喃喃自语："难怪她要跟我离婚，难怪狠心得连儿子都不要了！她是……不想让儿子和我知道她病了，她……"

"医生！这病还有救吗？"

医生看了这个后生一眼，他脸上的焦急不是作假，便淡然开口道："这种病，先由大脑开始萎缩，让人失忆，做事反复。渐渐地，小脑及脑干也开始萎缩，身体协调能力及自理能力削弱，直至痴呆、瘫痪。等无意识的时候，就只能靠着呼吸机维持生命，直至各个器官衰竭而死。"

看着陈宁越来越青的脸，老医生又来了一句"危言耸听"的话："等她醒来后，她可能不会记得你。药物控制只是其一，最重要的是，千万不要刺激她！不刺激她，一切都好，若是刺激她，病情会加速恶化。"

陈宁失魂落魄地从诊疗室里走出来，到医院大门口，一辆救护车疾驰而来，一个急刹车停稳后，跟着推车下来的，竟然是是钱娟的老妈。推车上躺着一个小孩子，那孩子的腿部弯起，被医生用支架给固定住，她痛得哭号："姥姥，我的腿好痛，姥姥，我的腿好痛。"

陈宁傻了。

姥姥？

钱娟的妈就只有钱娟一个女儿，这孩子喊她姥姥，那她岂不是钱娟的女儿？

可是……

钱娟不是说，她做过一次流产后，就再也不能生孩子了吗？

这到底是怎么一回事？

陈宁看到那推车进来，钱娟的妈跟车跑进来的时候，冷不丁地看到了陈宁，刹那间吓了一跳，随后捂住心口就喊："我的妈呀，你怎么在这里？"

陈宁冷静地喊了一声"妈"，随后，问她，这孩子是谁。

那车已推远了，钱娟老母心虚得满头是汗，随后却马上反应过来说，这是隔壁楼的孩子，从楼梯上跳下来，摔到腿了，大人不在身边，我帮着送进医院。

陈宁"哦"了一声，问，要不要帮忙？

钱娟老母忙说，不用不用。回答得太快，快得离谱。

她边说，还边伸手推陈宁，让陈宁赶快离开这里。陈宁虽不解，但还是被她推得走出了医院的门，然后，满腹疑虑地向外走去。

钱娟老妈竟不由自主地松了一口气，随后，想到什么，向楼梯的拐角走去，因为不会发短信，她只好给钱娟打电话，此时她刻意地压低了声音，抱着电话讲："喂，娟儿，我不小心碰到陈宁了，我没想到他在这家医院……没有没有，好在我反应快，我说这是隔壁楼的姑娘。你把她送那么远，我怎么知道她自己跑回来了？十岁了，记事也记路了，我要把她送回去，她跑开，说要找你，就冲到马路上被车撞了……你不来啊？好，还是别来了，万一被陈宁知道了，就不好了……送走？好，等她出来，我马上把她送走。好，好，好的好的。"

她收了电话，向急救室走去。

而拐角那边，听到一切的陈宁，似乎猜到了什么，又明白了什么，顿时，心中涌上无限的悲楚，受不了这一波接一波的打击，更是脚步不稳地靠到了身后的墙上。

稍晚一点，陈宁回到公司，心事重重地坐在电脑边，QQ好友上，某位旧时的好友，发过来一个网址。

那人说，不知道谁发的贴，吐槽一个故事，这故事让我不得不想起你，所以，我把链接发过来，给你看看。陈宁疑惑，却还是点开了。

贴子的标题是，吐槽前女友变小三，逼走正妻上位，还有没有天理啊？

正文：

楼主一直相信，善恶终有报，天道好轮回，不信抬头看，苍天放过谁！

但是，有一件事情，让楼主我现在还觉得这世道太颠覆。

楼主也算而立之年了，回想大学的事情，是有些断断续续的。

但楼主我深刻地记得，楼主报名入学的第一天，就被女生Q给华丽丽的惊艳了呀。

她真是漂亮啊，惹火的身段，好看的小脸蛋，让楼主挂帘垂泪，人家的爹妈怎么把她生得那么漂亮？

这女生来学校的第一天，我们学校那些学长，都抢着给她拿行李。

Q的身段好，穿什么都好看，身上不是什么大牌子，但都美。再说了，楼主就读的大学是一个二线城市的大学，根本没见过什么奢侈品，所以，当时就觉得，Q好有档次。

当时有好多人追她，她就答应了一个超有钱、家里环境超好的男生……

她是我知道的第一个夜不归宿的女生。

但是，她是有男朋友的，还是青梅竹马两小无猜的男朋友。

她就在这两个男人间周旋，居然没有被他们觉察。

她那个两小无猜的男朋友，还总是寄钱给她，她就跑去跟他见面。

她每次约会回来，都会告诉我们，那个有钱的男友带他去海边，她怎样被他轻轻地环进怀里。她远远赶到那个青梅竹马的男朋友面前，那家伙怎样感动……

楼主那个时候，还是纯良的小姑娘，从小就中规中矩，唯一一次恋爱，就是现在的老公，所以，得知 Q 大二就怀孕了的时候，特别震惊。

当时，她拿着验孕纸从卫生间里出来的时候，说了一句倒霉。

楼主我还不知道她手里拿的是个什么东西，问她，她非常"大方"地告诉我："中彩了！"

楼主表示担忧，可是，她居然一脸不在乎，更搞笑的是，她自己都不知道这孩子是谁的。

这两个男的，居然都以为得到了她的第一次。

最后，她想了想，还是打电话给她那个青梅竹马的男朋友，说是他的孩子，问怎么办。

那个男朋友当时就惊了，随后就问她："不如，我们休学一年，生下来吧？"

Q 当时显得特别感动，可随后，说了好多不能要的话，把那个青梅竹马说得动摇了，答应带她去堕胎。

挂了电话后，我们问她，为什么不把孩子生下来？

她说，鬼知道这孩子是谁的，我生下来，不就让他知道我不止他一个男人的事情了？

就是这么一个极品的女人啊，就是为了不让对方觉察，她才从来不让那个青梅竹马的男友来，而是大老远赶去看他。

她耍得两个男的团团转，滴水不漏地耍了四年。

那个有钱的男友，在毕业后就和她分手了，因为成了异地恋。

后来，她就跟她那个青梅竹马的男友同居了。

那个青梅竹马家不算特别有钱，但家里也算有点底子，一毕业，就进了国企。可能是刚进去，工资不是太高，他觉得自己工资虽然不多，但也能养活人，就没向家里要。

Q 就不高兴了，但是她会做人，不当面表露出来，还让那个男的以为她肯为他吃苦，感动得泪眼汪汪的。

Q进了一家时尚杂志作编辑，接触的可都是奢侈品，身边同事的品位，LV都不入她们的眼。Q心底肯定不满意，因为她确实长得漂亮，比那些女人的资色好多了。

Q就打心底地不想跟青梅竹马的同居男朋友在一起了。

现代的通信也发达，所以，她就又和那个有钱的男朋友勾搭上了。那个有钱的男朋友对她也是真喜欢，她一勾搭，两个人就又在一起了。

然后，Q有了孩子，就离开同居的男友，和那个有钱的男朋友奉子成婚了。

但这个有钱的男人，在她怀着孩子的时候，出轨了。

她生了孩子，去洗头的时候，遇到洗吹剪的"非主流"，两人就勾搭在了一起。

她被老公捉奸到床，打得鼻青脸肿，这事还闹到我们杂志社了，影响很不好，领导都出面，劝她辞职，小气巴拉的公司，居然很大方地愿意付用工合同违约金。

她各种赔小心，各种忍气吞声，知道自己错了，就容忍老公在外面有各种女人。

再说那个同居过的男的，本来一直在等她，一直等，还为她开了一家婚庆店，然后，情场失意，钱场得意，就是一直为她默守着。

她一直以为他开婚庆店没几个钱，就一直暧昧地吊着，保持着女神的形象。

她最大的优点就是会勾引男人，最无聊的就是喜欢对我们几个说这些事情。她告诉我们，也不是真把我们当知心，就是虚荣，炫耀。

说起她的同居男友为他守身的时候，我们还蛮感动，劝她回头算了！

她却说，那男人没钱，她才不愿意。

可直到有一天，她表妹来看她，她才知道，那个男人因为朋友和人脉，和朋友们做了很多生意，光那些房产还有煤矿的分红就很是可观。她在群里大呼后悔，让我们等着，看她如何回到那个男人的身边。

没有想到，这同居男友很意外的，和一个女人有了孩子，为了孩子，就娶了孩子的妈。

　　毕竟，等了很多年了，他又是独子，他没有办法无视父母，放任下去，再说，他现在有钱了，条件又那么好，没理由终身不娶。

　　她就各种闹啊，怎么闹的，楼主可真的不知道。

　　但楼主知道的是，他们婚外同居三年，她逼着同居男友和老婆离婚了，刚刚转正。

　　正在楼主大喊，上天不公的时候，你们猜怎么着？

　　前些天，她前夫带她女儿去做了亲子鉴定，发现孩子不是自己的，就把孩子丢到这个 Q 的娘家去了。她把孩子给送走了，送给谁了，不知道。

　　只是这孩子不是她前夫的，但也不是她现任丈夫的，而是一个有钱的老男人的。那老男人是她当时尚编辑时认识的。

　　她现任丈夫，也就是她小三上位的那个青梅竹马的同居男友，现在还不知道，真不知道他要知道了这些，会是什么想法？

　　这个楼主，把她知道的全说了。只是她不知道，钱娟所谓的前夫，根本没有跟她结过婚，人家的父母眼毒，怎么都不让她进门。那个男人没有办法，才做的假结婚证，想等她生了孩子后，再让父母心软和接受，没有想到，人家只要孩子，不要她，怎么都不让她进门。

　　贴子下面，一片骂声，骂那个 Q。

　　后来有一张回贴问：难道，只有我觉得那个青梅竹马的同居男极品吗？那个同居男娶的老婆有什么错啊？还跟他生了个孩子，他不好好过日子，却和那个女人牵扯不清，伤害另一个女人，我觉得比极品还极品！

　　有人回帖：对！眼前的幸福不懂得珍惜，活该他拣了这么一个货色，真是"不是一家人，不进一家门"，真是报应。

　　陈宁看着一波一波的骂潮，大家都针对的这个"同居男"，原形不是他又是谁？

　　Q 难道不是钱字的头个字母的大写，又是哪个？念大学时，执意要跑来看他，而不让他去看她的，不是钱娟又是谁？毕业后进了国企，工资不算低，却买不起太多的奢侈品的，不是他又是谁？

他将所有的细节串连起来想了又想，突然觉得，这世界最荒唐最离奇的事情，竟和他扯上了关系。他心心念念想的女人，所谓的初夜，到底是不是真的，他竟无从得知。

他再想到医院里碰到的那个孩子……

他又想到唐欣曾经所问："你真的了解钱娟吗？"

他去问唐欣，唐欣磨了好久才说："她不止你一个男人，到底有几个，我不知道，但我能告诉你，她的初夜肯定不是你。在她高中的时候，就堕过胎了，是我陪她去的。我没有告诉你，是因为，别人说我喜欢你，我怕你们关系破裂，被别人怪到头上，因为……她们都知道我喜欢你，我不想落下使坏的名头，只有跟她决裂了。"

而这时的钱娟顿时感到心神不宁，心绪不安，这种手足无措的情绪，持续了一下午。

陈宁阴着脸回家时，她起身迎接。

陈宁一把攥住了她的手："钱娟，你老实告诉我，你的初夜到底是不是我？还有，你当初怀的那个孩子，到底是不是我的？"

钱娟脸色一变，却掩饰地笑道："你在说什么？我的初夜当然是你的，我就你一个男人，我的孩子，自然也是你的。"

陈宁冷笑，拿出手机，点出录音：

"姐夫，你为什么喝这么多酒啊？"

"你姐姐变了，现在的她，让我不知道怎样相处，我叫你来，是想让你陪我。"

"姐……姐夫……"

"看到你，就像看到以前的她，为什么我喜欢的不是你呢？"

"姐夫，唔……"

钱娟听到这里，破口大骂："你，你居然和钱婷接吻，你……"

"接着听下去！"陈宁阴着脸，低声打断她。

"姐夫……"

"早知道你这么好，我就娶你了，可是，我已经娶了你姐，我们现在不可能了，她这辈子只爱我，我不能对不起她。钱婷，对不起，你的心意我其实很了解，我真的想跟她离婚，然后娶你，我真的后悔了。"

"姐夫……姐夫，你是说真的？"

"你对我的心，我又不是木头，怎么会完全没有感觉呢？"

"姐夫，我告诉你，我姐没你想得那么好。她说什么没有结过婚，是骗你的，她当初就是为了钱才抛弃你，但是，人家根本就没娶她，就用一场婚礼加两张假结婚证把她哄了几年。她说她不能生孩子，其实，她的女儿都十岁了，上一次放你回家，就是因为她的女儿被那个男人查出是非亲生，给送回来了。更过分的是，她根本没有什么精神分裂，那个鉴定书是她从她的假结婚证里得到启发，自己弄的一个假证。她算准了你会傻傻地相信不会怀疑，一步一步逼着你和你前妻离婚。她一直在骗你，我真的看不下去了，姐夫，我一直喜欢你。"

陈宁按断了电话录音。

钱娟开始歇斯底里："这个贱人，贱人，她说的话你也相信？"

"我想相信你，可是，你跟我解释一下，那个孩子是怎么回事？你不是因为那次流产，不能生育了吗？

"我联系到你所谓的前夫，你那个前夫告诉我，你不但能生，还生了一个女儿，那女儿居然不是他的种。你能不能跟我解释一下，或者和我一起去找他对质？"

他的脸色可怕极了。

她顿时惊慌起来："你听我说，我不是故意骗你的，我只是爱你，我只是因为太爱你，所以，我不得已才骗你。如果我不骗你，我们就没有办法再在一起，我不能没有你，我不能没有你的。"

陈宁不信地向后退了一步。

"原来……都是真的？"

"我根本没有联系到你所谓的前夫，你这个贱人，做贼心虚。你欺骗我，当我是傻瓜，我居然为了你这种女人，守身那么多年。我其至还为了你，伤害了爱我的妻子，我从来没有怀疑过你，你却不择手段地对付我，对付我的小迪，把她逼到强迫性失忆。你这个贱人，你的心到底是什么做的，居然这样玩弄我的感情，玩散我的家庭，玩得我妻离子散！"

"陈宁！"钱娟也大喊，"是的，我承认，我骗了你。可我的谎言并不高明，是你自己没有一一求证，就算我骗了你，也是你蠢你笨，你自己心甘情愿地进我的笼子。你的前妻朱小迪更是高尚不到哪里去，如果你没有钱，你看她还会不会待在你身边，对你说她爱你？那个女人没有你想得那么单纯……"

"你闭嘴！"陈宁一巴掌扇在了钱娟的脸上，"你不配提我心爱的女人的名字，你不配！"

"你心爱的女人？"

钱娟捂着脸，却哈哈大笑道："你心爱的人，不是一直都是我吗？你的心口上明明刻着我的姓，我……陈宁，你想干什么？你到底想干什么？"

陈宁一步一步地走近，边走边扯开衣服，把脱下的衣服，一件一件甩到地上。

他将胸口露了出来，再拿起茶几上的水果刀，刀尖指着心口上的Q，阴冷道："你是说这个吗？嗯？是这个吧？我这就割下来，还给你！"

他起手，以迅雷不及掩耳的速度，将刀向那块皮切去。

血，流了出来，血线直直长长地滴在了地上，溅得满地都是。

钱娟惊叫着。

陈宁的刀，还在用力往下切，直到他拿住切下来的皮，狠狠心，咬着牙，将整个Q给切下来时，他染了血的尖刀掉在了地上。他痛得撕心裂肺，哆嗦着脚步，向后退着，退了几步，稳住脚，却看着那块血淋淋的皮，莫名其妙地哈哈大笑起来。

他笑得凄凉，笑得更是悲伤，更是痛快，浑身血淋淋地将那块皮狠狠地向她的方向丢去，大喊一声，还给你！

陈宁来到小迪住的医院，在外科进行了缝针和包扎。随后，他来到小迪主治医生的办公室。

医生说，小迪的病，是一天一天恶化的，也许会慢也许会快，他不能百分百断定，因为，人类的大脑是最复杂的。

她可能醒来就忘记他，彻底地忘记，也或许会记得。但那病就像一颗定时炸弹，说不准哪天就会爆炸，那时候她就再也没有救了。

他心底一阵搅痛，随后，虚弱地向医生道了谢。

病床上的小迪昏睡着，鼻子上插着氧气，旁边氧气罐上方的透明瓶子里，发出咕咕的声音。

陈宁一步一步走了过去，坐在床边的凳子上，握住了小迪没有输液的手。他一句话也不说，只是悲凉地看着她，看着看着，就歪在她的枕边，睡着了。

朱小迪幽然转醒的时候，眼前虚虚的，有些重影。等她完全看清头顶的天花板时，目光茫然地转向了床边。

她看到一个男人坐在凳子上，身体倒在床上，手紧紧地握住她的手。她睡得太久，手指好像没有了力气，感觉手心被他握出汗了，想收手，手却不听使唤似的，只是手指颤颤地动了动。这一动，陈宁马上有了反应，他立刻抬起头来，看着朱小迪。那一刻，他的内心有无法抑制的欣喜，他感觉自己要哭了，眼窝子都发烫了，鼻子酸楚得不像他自己的，脸上却扯出开心的笑来。

"你醒了？"他一脸关切地问。

她困惑地眨眨眼睛，做了一个吞咽的动作，睡得太久，以至于开口时，声音沙哑得厉害。他却清楚地听到她问他："你……是谁？"

"我是……"他痛苦地将脑袋低了下去，从今天开始，到她还可以说话的每一天，她睁开眼睛的第一件事情，可能就是问他"你是谁？"

陈宁的心里痛苦地挣扎着，又出人意料地将脸抬起来，牢牢地看着她："你忘记了？我是陈宁，你的老公——陈宁！"

301

"老……公？"她困惑地眨了一下眼睛，"陈……宁？"

他连连点头："是的，我是陈宁，你的老公，陈宁！"

"那么……"

"嗯？"他答着，微微扬起了眉头。

她更加困惑地看着他："我为什么不记得你了？"

无法形容的痛苦，锥心的疼痛。他拿起了她的手，压抑着强烈的痛苦，强迫自己笑道："因为……我开车的水平太次了，出了车祸，害你伤到大脑，就不记得我了。"

"不信你看……"陈宁拉开衣服，指着胸前被白纱布裹住的伤口，对小迪说，"我和你一起受伤了。"

小迪注视着陈宁，不，是凝视着，就那么认真地看着。

"我……信你！"她看了良久后，才说，"你的眼底全是担心，如果……我不是你重要的人，你不会这么关心我。"

她说着，伸了手，轻轻触摸着他的脸。

他激动地将她的手拿住。

她红了眼睛，哽咽，却又微笑道："我一定很爱你，我感觉……我一定很爱你。"

"小迪……"他捂住了心口，他的心脏更百倍地痛了起来。

她失忆了，就像喝过孟婆汤轮回了，可就算将前世的事情忘记得干干净净，却还是在相遇的那一瞬间，记得那深爱对方的感觉。

她这么爱他，他居然到现在才知道，这个女人才是真正爱着他的。就是因为爱极了，她才忍受那种非人的折磨。

他一直以为，他对小迪的感情是同情，是因为她为他生了惜惜，才爱屋及乌地和她在一起。现在他才发现，一个男人若是不爱一个女人，就算因为一时怜惜和感动在一起，也不会在心底升起一丝怜爱。

爱情永远不等同于同情，若不是在遇到她的那一瞬间怦然心动，他也绝对不会化同情为怜惜，再想和她在一起。

"小迪……"他抑制不住，泪流满面。泪水滴溅到小迪的手指，小迪触电似的，想把手拿开，他却紧紧地将她的手按在了他的脸上。

她忍不住跟着一起淌眼泪。她不知道自己为什么哭，可就是心酸得没有办法，不停地说："对不起，对不起……我会尽快想起你的。我一定会想努力的想起我们的过去，想起你和我相爱的事情，想起你送我的第一束花，想起我们的婚礼，想起我们最幸福的事情。我能感受到你对我的爱，我一定会想起被我忘记的事情。请你给我一点时间和提示，我一定会想起来的，一定的……"

他再次哭得无法自抑了，他从来没有和她相恋过，他从来没有送过她一朵花，更是没有为她补办过婚礼。说好带她去补拍婚纱照，可是，在她还在化妆的时候，他就接了电话中途离开。

他找不到……找不到一丝爱她的证据，给不了一丝幸福的提示。

他们只有惜惜，可是，就算有惜惜，也没有办法给她任何提示。因为她怀着他的时候，他根本不在她身边，她生他的时候，他也不在。甚至孩子生长，孩子第一次翻身，第一次坐起，第一次牙牙学语，第一次学会走路，他都缺席。

他拿什么提醒，拿什么对她说，这就是爱的证据？

"对不起，对不起。我会想起你的，我会的，我向你保证，我一定会的。"

时间一分一秒地过去了。

钱娟坐立不安。

到午夜时分，陈宁终于回来了。

钱娟欣喜地从沙发上站起身来，迎了上去："老公……"

陈宁只是阴着脸，摔了一件东西在桌子上，一声不吭地向房间里走去，拿出行李袋，装了自己日常需要的东西，还有一些衣服。

钱娟奇怪地看着陈宁，更加奇怪的是他摔在桌子上的文件夹。她拿起来，翻开，只见上面写着离婚协议。

离婚协议？

　　她瞪大了眼睛，冲进了房间。

　　"老公，你这是什么意思？"她将那文件夹举在了手里。

　　陈宁冷哼："字面上的意思。"

　　"我看不懂！"

　　"你揣着明白装糊涂的功夫，可真是炉火纯青了。"

　　"陈宁，你要知道，我是真的爱你！我是看你爱上了别人，失去了理智，所以我才……"

　　"哦，你说你真的爱我？"

　　他嗤之以鼻地说道："你知道小迪的过去吗？"

　　"很悲惨！她最爱的人，伤她伤得有苦都说不出来。

　　"可是，就算他伤小迪伤得再狠，小迪都没有一点点报复他。小迪说，她很恨他，可是，那个男人已经结婚生子，就算有再大的仇怨，那个男人的老婆和孩子却没有一分对她不起。

　　"你却因为我选她做老婆，而丧心病狂地逼她走。你装疯卖傻，胡话满篇，你的所作所为简直令人发指。

　　"别再跟我说，一切都是因为爱我。如果我陈宁还是像以前那样一无所有，你还会不会屈尊降贵地跟我？"

　　她说，我会，因为我爱你。

　　陈宁哈哈地笑了两声："爱一个男人，就是逼得他抛妻弃子，逼得他苦不堪言？"

　　……

　　"念在我们相爱过一场的份上，我不想把话说得太难听。

　　"你对我所做的一切，对我家人做的一切，我都可以念在旧情上，不再追究。当然，前提是，你把这份文件签了。只要你签了，发生的一切，我就可以不记前嫌。"

　　"什么不记前嫌，我不明白。文件我也看不明白，我什么都不明白，我是不会签的。"

　　陈宁放下手里正在折的一件衣服，拿过钱娟手里的文件夹，在手里扬起，冲着钱娟说："你不明白，我就明确地告诉你：我陈宁，要跟你离婚。"

陈宁的眼底是不屑的嘲讽和坚决。

钱娟脸色青白，却在下一秒歇斯底里地笑道："你想跟我离婚？你凭什么跟我离婚？"

"凭这个。"陈宁手上拿着一个手机，那是小迪的，里面全是钱娟发的骚扰短信。

钱娟脸色一白，随后大笑道："手机能证明什么？就算里面有什么短信，也不能证明那是我发的。"

"就算法院判不了离婚，那段录音，也足够让你身败名裂。"

"我不信你会这么狠。"

陈宁冷笑："这要看你配不配合了。"

"签字，你还有财产分割；不签，我还是会跟你离婚，但后果就是，你什么都得不到。"

"我不签，我就是不签！"

钱娟冷哼道："你心软，你念旧情，你不是狠心的人，不然你也不会和她离婚，和我在一起。"

"你给我闭嘴，我到这一步才明白，最狠的报应，就是伤害你身边最重要的人。上天是公平的，所有的婚外恋都告诉我，出轨的第一步，就注定要伤害这世上最爱你的女人。让自己最爱的人伤痕累累，就是对我最狠的报应。"

"陈宁……别这样陈宁。"

钱娟抱住了陈宁，开始亲吻，陈宁完全没有反应。这个曾经深爱她的男人，眼底完全找不到了爱意，全是冷漠得刺入人心的嘲讽。

他捏了她的下巴，她以为他要吻她，迎合似的扬起，嘴角逸出"早就知道他不会拒绝她"的笑来。

他却迟迟没有吻上，只是这般看着。

钱娟不解地睁开眼睛，却听到他说："还想用身体绑住我？我如果不是相信了你的谎言，对你心存愧疚，才和你和好，你觉得凭你这副填满硅胶和打满玻尿酸的身体，谁会对你有兴趣？"

陈宁甩开了她的下巴，她的脸甩向了一边。

她冲着陈宁喊："我就不离婚，你休想跟她破镜重圆，我拖死你们。"

走到前面的陈宁微转了一下脑袋，冷笑道："拖吧。谁够狠，咱们走着瞧。"

小迪醒来的时候，没有看到陈宁，她就想自己出走走。

她坐在草坪里，远处跑来一个小孩子，边跑边叫，妈妈，妈妈！他跑得太急，脚被什么绊住，然后重心不稳，"啪"地一下摔到了地上。

那可怜的孩子哇哇大哭，大喊着，妈妈哇，妈妈哇，妈妈快过来哇。

他的小手伸向她的方向，他的眼睛也看向她。小迪微微转首，看向身后，什么人都没有。

那孩子哭得凄惨，冲她喊着妈妈。她微侧了一下脑袋，一脸茫然。

一个老妇人随后赶上，扶起趴在地上的孩子，拍了拍孩子身上的灰，再抱着孩子，急步跑到小迪面前，问她："小迪，你怎么了？你这到底是怎么了？"

小迪茫然地看着那妇人，看着那妇人怀里的孩子，他正够着身子，想抱住她。

她就那么面无表情地看着他们，像看陌生人一样看着。

那孩子哭得凄惨："妈妈，妈妈抱我，妈妈抱抱我。"

她好久才开口道："我……不认识你们，你们是谁？"

陈老母惊呆了，而惜惜哭得更惨道："妈妈，我是惜惜啊。我是惜惜，妈妈。你抱我，你抱我啊。"

陈老母抱不住惜惜了，只好将他放下来，他一落地，就抱住了小迪的双腿。

小迪木然地看着这个小不点，想挣开他，那孩子却抱得死紧。

他哇哇大哭，哭得好伤心，他不明白，妈妈为什么不认识他了，为

306

什么不理他，为什么不要他？

"妈妈……"

小迪只是木然地看着他，眼泪却不受控制地往下淌。

她抬眸，看到了走近的陈宁，这个以老公的身份，照顾着她的陈宁。

待他走近了，她不解地问他："这是我们的孩子吗？"

陈宁点点头，抱起了扯着她哭的惜惜，接过陈老母递过来的纸巾，边擦着惜惜的眼泪边说："他叫陈惜君，名字是我们两个一起取的。"

她一脸茫然，却心下慌张。

他了解，他说："不要紧，记不住没关系，就算一辈子都记不住都没有关系，重要的是，我们可以在一起。"

他定定地看着小迪，小迪充满信任和柔情地看着他。惜惜在陈宁的怀里，一把抱住小迪的脖子，妈妈，妈妈地叫着，撕心裂肺地叫着……

小迪不记得惜惜，但母子间的血缘关系，是没有办法抹灭的。小迪抱过惜惜，抱在怀里安慰，抱着他说："对不起，妈妈不是故意不记得你的，对不起。"

陈老母虽然也跟着哭得心碎，却还是将陈宁拉到一旁问他："小迪这是怎么了？"

陈宁红着眼睛说："妈，小迪……因为受不了刺激，得了一种很怪的病，会把最近的事情，一件一件地忘掉。"

"这……病都没听过啊……"

陈宁哽咽着："她变成这样，绝大部分的错都在我，是我把她害成这样的。妈，求你，如果小迪问起什么，你可不可以帮我骗她，说是我开车的水平不行，所以，把她撞成这样的。"

陈老母抹着眼泪说："这是点小事，没有问题。可是……你刚刚说什么和她在一起，那娟儿怎么办啊？"

陈宁双眼微微一眯，眼光变得凶狠，只道一句："你们马上就会知道了。"

陈老母第一次看到这样的儿子，第一次看到这样的陈宁，第一次觉得，儿子身上散发的气息，让人的脊背禁不住发凉。

惜惜缠着小迪，一步也不愿意放开，小迪走到哪里，他都死死地拽着小迪的衣服。

到了夜里，他不肯随着陈老母回去，硬要留下来陪小迪，小迪无奈，只有让他睡在她床上。

小迪为惜惜洗了澡，再自己简单梳洗一番，就要拿着衣服去洗，陈宁拦住她："我来。"

小迪说："我来吧，老公。"

陈宁说："我来，你还有身孕，要好好休息。"

"身孕？"小迪不解，陈宁微笑，笑着将手抚向小迪的肚子。

"惜惜就要有个小弟弟或者小妹妹了。"

"我又有了身孕？"

他热热的手掌盖住了她的肚子，她的手掌又盖上了他的手。

陈宁将小迪揽进了怀里，搁在她的耳边说："是的，宝贝。"

小迪感到内心很温暖。

惜惜坐在床上，嘻嘻地笑道："爸爸妈妈羞羞脸哦羞羞脸。"

陈宁笑着问惜惜："儿子，你想要个弟弟还是妹妹？"

惜惜说，我想要个"的的"（哥哥）。

陈宁说："只能要个弟弟或者妹妹。"

惜惜任性道："我就要的的，我就要的的。"

小迪和陈宁对视一眼，然后就哭笑不得地笑了。

那一晚，小迪和惜惜睡在一张床上，而陈宁睡在了一边的躺椅上。

这"一家人"这般待了一夜。

第二天，小迪醒来的时候，首先看到的是抱着她还在酣睡的惜惜，再感受到一道炽热的目光。看到陈宁目不转睛地看着自己，小迪的脸不由自主地飞上一层红晕。

而陈宁走过来，将她的一丝散发扶到了耳后："小迪，你真好。"

小迪忍不住笑了一下："一大早就说这么肉麻的话……"

"喜欢吗？"

"只要你说的，我都喜欢。"

"老公……"她突然想到什么，将他的手拿住，按在了脸上。

"嗯？"

"可不可以告诉我，我是怎样和你相爱的？我很想知道我们的爱情。我很努力地想，可是我想不起来。我想知道，我是怎样答应嫁给你的！"

陈宁最害怕的这一天，这么快就来了。

他的眼睛红了，却对她说："你记得苏晨吗？"

小迪惊大了眼睛，随后点点头。

他的心一阵搅痛，她记得苏晨，却不记得他。

"你很想他，就在QQ查找里，输入他的生日号码，搜到我的QQ号，加了我，问我买QQ。我们这是这样认识的。

"你妈妈……因为做传销，把钱都搭进去了，想不开，就喝了乐果。你求助我，你妈妈在临终前，把你交给了我。

"你很善良，很安静，也让人心疼，我就一点一点地爱上了你。

"然后，有一天我喝醉了，借着醉意向你表白，你……接受了我，然后我们就……有了惜惜，就奉子成婚了。"

小迪茫然地听着，眼泪却哗哗地往下淌："我妈……去世了？"

陈宁只得说"嗯"。

"不过没有关系，这个世界上，还有我，还有惜惜，还有我爸我妈，你不是一无所有。"

"那……你能再说些细节吗？我能和你相爱，一定是很爱你，你可不可以说得详细一点，不要这么模糊？"

陈宁的眼圈更红了："对不起小迪，我不是一个浪漫的人，我没有对你做过什么浪漫的事情，我不知道从哪里提示。但我答应你，我欠你的，我一定会一一弥补，就算上天给我一次重来的机会，我一定……一定不会负你。就当这是你给我一次重新再来的机会，可以吗？"

她这么听着，很感动地听着，并不知道自己此时的尴尬身份。看着

309

陈宁期盼又真诚的目光，她不由自主地说了一声好。

这一天，钱娟跑到陈宁的公司找陈宁："你居然把我的卡全停了，我要怎么活？"

陈宁一脸漠然，只把手里的文件递给了她："签了，就有了。"

钱娟怒喊："你不要欺人太甚！"

陈宁突然哈哈大笑："我欺人太甚？我欺人太……甚？你逼我老婆的时候，你有没有想过你欺人太甚？你欺骗我，利用我的愧疚，让我对不起我的老婆时，你有没有想过你欺人太甚？"

他刷地指着钱娟的鼻子："我告诉你，我陈宁能做到今天，绝对不是靠心软。别把我的多情看成懦弱，我的忍耐是有限度的，给你最后一次机会，否则别怪我心狠手辣，翻脸无情，让你们一家都不得安宁！"

钱娟将那离婚协议撕了："呵，想让我离婚？除非我死！"

陈宁冷笑："成全你！"

钱娟从陈宁的办公室冲出来。

路口车位，一位开着柯维特的大叔盯上了她，他猛灌了一口酒，向着人行道上的钱娟冲了过去。钱娟被撞出去将近两米远，落在地上时，左手先着地，顿感咯嗒一声，似乎连自己都听到了骨头碎裂的声音。这不是最恐怖的，最恐怖的是，她的意识非常清醒。

她看到那个司机大叔从车子里面冲出来，浑身酒气地冲到她面前，一脸紧张地说："你别急，我……我这就送你去医院。"

他弯身就把钱娟从地上抱起来，抱进了他的车子里。

一进车子，她发现车子里竟还有两个体形彪悍的大汉。

这两个大汉一见她进来，就架住她，捂住了她的嘴。

钱娟呼叫不急，那车越行越远，不知行了多久，在一处荒僻之地停下了。

那三个人，将钱娟从车子里扯了出来，一把将她摔在地上。

她缩着身子，紧张地说："你们想干什么？"

其中一人将一打纸放到钱娟的面前："明白的话，就签了。"

钱娟惊恐地看着那人："你……你们是陈宁指使来的？"

那三个人对视一笑。

钱娟愤愤怒道："就算让我死，我也不会签。"

司机笑道："死还不容易？问题是，你要不离，你会生不如死。不要跟陈总过不去，他有几百种方法弄死你。如果你不签，我们只能把你丢在这里，你的手应该骨折了吧，如果不尽快去医院，你这条手就算废了！

"陈总说了，这次算给你一点教训，你真想死的话，他一定成全你。比如说，我撞你之前，喝了一点酒，那么，就算撞死你，也只是被判醉驾赔钱，而不用偿命。再比如……"

那人笑着看钱娟脸上恐怖的表情，话没说完，钱娟就恐惧地大喊，放手，放手，我签！

钱娟和陈宁办完离婚手续的那一天，天上下着毛毛细雨，陈宁打着伞出来，而钱娟则打着石膏。

他毫不留恋地往前走，钱娟在身后喊："陈宁，你等一下。"

陈宁站住了，却没有回头。

钱娟说："说好的，只要离婚，你会给我一笔钱。"

陈宁笑道："我从来不赖账。只是奇怪，我怎么会喜欢你这种女人！"

陈宁越走越远，他一点都不担心钱娟跟他拼命，她就是要钱，给她钱，什么都能解决。爱钱的人，比常人更加爱命，所以，他使的这一招，立竿见影。

第二天下班陈宁来看小迪时，手捧着一束玫瑰出现在小迪的面前，小迪微笑着，接过那束鲜花。

"真好看。"

"喜欢吗？"他边问，边在一边坐下。

"喜欢！"她笑着，深嗅了一鼻芬芳，随后满含眼泪，"这是我这辈子收到的第一束花，只是，没有想到，居然是离婚之后。"

陈宁的笑僵在了脸上。

她却望着花束，专注地轻抚着其中一朵的花瓣，笑得心酸："感觉好奇怪……"

陈宁不信地瞪大了眼："小迪，你……"

"我想起来了！"

"你……想起什么了？"

小迪转首看向陈宁："我都想起来了。你叫陈宁，但不是我的老公，是我的前夫，我和你的婚姻，是奉子成婚，但你从来没有爱过我。你劝我堕掉我现在怀的宝宝时，你就亲口告诉过我，你没有爱过我。"

"小迪……"他无比的慌张，"那不是真的，那些都不是真的。"

"我还想起每一次失忆后发生的事情。"

小迪说："对不起，我每一次看到你对我好，我就想回忆起过去，可你从来都不提，也不带我去回忆。你说我脑袋里有淤血，所以不记得过去，我等不急你说的恢复记忆的那一天。就在昨天你走后，我听隔壁病房的护工说，他以前护理的病人，也是失忆，但是找了一位催眠师，做了一个深度催眠后，就想起了一切。我向他要了联系方式，让催眠师为我强行催眠，于是……"

她的眼泪无法抑制地往下淌。

陈宁慌道："小迪，别哭，别激动，求你别哭。"

"你已经结婚了，你已经和我没有关系了，你已经不在我的生活里了，你根本不应该再出现在这里。"

陈宁说："我刚刚跟她离婚了，我现在……就只有你了。"

她震惊，睁大了积满眼泪的眼睛，不可思议地看着他："为什么？为什么你好不容易和她在一起，又要离开？"

"因为，我……只想要你。"

"你疯了！"小迪哭道，"我健健康康的你不要，现在我有病，我会一点一点忘记你们，甚至连我自己都不记得，我会像一个植物人一样躺在床上，一点知觉都没有。这样的我，你还要着干什么？"

"要着……相陪一辈子，这世上，没有一个人比你更好。"

小迪哭着，哭着大笑起来："昨天下午，恢复记忆的第一件事情，就是联系了苏晨去勾引他。我被催眠师催眠，回忆过往的时候，我才发现，我真的很恨他。我包里带着一把刀，想在他上钩的时候，一刀将他捅死。如果不是因为他，我不会这么痛苦，不是因为他，我就不会认识你，不会受那么多的折磨。就算死，我也要拉着他陪葬，只要一刀捅下去，只要我们都死在那里。"

她哭得眼睛眯上了："我恨他，我死都要让他给我陪葬，可是，我下不了手。我收拾不了他，就让上天替我收他，他不是在婚礼上发誓这辈子都只会爱他老婆一个人吗？呵，呵违背誓言的人，我诅咒他死后下地狱！"

她情绪激动，忽然间就捂住了肚子，弯下了身去，有一股血汨汨地从腿间滑落。

"小迪，小……医生，医生快来救我的孩子。"

她摇摇头，拉住了陈宁："对不起，我吃了堕胎药，我在几个小时前吃了堕胎药。我甚至有些后悔，当初……怀上惜惜时，我肯吃药的话，就什么事情都没有了。"

她哭着对他说："我真的好后悔，后悔跟你上床，后悔给你生下孩子，我甚至后悔遇到你。我……我真的好恨你们，这样伤害我……我到底做错了什么，你们要这样伤害我？当初，我才是你的妻子，你有没有一点顾及过我的感受？你怎么可以……你怎么可以在我完全相信你，爱上你的时候，这样对我？"

"小迪，小迪。"他扑上去抱住她，"原谅我，求你原谅我，我知道我错了，我真的知道我错了。"

他正准备说爱她，她紧锁眉头，不堪激动，昏迷过去。

之后，她再也没有醒来过。

至此，她都没有听到过一个男人发自真心地对她说句我爱你。

313

那以后，已经过了一年，小迪已经完全躺在床上，完全失去了知觉。陈宁把她接回到这座城市的疗养院，每天都陪着她。

而这一天，他为她擦完身子后，坐在椅子上，打开无线上网。打开QQ的第三分钟，他整个人都惊呆了。

在闪！确实是在闪！

他揉了揉眼睛，属于小迪的QQ头像在闪！

他惊呆了，愕然地睁大了眼睛，转眼看向身边的小迪。

病床上，是毫无知觉的小迪，她安静地闭着眼睛，沉睡着，没有任何反应。

可是，小迪的QQ头像在闪。

它的主人躺在病床上，而它确确实实在闪动。

一种诡异的情绪染上心头，让人感到恐怖。

他无法按捺住内心的激动，手颤抖着将她的QQ头像点开。

"你好！"一个娃娃的笑脸，就跟她第一次给他发QQ留言时的情形一模一样，连问候语都一样，甚至连选用的字体颜色和大小，都一样。

他的手抖了，他的心脏跳到了嗓子眼，他无法自抑地眼红了，眼睛里盈满了无法抑制的泪水。

"老婆，是你吗？老婆？"

"你是小迪的老公？"

这一句话，像一盆冰水当头泼下，把陈宁的热血全部浇凉。

他马上敲着键盘，问那个人："你是谁？"

"哦，我啊？我就是和小迪一个圈子的编剧，小迪在去年给我一个大纲，让我写成小说发在网上，我就发了。然后，编辑找我签VIP，我想跟她说这事，因为这算是我们两个人的作品，我不能独占了。我只有小迪的QQ号，所以就一直在等她上线。今天翻我和她的QQ聊天记录，突然看到她说过，她QQ密码就是她的QQ号，我就上来试试，看看能不能找到跟她熟的人，跟她说一声。"

陈宁问，她写了什么故事？

那人说，你等一下，我把网址发给你！

那到底是怎样一个故事呢？

幸福！从头到尾都是幸福的，幸福得让人受不了。

可他感到那么的熟悉。比如说，女主的妈妈在死前将女主托付给男主。比如说，男主要和女主结婚的那一幕。

很多人留言说，太感人了，太幸福了，女主真是太幸福了，能遇到这么好的男人，她终于苦尽甘来了。

QQ上的那人说："前面的是小迪写的，说是取自你们的真实生活。你对小迪太好了，都让人羡慕得流眼泪了。"

陈宁说："事实不是这样的，改改吧！"

那人奇怪："改成什么？"

陈宁把一切都告诉了她。

那人气得在QQ上骂他："怎么会这样啊？你们怎么可以这样对小迪？她已经够可怜了，你们还要这样欺负她？"

陈宁再苦笑："写吧，让所有人的都看看，让他们都知道，婚姻里，忠贞这种东西，是多么重要！让别人别再像我这样犯错了，一步错，步步错，想后悔都来不及。"

"那你就这样跟你的前任断了吗？"

"她还是会寻死觅活，但是，我再也不会理会她了。"陈宁说，"就算她在我面前跳楼，我都不会再拉她一把。如果你要重写小迪的故事，请你告诉读者，小三以死相逼，绝对不是真爱，她连命都不要了，也绝对不会要脸的。明知道你会妻离子散，还来诱惑你，那种爱情，可能是真爱吗？"

那人重新打开了文档，她淌着眼泪，把先前写的稿子全给删除了。

她开始写了，小迪的童年，小迪的婚姻，现实得几乎绝望的痛苦。追她小说的人不再说这小说多么幸福和感人，大家开始愤怒，所有的人都说，从来没见过这样不负责任的男主。陈宁激发了所有人的怒火，从来没有读者这样同仇敌忾过！

当所有的人表示钱娟不值得同情的时候，也给那些不甘心的女生当头一棒——无论你多么可怜，无论你以前和那个人爱得多么深刻，破坏别人的家庭，就是得不到别人的同情。

当那人终于把这个故事写完，敲下 END 的时候，她在后序上写——

小迪童年的压抑使我濒临崩溃，我烦躁，焦虑，敏感，让我异常痛苦。如果我在她那样的环境里长大，我会疯的。仅仅是这平述似的文字，都有一堆人哭着让我住手，说我尽折腾小迪。我争辩几句，便招来一片骂声。有人开导我说，若是不喜欢小迪，不是真正地心疼她，谁会迁怒你。在我写完 END 的时候，我终于忍不住眼泪了。忘记过去是好事，忘记这一切，对她来说也许是幸福……

对于那些希望小迪幸福的人，我编造了一个结局。

那一年，小迪嫁给了陈宁，陈宁在前女友和小迪面前左右摇摆。可是，当前女友拿命相逼的时候，陈宁说，对不起，我爱的人是小迪，就算我爱过你，但那都成为过去了，留点回忆行不行？

前女友不愿意，说你胸口上还刺着我的名字。

陈宁掏出一把瑞士军刀，痛苦地说，如果这样的话，我把这块皮还给你！

在她的尖叫声中，她放手了，她终于知道，爱再汹涌，一旦对方有了家庭，也该放手。

从此，陈宁和小迪过着幸福的生活。